私たちの特別な一日
冠婚葬祭アンソロジー

飛鳥井千砂・寺地はるな・雪舟えま・
嶋津 輝・高山羽根子・町田そのこ

人生の節目で催される行事を総じて冠婚葬祭という言葉があります。冠は成年として認められる成人式を、婚は婚姻の誓約を結ぶ結婚式を、葬は死者の霊を弔う葬式を、祭は先祖の霊を祀る祭事を指します。四つの行事は、人生の始まりから終わりへ、そして当人が死してなおその先まで縁を繋いでいきます。故に冠婚葬祭は多くの物語で描かれてきましたが、連綿と変わりなく続いているように見えながら、私たちの社会や文化と同じように絶えず変化が生まれているはずです。現在の、そしてこれからの私たちと冠婚葬祭をテーマに書かれた六つの短編小説からなる文庫オリジナル・アンソロジー。

私たちの特別な一日

冠婚葬祭アンソロジー

飛鳥井千砂・寺地はるな・雪舟えま・
嶋津　輝・高山羽根子・町田そのこ

創元文芸文庫

FAMILY CEREMONIES

2023

目次

もうすぐ十八歳　飛鳥井千砂　九
ありふれた特別　寺地はるな　六一
二人という旅　雪舟えま　一一五
漂泊の道　嶋津輝　一七五
祀《まつ》りの生きもの　高山羽根子　二一九
六年目の弔い　町田そのこ　二五一

私たちの特別な一日

冠婚葬祭アンソロジー

もうすぐ十八歳

飛鳥井千砂

飛鳥井千砂（あすかい・ちさ）

1979年愛知県生まれ。2005年『はるがいったら』で第18回小説すばる新人賞を受賞してデビュー。主な著書に『アシンメトリー』『タイニー・タイニー・ハッピー』『女の子は、明日も』『そのバケツでは水がくめない』『見つけたいのは、光。』がある。

二つ目の卵をフライパンに割り入れた直後だった。「もうすぐ十八歳！」という弾んだ声が聞こえて、智佳《ちか》は体をびくっとさせた。右手の小指がフライパンの端に触って、「あつっ」と叫んでしまう。

——今日の特集です。成年年齢が十八歳に引き下げになってから、約半年が経ちました。現在十七歳の人たちは、次の誕生日で成年となります。

声はテレビからだった。毎朝なんとなく見ている情報番組の特集だという。

——そこで今日は「もうすぐ十八歳」の若者たちの生の声を——。

フライパンに蓋《ふた》をして、火を弱めてからキッチンを出て、智佳はテレビの前に向かった。画面には渋谷《しぶや》と思われる街並みが映っている。

——高校中退してフリーターです。あー、もうすぐ成人なのかあ。ピンと来ないっすね。

——高三です。都内の女子校です。進学するんで、まだ社会には出ないんですけど、成人になるならしっかりしないとですよね。

——塗装工です。仕事始めた時から、先輩や親方にもう大人だって言われてるんで。十八歳とか、あんまり関係ないですね。

——様々な思いがありましたね。皆さんはどう思われますか？　日本では明治時代から約百四十年、成年年齢は二十歳でしたが……。

画面がスタジオに戻ったところで、リビングの扉の取っ手が動いた。母が起きてきたのだ。慌ててテレビを消して、キッチンに戻る。

「おはよう。あら、いい匂い」

「おはよう。もうできるからね」

「ありがとう」と、母はダイニングテーブルに向かった。靴下を履いた足が、すーっ、すっすっ、と不規則なリズムで床を擦《す》る。

焼き上がったトーストと、ベーコンエッグと水菜を、二枚のお皿に盛り付けていく。コーヒーも淹《い》れて二人分の朝食の配膳を終えると、母はいつも通り「いただきます」と、丁寧に手を合わせてくれた。

智佳も「いただきます」と呟《つぶや》いて、配膳の際に回収しておいたリモコンで、さりげなくまたテレビを点けた。さっきの特集は終わったようで、初老の男性気象予報士が映っている。

——今日の関東は、午後から気温が下がります。首都圏では所により夕方から雨雲も——。

「雨が降るんだ。洗濯物干してあるのに」

「私、取り込んでおこうか？」

「いいよ。今日デイケアでしょ。出勤前に私がやるよ。昨日帰ってきてすぐ干したから、もう乾いていると思う」

――続いての話題です。生徒がズボンかスカートかを選択できる、ジェンダーレス制服の導入が広がっています。東京都の中学校でも――。

「時代は変わったわねえ。いいと思うわ」

「ねえ。自分で選べるの、いいよね」

――○○市の動物園で、三年ぶりにホワイトタイガーの双子の赤ちゃんが産まれました。

「わあ、あの子たち喜ぶわ。今度の連休に見に行くって言うかしら」

「公開はまだ先だって。絶対好きだよね」

食事をしている間、報じられるニュースに、母と当たり障りのない感想を言い合った。

先に食べ終えた母が、「ごちそうさま。着替えてくるわね」と席を立つ。食器を片付けようとするので、「いいよ。やるよ」と制した。

「そう？　ありがとう。午後から寒くなるって言ってたわよね。上着がいるかしら」

「寒いってほどじゃないんじゃない？　カーディガンとかでいいと思うよ」

「でもまた明日から暑いって言ってたわね。もう十月になるのに」

すーっ、すっすっとまた床を擦って、母が出て行くのを見届けてから、智佳はチャンネルをあちこちに変えてみた。「十八歳で成人」について、他でも報じていないだろうか。

まな板に置いた時、ガコンと鈍い音を立てた程の重さのかぼちゃを、3グループに分けて切り刻んだ。達成感に包まれる。

グループ1は離乳食用なので、フードプロセッサーにかけてペースト状にする。2と3は一緒に茹《ゆ》でるが、2は完了食用なので、長めに茹でて、そのまま出す。3は幼児食で、薄く味付けした鶏そぼろと和《あ》える。

「鶏そぼろ、できてる。よろしく」

向かいで忙しく動き回る菜摘《なつみ》さんが、鍋を目で指した。フードプロセッサーのスイッチを入れながら、「はい。すぐやります」と返事する。

自宅から私鉄で三駅の、ここ「ことり保育園」で、園児約五十人分の給食を作るのが、二年半前からの智佳の仕事だ。シフト制だが基本的には平日の週五日、フルタイムで働いている。週に一、二回だけ入る年配のパートさんも二人いるが、今日は責任者の菜摘さんと二人の日だ。

今日の献立のすべてを作り終えた。いつもより十分ほど早いが、常温で提供するので、盛り付けももう始めてしまおう。菜摘さんは、調理器具を洗っている。

盛り付けを終えても、保育室に運び始めるまで、まだ時間が余っていた。そこに保育主任のミドリ先生から内線がかかってきて、今日は三~五歳児がお散歩から帰ってくるのが遅くなり、〇~二歳児は泣いている子が多く手一杯なので、全体で給食開始を十五分遅らせると連絡があった。ということは三十分近く、やることがなくなる。

菜摘さんも洗い物を終えて、手持ちぶさたにしていた。迷ったけれど、「あの」と智佳は話題を振ってみることにした。プライベートについては、お互いほとんど話したことがないが、時事やニュースについては時々話題にするので、不自然ではないだろう。

「もうすぐ十八歳になるんですよ。知ってました？」

こちらを見た菜摘さんは、「え。は？　何が？」と怪訝《けげん》な顔をした。しまった、と顔が熱くなる。自分でも何を言っているかわからない。気持ちが先行して、文章がまとまっていなかった。

「あの、成人になる年齢が。二十歳から、十八歳に。今朝テレビの特集でやってたんです。あ、もうすぐじゃなくて、もうなってるんだった。今年の四月時点で十八歳、十九歳の子たちは四月から成人で、今十七歳の子は誕生日が来たらなんですって」

焦《あせ》りながら説明をして、はたと気が付いた。それなら「あの子」も、次の三月で成人になるのだ。

「ああ、成人年齢。十八歳になるって前から言ってたけど、もう実施されてたんだね」

宙を見上げるようにして、菜摘さんは「十八歳かあ」と呟いた。

「どんなだったかなあ。もう二十五年も前だから、覚えてないな。智佳さんは？　十八歳の時、どうだった？　何してた？」

「えっ。あっ、ええと」

自分で振った話題なのに、狼狽《うろた》えてしまう。十八歳が二十五年前ということは、菜摘さんは現在、四十三歳らしい。もう少し若い、四十歳手前ぐらいかと思っていた。

どうしよう。訊ねられたのだから、話してもいいのだろうか。緊張しながら、口を開きかけた時だった。ノックの音がして扉が開き、「ちょっといい？」と園長先生が顔を出した。

「今日、給食が遅くなるって聞いたから、二人と話ができないかと思って」

「何でしょう？　どうぞ」

菜摘さんが園長先生を招き入れ、調理台を挟んで、二対一で向かい合った。

「あのね、『世界の給食』っていう企画を考えたんだけど、どう？　協力してくれるかしら」

菜摘さんと智佳は、無言で顔を見合わせた。六十代の園長先生は明るくて、お母さんのようにスタッフからも慕われているが、話が唐突で大雑把なところがある。

途中で何度も脱線した説明をまとめると、こういうことだった。年末に系列園全参加の園長会議があり、そこで来年度の保育の新企画を、各園一案は提出するように本社からお達しが来たそうだ。

「うちは『世界の給食』でいこうかなって。これからの子供たちはグローバルに育てないといけないでしょう。一カ月に一度、世界各国の料理を食べて、保育の方でその国について教えるっていうの、どう？」

「いいんじゃないですか。面白いですね。例えば、スペインでパエリアとか、イタリアでミネストローネとか、そういう感じですか？」

「そうそう！　菜摘さん、さすが！」

「使える食材や調味料は限られるので、それっぽいものを出すってことになると思いますが、それで良ければ、協力しますよ。智佳さんも、いい？」

「はい。もちろんです」

智佳は首を上下に振った。

「ありがとう！　じゃあ、そうね。十一月末ぐらいまでに十二カ月分の国と料理を考えておいてくれる？」

「わかりました。智佳さん、どう？　もう何かある？」

「ええと、中国で麻婆豆腐とか？」

「アジアもいいわね！　あ、日本も入れようか。自分の国のことも知らないとね」

園長先生が、ぽんと手を打った。

「そうですね。日本だと、煮物とか味噌汁とか？　いつもと一緒になっちゃうかな」

「郷土料理は？　そうだ、智佳さんって沖縄出身だったよね。どこか離島だっけ？　沖縄料理、いいんじゃない？」

え、と菜摘さんが、至近距離で智佳を見る。「そうなの？」と聞かれ、無言で頷いた。菜摘さんに話したことはない。園長先生は、採用面接の時に履歴書を見て知っている。

「沖縄料理は、智佳さんに任せられるわね！　そういうことで、よろしく！」

最後までハイテンションで、園長先生は去っていった。扉が閉まった後、菜摘さんと智佳は時計を見上げた。そろそろ給食を保育室に運び始めた方がいい。

調理室の隅にあるワゴンに向かう。タイヤのロックを外していたら、「沖縄出身だったんだ」と、菜摘さんが呟いた。

「はい。十八歳でこっちに来たので、もう人生の半分、東京ですけど」

「十八歳で半分ってことは、今、三十六歳？」

「そうです。年女《としおんな》です」

給食をワゴンにどんどん載せながら、十八歳――と、心の中で唱えた。

十八歳の時、どうだった？　何してた？

さっき返事し損なった、その問いに答えるなら――。

智佳は十八歳の時、沖縄にいた。そこで妊娠して、東京に出てきて結婚、出産をした。十八歳で、母になった。

智佳が産まれ育った沖縄の離島は、現在では東京からの飛行機の直行便も増え、大きなリゾートホテルが建ち並び、観光客で賑わっているらしい。でも智佳がいた頃は、観光客はまばらだった。

けれど小さな島ではないし、人口もそこそこだし、実家が島の中心地にあったので、自分が僻地《へきち》育ちだという認識はなかった。自分の生育や住環境について、突き詰めて考えたり、誰かと比べて何か思ったりするタイプではなかったというのもある。

東京で五人きょうだいの四番目だと言うと、必ず大げさに驚かれるが、地元では一人っ子や二人きょうだいの方が稀《まれ》だった。きょうだいは三人以上、祖父母と同居している家がほとんどで、東京に慣れるまでは、驚かれることに驚いていた。

実家の隣には、いくつかの居酒屋と民宿を営む伯父一家の住居兼社屋があり、智佳の両親はそこの従業員だったので、伯父一家とも家族同然に暮らしていた。智佳も中学に入った頃から、居酒屋の厨房で洗い物や、民宿の料理の配膳などによく駆り出されており、高校卒業後は進学せず、智佳も伯父の事業の手伝いをすると、何となく決まっていた。

進学は勉強が好きか得意な人だけがするものという認識で、同世代の親族で大学に行ったのは、伯父のところの従姉《いとこ》一人と、智佳の長兄と弟だけだった。従姉と長兄は沖縄本島の、弟は奨学金をもらって九州の大学に行った。長兄も弟も、そのままそちらで就職し、結婚した。

姉と次兄は高校卒業後に島で就職し、それぞれ二十代前半で同僚、幼なじみと結婚した。姉は四人、次兄は三人の子持ちになった。次兄は島で転職を繰り返した後、現在は従兄弟《いとこ》たちと一緒に、伯父の事業を引き継いでいる。

智佳が後に夫となる誠一《せいいち》と出会ったのは、十七歳、高校三年時の夏休みだった。その夏、伯父の民宿の一つの大部屋に、東京から来た男子大学生五人組が長期滞在していた。

「水産科だかの学生の合宿なんだって。この辺の海の生き物や、マングローブの観察をしてるとか。先生は別のホテルに泊まってるって」

と伯母が話していた。智佳も何度か料理を運んだが、大部屋の客にしては感じが良く、好感を持った。大部屋は工事現場の作業員や、マリンスポーツをするグループが泊まることが多く、宴会で酔って絡まれることもあったが、大学生たちは、ありがとう、いただきます、ごちそうさま、おいしかった、など、いつもにこやかに伝えてくれた。「あの子たち、朝出て行く時もちゃんと挨拶するのよね」と、従業員からの評判も良かった。

手伝いがなく、友達の家で遊んだ日の帰り道でのことだった。海岸近くの脇道を自転車で走っていたら、大学生の一人と出くわした。民宿で貸し出している自転車を路肩に停めて、辺りを見回している。

「こんにちは。うちに帰るんですか？」

「ああ、民宿の！　うわ、よかった！」

自転車を停めて話しかけると、大学生は安堵《あんど》の表情を浮かべた。研究が休みだったので、一人で島の散策をしていたのだが、帰り道で迷ってしまったのだという。

道案内することになり、二人で自転車を押して歩いた。そこで彼が誠一という名前で、智佳より二学年上の、大学二年生だと知った。

「智佳さんは高校生だったんだね。家の仕事を手伝ってて、偉いな」

クラスメイトの男子と他愛ない会話ぐらいはするものの、男の子と付き合った経験のない智佳は、最初は少なからず緊張していた。けれど誠一の話し方が柔らかく、大らかな雰囲気をまとっていたので、徐々に心身共にほぐれていった。

「海の生き物の勉強をしてるんですか？」

軽い気持ちで聞いてみたら、誠一の顔がぱあっと明るくなった。

「そう！　一昨日《おととい》雨が降ったから、昨日はマングローブでミナミトビハゼを見れたよ！　捕まえられなかったけどね。あともうアオサギも来ててね！　気持ちよさそうに日光浴してて、かわいかったなー」

　スイッチが入ったかのように饒舌《じょうぜつ》になり、あれこれ生き物の話を語ってくれた。こちらが地元なのに聞いたこともない名前のものばかりで、話にはまったく付いていけなかった。でも、目をキラキラさせて語る誠一の顔を見ながら聞いているだけで、智佳も何だか楽しくなった。

「今日、昼に釣りしてたおじさんと仲良くなったんだけど、その人アカマチを釣ったことがあるらしくて、それってすご……」

　突如、誠一が言葉と歩みを止めた。至近距離で顔を見つめられ、どぎまぎした。やがて、誠一が見ているのは智佳ではなく、智佳の肩越しの「何か」だと気が付いた。

　智佳も振り返ると、金色の光に目を刺された。夕日が海に沈むところで、水平線がじわじわと金色に染まっていく。

　ほうっ、と誠一が、声にならない息を漏らした。恍惚《こうこつ》とした表情で、誠一は瞬《まばた》きもせず、じっとそれを見つめ続けた。

　智佳は物心ついた時から当たり前にすぐそこにあり、これまで特別意識したこともなかった島の海と太陽を、初めて誇らしく感じた。


　数日後に、誠一たちは東京に帰ったようだ。久々に民宿の手伝いに行ったら、大部屋の宿泊者は、工事作業員たちに替わっていた。その時、自分が「淋《さみ》しい」と感じているような気がしたが、夏休みが終わり学校が始まると、元の日常に流された。翌三月に高校を卒業して、四月からは予定通り、伯父の事業を手伝うようになった。

流れが変わったのはその年の夏だった。市街地の商店街で民宿用の食材を仕入れて、帰ろうとしていた時に、「もしかして、智佳さん？」と背後から声をかけられた。

振り返ると、金色の光に目を刺された。だんだんはっきりしてきた視界の真ん中に、一年前に同じ光を一緒に眺めた人の顔があった。

「やっぱり智佳さんだ。また会えるなんて！」

金色の光の中で笑う誠一を見た瞬間に、智佳はこの人が好きだと確信した。

今年は合宿がなかったが、どうしてもまたこの島に来たくて、アルバイト代を貯めて一人で来た。昨日着いたばかりで、二週間ほど滞在する、と誠一は説明した。安くすませるため、今年は市街地から少し離れたところにある、ウィークリーマンションを借りているという。

三年生になったので、去年のメンバーはみな就職についても考え始めているが、自分は院に進みたいと思っているとも報告された。智佳は「院」がわからなかったが、誠一の話しぶりから就職はせず、勉強を続けるのだと理解した。

その日はすぐに別れたが、連絡先を交換すると夜にメールをくれた。「今度の休みはいつ？どこか行かない？」とあり、翌日は休みだったので、一緒に岬の灯台に出かけた。誠一はレンタカーを借りていて、「初心者だから、運転中は無口になるけど、ごめんね」と言いながら、智佳を助手席に乗せてくれた。

夜に誠一のマンスリーマンションに立ち寄り、帰り際にどちらからともなく唇を合わせた。

翌日は仕事が昼過ぎまでだったので、夕方からまたマンションに行き、その夜は体を重ねた。誠一も、女の子と付き合うのは初めてだと言っていた。

　智佳が休みの日は朝から一緒に出かけて、仕事が早く終わる日はマンションで会う日々を繰り返した後に、誠一は東京に帰っていった。

　約束した通り毎日メールと、三日に一度は電話をかけてきてくれたが、五日、一週間、十日、二週間と経つにつれて、智佳は不安になっていった。次はいつ会えるんだろう。こんなに遠く離れていて、付き合っていると言えるのか。大学には女の子も沢山いるだろう。誠一はすぐに智佳のことを忘れてしまうのでは――。

　妊娠がわかったのは、そんな思いが膨らんで、つらくなってきた頃だった。働いている居酒屋の昼営業が終わってから、二歳の息子と一緒に顔を出した姉と、店内で談笑していた際、甥《おい》っ子が調理台の上の魚の開きに興味を示したので、持ち上げて「ほうら、お魚さんだよ」と見せた瞬間、強烈な吐き気に襲われた。

　投げるように魚を調理台に戻し、トイレに駆け込んだ。吐きはしなかったけれど、うげええと汚い声が出た時にはもう事態を理解した。元より生理がだいぶ遅れていることが気になっていた。

「待って待って。えー、あんた、まさか」

　追ってきた姉も、すぐに察したようだった。

予報通り夕方から雨が降ってきて、折りたたみ傘を差して帰宅した。「ただいま」と玄関から声をかけると、すぐにリビングの方から「おかえり」と母の声が返ってきた。機嫌が良さそうで安心する。

左の下半身に麻痺がある母は、週に二日、小型バスで送迎してくれる、隣町のデイケアセンターに通っている。リハビリも少しはやってもらえるが、足を引きずっているものの今は杖《つえ》無しで一人で歩けるので、人との交流とレクリエーション活動のための色が濃い。比較的若い利用者が多いセンターで、読書会や映画鑑賞会、季節ごとに遠足などを催《もよお》してくれるのだ。でも中にはやはり合わない人や、当たりの強いスタッフさんもいるようで、嫌なことがあった日は、帰宅すると浮かない顔をしていることもある。

母はリビングのソファに座って、テレビを見ていた。脇に洗濯物が積み上げられている。

「取り込んでくれたの？　ごめん、私が出勤前にやるって言ったのに、忘れちゃった！」

「もうすぐ十八歳」の特集を見たせいだ。他のチャンネルではやっていなかったが、食事を終えた後も考えこんでいて、洗濯物が頭から抜け落ちた。

「いいのよ。バスから降りる時に、皆でもうすぐ雨が降りそうねって話してね。上を見たら、ベランダにまだ干してあったから」

「ありがとう。大丈夫？　ベランダで転んだりしなかった？」

「大丈夫よ。そんなに心配しないで」

あ、そうだ、と母は洗濯物の山から、黄色地のタオルをつまみ上げた。

「これもうボロボロだから、捨てていい？　あの子の大学の時のタオルよね。さすがにあの子も、もういいって言うんじゃない」

　この場合の「あの子」は、息子の誠一のことだ。母は智佳と話す時、誠一のことも、孫の春《は》香《か》のことも、どちらも「あの子」と言う。研究室の名前入りのタオルは、誠一があの合宿に来ていたメンバーと一緒に、卒業する先輩に贈ったものの残りだ。でも――。

「使うのは止めてもいいけど、捨てないで。私が、取っておきたいの」

　近くで顔を合わせているのが恥ずかしくなり、智佳は駅前のスーパーで買った食材をしまいに、キッチンに入った。

「それ、私が最初にこの家に来た時、お母さんが差し出してくれたのだから」

　エコバッグから食材を出しながら、カウンター越しに告げる。母はしばらくきょとんとしていたが、やがて思い出したように顔を上下に振った。

「ねえ、来週末のあの子たちが帰って来る日は何作る？　誠一はやっぱりエビフライかな。私も手伝おうか？」

　急に話を変えられた。やけに早口だ。

「いいよ、私がやるから。誠ちゃんはエビフライはそんなに食べないんじゃない？　もう三十八だよ」

　もしかして母も照れたのだろうか。「ええ、そう？」と言いながら、黄色いタオルをたたんで、そっと洗濯物の山に戻した。

姉がドラッグストアで買ってきてくれた妊娠検査薬を使うと、使用説明書に書いてあった時間を待たずして、くっきりと陽性反応のラインが出た。

「最近出かけることが多かったから、彼氏ができたかなとは思ってたけど。相手、誰？」

姉から両親と伯父たちにも伝わり、その日の夜に家族会議が開かれた。大人たちは皆、相手は島の人間だと思い込んでいたようだ。智佳が真実を告げると、驚いてざわついた。

「去年、合宿に来てた大学生？　あの行儀のいい子たちか！」

「誰？　ひょろっと背が高い子？　丸顔でメガネの子？」

「よく青いシャツ着てた子……。わからん」

とにもかくにも相手に連絡するように言われ、智佳はその場で誠一に電話をかけた。アルバイトの帰り道だったようで、誠一は最初、「はーい、お疲れ」と呑気《のんき》な声を出したが、智佳が事情を伝えると、「えっ！　本当に？　ええーーっ！」とさすがに慌てていた。

帰宅して親と相談してから、連絡をし直す。明日の朝になるかもしれないけど、待って欲しいと言われ、家族会議はお開きになった。これからどうなるのだろうという不安はもちろんあったが、つわりで気持ちが悪かったのもあり、智佳は一旦心を無にして眠りについた。

翌朝、誠一から「今日の便は取れなかったけど、明日の飛行機で母さんとそちらに行く」と連絡があった。本島からの乗り継ぎの接続が悪く、会えたのは更に翌日になったが、文字通りすぐに島まで飛んできてくれて、この時点で智佳の家族の心証を良くした。

すぐに二家族の会議が開かれたのだが、智佳は何度もトイレに駆け込んでいたので、あまり覚えていない。

何度目かのトイレから帰ってきた時、誠一の母に訊ねられた。

「智佳さんは、どうしたいですか？」

「産みたいです」

智佳が言うと、誠一が大きく頷いた。「僕も、産んで欲しいです」

誠一の母が「ありがとう」と頭を下げて、その後しばしの沈黙が流れた。

「じゃあ智佳さん、誠一と結婚して、東京に来てくれませんか。うちで出産して、育てませんか？」

智佳は反射的に自分の母を見た。母は強く温かな眼差しで、智佳を見つめ返した。「自分で決めなさい」と言われていると理解した。誠一の母に視線を戻し、大きく深呼吸をしてから、「はい。お願いします」と頭を下げた。

智佳の親族から、好意的などよめきが起こった。皆、二十歳そこそこで結婚して子供を持っているので、智佳の十八歳での妊娠も大事《おおごと》だとは誰も捉えていなかった。家族の人数が多いから、その一人が出て行くことに抵抗もない。

「良かったな！」「結婚おめでとう！」と祝福され、涙が込み上げてきた。智佳は大好きな誠一と結婚して、彼の子供を産めることが、純粋に嬉しかった。妊娠がわかるまで、もう会えないかもしれないという不安を抱えていたから、目の前に誠一がいて、これからずっと一緒にいられることに、胸がいっぱいにもなった。

智佳がトイレに行っている間に誠一は、自分の環境やこれからの希望について、智佳の家族に説明した。一人っ子で両親と三人家族。家は都心の住宅街の一戸建てで、総合商社勤めの父が大阪に単身赴任中なので、居住スペースには余裕がある。自分はすぐに大学を辞めて、働くべきなのかもしれないが、子供の頃から海洋生物が大好きで、一生懸命勉強をして今の大学に入ったので、予定通り院までは行かせて欲しいと頭を下げたそうだ。

家族で否定的に捉える人はいなかった。それどころか、皆あとから、「智佳の旦那、大学院ってところに行くんだって?」「頭いいなあ、すげえ!」などと、惚れ惚れとした様子だった。

誠一の母は、自分は四十六歳で、体力もまだある。専業主婦だし誠一がもう大学生だから、手も時間も余っている。智佳さんと産まれる子供の面倒はしっかりと見られますと、宣言したという。

家族は、身近にいない、こぎれいな格好をして、背筋をピンと伸ばした誠一の母に見とれて、「よろしくお願いします」と口々に頭を下げたそうだ。

安定期までは島で過ごすと話がまとまり、誠一と母は東京に戻っていった。

つわりでベッドとトイレを延々と往復し、ときどき這うようにして産婦人科に行く日々が始まった。こんな状態で東京に行けるのかと不安になったが、安定期に入ると徐々につわりが治まり、医師の許可も出たので、予定通りの日に上京を決行した。本島までは両親が、本島から東京までは誠一の母が付き添ってくれた。誠一は大事なレポートの提出前だとかで、来られなかった。

家族旅行で九州へ行った経験はあったが、それより東に行くのは初めてで、智佳は酷く緊張していた。けれど本島の空港で見送られる際、父が「行ってらっしゃい」と優しく背中を押してくれて、母は「智佳は頑張り屋さんだから大丈夫よ」と力強く言ってくれて、膨らみ始めたお腹を抱えながらも、背筋を伸ばすことができた。

東京までの機内では、酔ったのかつわりがぶり返したのか、吐き気を催し、誠一の母が拠り所になった。「トイレすぐそこだからね」「袋もあるし吐いてもいいのよ」「遠慮せずに甘えなさいね」と声をかけ続けてくれた母の手を、ぎゅっと握っていた。

東京の空港から家がある街までは、直行バスに乗った気がするが、うろ覚えだ。これから住む東京の街並みも、自分の住まいになる家の外観も眺めることができなかった。

誠一の母に手を引かれ駆け込んだ家の玄関で、転がるように倒れ込んだ。「ごめんなさい。無理。もう吐く！」と叫ぶと、「わかった。あと少し待ってて！」と母は廊下を走り、黄色地のタオルを持ってきた。「ここに！」とタオルを口に押し付けられるのと同時に、盛大に吐いた。

「つらかったね。頑張ったね。もう大丈夫よ」

誠一の母が耳許で囁《ささや》いて、背中をゆっくり撫でてくれた。誠一と似たやわらかい声と、心地よい手の平の感触を、智佳は今でも鮮明に思い出すことができる。

洗い物と夕食の下ごしらえをしてから家を出たら、いつもより一本遅い電車になってしまった。遅刻はしなかったが、「おはようございます」と早足で調理室に入る。

「おはよう。ねえ、これ見てもらっていい？」

調理台の菜摘さんに手招きをされた。重ねた紙を持っている。近付いて手許を覗き込み、智佳はのけぞった。

「『世界の給食』、十カ国分考えてみたの」

国旗や料理のかわいいイラストと、レシピと料理の解説だと思われる文字が、たくさん打ち出されていた。

「すごい、もうこんなに！」

園長に頼まれてから、まだ三日目なのに。

「ごめんなさい、私まだ全然で。中国は麻婆豆腐と春巻きとか、沖縄は八重山《やえやま》そばにラフテーっぽいものとか、何となくは考えてるんですけど……」

そもそも園長に伝えるだけでいいんだと思っていた。こんな立派な資料を自分は作れない。

「いいのいいの、まだ時間あるし。家で考え始めたら、何か楽しくなっちゃって作ってみただけだから、気にしないで」

菜摘さんはそう言ってくれたが、後ろめたい。智佳は先日、母に洗濯物を取り込ませた負い目から、ここのところ家事にばかり精を出していた。

「これは本当にいいんだけど。ついでだから、私、智佳さんに聞きたいことがあるんだよね」

「え、なんでしょう」

「智佳さん、調理師の資格を取る気はない？」

「あっ、ご迷惑かけてますか、ごめんなさい」

菜摘さんとパートさんの一人は調理師と栄養士の両方を、もう一人のパートさんも調理師の資格を持っている。

「いや、迷惑とかじゃないんだけどね。二年以上働いてるから、調理師の受験資格あるよね。余計なお世話だったら申し訳ないけど、智佳さんフルタイムだから、調理師を取ったら正社員になれるでしょう」

確かに採用面接の際に園長に、社の規定で調理部の正規雇用は有資格者だけなので、フルタイムでも時給になるがいいかと、申し訳なさそうに言われた。でも智佳は、自分が正規雇用されるなんて発想がないまま今日まで生きてきたので、「問題ないです」と答えていた。

「あの私、高卒だし、ちゃんと勉強をしてこなかったので、試験なんて受かるかなって。しっかりしてないし、何もできないし、正社員になっていいのかとも思うし……」

語尾が曖昧《あいまい》な上に、最後は声が消え入るようになってしまった。

菜摘さんがしばらく智佳を見つめた後、口を開きかけた気がしたが、「いいいーやー！」という耳を劈《つんざ》くような声に遮られた。どちらからともなく通用口に向かう。扉を半開きにして、並んで外を覗いた。二歳児クラスのコウくんが、園のエントランスのウッドデッキに転がって暴れていた。傍らには、コウくんのお母さんらしき若い女性が佇《たたず》んでいる。

「いいいーやー！」とまたコウ君が叫び、智佳は菜摘さんと無言で顔を見合わせた。助けてあげたいが、自分たちは園児に顔を認識されていない可能性が高いので、火に油を注ぐだけになるかもしれないと、きっと同じことを考えている。

二歳児クラスのカナ先生と、主任のミドリ先生がデッキに出てきた。心なしかコウくんの声も小さくなっている。そこにコウくんのお母さんが、「コウくん、偉いね！」と甲高い声を出して我が子に駆け寄った。

「自分で泣き止んだね！　偉い！　すごい！　ママ、仕事が終わったらすぐに迎えに来るから、コウくんはみんなと楽しく遊んでてね！」

語りかけながらさっと抱き上げ、しばしコウくんをあやすように揺らした後、自然な流れでカナ先生に託した。「お願いします」と頭を下げ、去っていく。すっかり泣き止んだコウくんも、カナ先生と保育室に入った。

「心配してくれたの？　お騒がせしました」

残されたミドリ先生が、こちらに気が付き話しかけてきた。

「いえ、何もできなくて。コウくんのママ、焦りもしないですごいね。まだ若そうなのに」

「ねえ。今、二十二、三歳だったかな。じゃあ産んだ時、二十歳ぐらいか。若いけど、ちゃんと大人だから、そりゃしっかりしてるよね」

智佳の胸が、ぎりりと捻られたように痛んだ。ミドリ先生はまだ菜摘さんに何か話しかけていたが、一人そっとその場を離れた。

白衣を着て帽子を被《かぶ》り、髪をすべて帽子に押し込んだ。手洗いとアルコール消毒を済ませ、よし、と調理台の前に立つが、頭が回らない。「産んだ時、二十歳」「ちゃんと大人」という言葉が、こびりついて離れなかった。

子供に転がって泣かれた経験は、智佳にも数えきれないほどある。智佳もコウくんママのように、宥《なだ》めるのが得意だった。母もよく、「私はすぐキィーッとなっちゃうけど、智佳ちゃんは元より穏やかだからか、上手よねえ」と褒めてくれた。

でも智佳は、智佳のことをよく知りもしない、智佳が育児をしているところを見たこともない人たちに、「十八歳で出産したの?」「まだ子供じゃないか」「ちゃんと育てられるのか」などと、頻繁《ひんぱん》に非難された。

産んだ時は確かに十八歳だったけれど、すぐに誕生日が来たので、実質十九歳だった。コウくんのお母さんとほとんど変わらないのに、この扱いの差は一体何だろう。当時の十八歳が、未成年だったからだろうか。産んだ時に成人していることが、そんなにも重要なのか。

でも今からはもう、十八歳で成人だという。釈然としないとはこのことだ。あの特集を見てから、ずっと考えている。もし智佳の時代にも成年年齢が十八歳だったら、智佳の人生は、何か違っただろうか。若くして出産したことを、非難されることもなかっただろうか。誠一や母の人生を、変えることもなかっただろうか——。

十八歳での智佳の出産を最初に非難したのは、誠一の父だった。

智佳が初めて誠一の父に会ったのは、上京した年の年末だった。大阪に単身赴任していた誠一の父は、婚姻届を出して、智佳が誠一の家に住むようになってから二カ月近くもの間、一度も家に帰って来なかった。智佳は会社員生活のことを知らず、東京と大阪の距離感や交通事情もわかっていなかったから、仕事が忙しくて、滅多に帰って来られないのだろうと呑気に考えていた。

久々の帰宅の日、誠一と母は朝から智佳に、「体がキツかったら、無理に一緒にご飯を食べなくてもいいからね」「辛かったら、部屋に戻っていいからね」と繰り返し伝えていた。けれど智佳は、初対面だからきちんと挨拶して交流したいと思い、部屋着から外出着に着替え、ダイニングテーブルの椅子でできる限り背筋を伸ばして、誠一の父が帰ってくるのを待っていた。

やがて帰宅した際には、立ち上がって、お腹を抱えながら腰を折り、「はじめまして、智佳です。よろしくお願いします」と挨拶をした。しかし誠一の父は、「君が智佳さんか」と一瞥《いちべつ》したただけで、すぐにリビングを出て行った。コートと背広を脱いで戻ってきても、食事が始まっても、智佳とはまったく目を合わせてくれなかった。母と誠一との会話も弾んでおらず、いつも三人での食卓は他愛ない会話で明るく楽しいのに、その日は重苦しい空気が漂っていた。

耐えきれなくなり、智佳は口火を切った。

「あの、お腹の子は七カ月になりました。女の子です。順調です」

誠一の父は、しばし見下すような視線で智佳を観察するように眺めた後、「本当に産むつもりなのか」と、吐き捨てるように言った。智佳は、固い物で頭を殴られたような衝撃を受けた。

「お父さん、今さら何言ってるの！　もう結婚だってしてるのよ！」

母が叫んだが、誠一の父は語尾に被せるように言った。

「私は最初に報告を受けた時から、反対してる」

「父さん、僕も智佳ちゃんも、ちゃんと考えて育てていこうって……」

誠一の反論にも「おまえは黙っていろ」と被せてきた。そして再び智佳に抑揚のない声で、強い言葉を、誠一や母が止めるのも聞かず、どんどん投げつけてきた。「まだ十八歳だろう。子供じゃないか」「高卒で親の手伝いしかしたことない子供に、何ができる」「ちゃんと勉強してないヤツは、だいたい途中で逃げ出すんだ」「見るからにしっかりしていない」など――。

限界が来て、智佳はトイレに駆け込んで沢山吐いた。この時の「限界」が、体のだったのか、心のだったのかは、未だにわからない。

「智佳ちゃん、ごめん！　本当にごめん！　父さんにもわかってもらえるように、ちゃんと僕が話すから！」

扉の向こうで、誠一が涙声で叫び続けていた。


誠一の父はお正月明けまで滞在したが、会社の忘年会や新年会、取引先との初ゴルフと外出ばかりしていて、智佳とはほとんど顔を合わせなかった。

智佳はその頃、強い眠気に襲われるようにもなっていて、ひたすらに寝て、起きてはたまに吐いてを繰り返す年末年始になった。誠一と母はずっと智佳に付き添ってくれた。常にウトウトしながら、普段のこの家の年末年始がどんな風なのかわからないものの、申し訳なく感じていた。

誠一の父が帰ってこなかったのは、自分を受け入れていないからだったんだと、その頃よく考えた。でも、つまりそれは、もう頻繁にお腹をぽこぽこ蹴ってくるようになった、お腹の子の存在も否定されているということなので、突き詰めて考えず、眠って誤魔化した。

大阪に戻った誠一の父が、再び帰ってくることはないまま、三月下旬に智佳は女の子、春香を出産した。三十七週に入ってすぐに、お腹に強い痛みを感じて病院に行ったら、「中で赤ちゃんが苦しい姿勢になっているから」と、緊急帝王切開で産むことになったのだ。智佳は三月末の生まれなので、予定日の四月中旬には十九歳になっているはずだったが、結果的に十八歳のうちに母になった。

幸い春香は元気で、智佳の産後の回復も早かった。帝王切開になったので予定より延びた入院中に、智佳の両親は島から駆け付けてくれたが、誠一の父はやって来なかった。

春香という名前は、誠一の母が付けてくれた。母に名付け親になって欲しいと望んだのは、智佳だ。母ははじめ、「二人で付けなさい」と言ったが、何度も頼むと「本当にいいの？」と言いながら、引き受けてくれた。後から誠一に聞いたところによると、母は夜中にリビングでノートを広げて、漢字を色々書き出してみたり、思い付いた名前を声に出して呼んで首を傾げたりといったことを頻繁にしていたらしい。

初めての子育てはわからないことばかりだったが、誠一も何でもやってくれたし、常に母が助けてくれたので、辛いと思うことは少なかった。

母は出産直後に、「春香ちゃんの世話は二人でしなさい」「私は二人の世話をするから」「でも辛いと思う時は頼りなさい」と宣言をして、それを実行してくれた。日中の育児は、すべて智佳がやった。母は智佳が一仕事終えて一息吐《つ》く時、さっとお茶や食事を差し出してくれた。離乳食を作っても作っても食べてくれず、スプーンを手で払われて、智佳がお粥《かゆ》まみれになった時に「ごめんなさい。明日一日食事をあげるのを代わってもらえませんか」とお願いしたら、「三日代わってあげる」と言って、また頑張ろうという気にさせてくれた。

誠一は年末を区切りにバイトを辞めて、日中は大学に行き、夕方に帰宅してからは、春香の世話を沢山してくれた。夜泣きした時も春香を寝室から出してあやし、ミルクで夜間授乳をしてくれて、とても助かった。

春香が生後三カ月になった時、誠一の父が荷物を取りに一日だけ帰宅したが、やはり智佳とは目を合わせなかった。誠一が春香を抱いて見せたが、以前に智佳にしたように一瞥しただけで大阪に戻った。

春香が八カ月になった頃、母と誠一の父は離婚話を始めた。お互い弁護士を付けて、調停もして、春香が二歳になる頃には正式に離婚が成立した。

家のローンと、誠一の残りの学費、母が年金をもらう年齢になるまでの生活費は、これまで通り払われるということで、話がまとまったという。「あなたたちは何も心配しなくていいからね」と言われたが、ちょっとぽっちゃりで、それが魅力的な人だったのに、その頃の母は手の甲の骨が浮き出るぐらいに痩せていて、心配せずにはいられなかった。

誠一からは、「父さんは以前から、母さんとも僕とも、上手くいってなかったんだよ。智佳ちゃんのせいじゃないからね」と説明された。でも離婚にまで至ったのは、やはり智佳が妊娠した状態でこの家に来たせいだろうという思いは今も持ち続けている。

　白衣を着て、帽子に髪をしまいながら、時計を見上げる。いつもは十五分前出勤の菜摘さんが、始業時間になったのにまだ来ていない。内線もかかって来ないから、園長の許《もと》に遅刻や欠勤の連絡もないようだ。

　今日の主菜で使う白菜を冷蔵庫から出して、刻みにかかる。ときどき時計を見上げて、その度に自分で苦笑した。一分おきか、それより早いペースで見ている。

　始業時間を十五分過ぎて、さすがにそろそろ園長に相談しようかと包丁を止めた時、扉が勢いよく開いて、菜摘さんが駆け込んできた。

「ごめん！　遅くなって！」

「大丈夫です。準備、焦らないでくださいね」

「ありがとう。本当にごめんね！」

　焦らないでと言ったのに、菜摘さんはカバンをロッカーに投げるようにして置き、凄まじい速さで白衣と帽子を身に付けた。

「いつもより二本遅い電車になっちゃって。電話しようにも、電車の中じゃできなくて、もう走った方が早いかなって……」

息を切らして喋りながら、ロッカーに近付き、カバンから携帯をそっと取り出して白衣の下のズボンのポケットに滑り込ませる。いつもはカバンに入れているはずだ。大体の想像は付いてしまう。家族、お母さんに、何かあったのだろう。

聞いたことはないが、菜摘さんはお母さんと二人暮らしだと想像している。退勤時にウッドデッキで、「今から帰る」「何か買う物ある?」などと携帯で話しているのを何度か聞いたことがある。説明はできないけれど、夫でも子供でも父親でもなく、相手はお母さんだな、と毎回思った。退勤後に駅前のスーパーで、お弁当を二つ買っているのを見かけたこともある。

自分が白菜を刻む音に合わせて、心臓がばくばくと鳴り出した。どうしたって、自分の母が倒れた時のことを思い出してしまう。

顔がずっと強張《こわば》っていて、相変わらず無口だけれど、菜摘さんはいつもと変わらない手早さで、ミス一つせずお昼給食とおやつの両方を作り上げた。

しかし、事は起こった。智佳がおやつを保育室に運搬して、ワゴンを引いて戻ってくると、菜摘さんが帽子の中に携帯を差し込んで、誰かと話をしていた。

「できるだけ、早く向かいます。でも仕事が終わるのが……」

「いいですよ。行ってください!」

勢いで智佳は背後から叫んだ。菜摘さんが肩をびくっとさせて振り返る。

「片付けぐらい、私一人でできるので。行ってください。園長先生には私から話しておきます」

「いいの?」

菜摘さんは携帯を耳に当てたまま、掠《かす》れた声で言った。よく見ると、目には涙が滲《にじ》んでいる。

「はい。行ってください」

大きく頷く。あの日の自分も、電話を受けた時、声が掠れて涙が滲んだ。思い出して震えてしまう。


春香は三歳になった翌月の四月から、誠一も行っていたという、近所の幼稚園に通うことになった。時を同じくして、院の修士課程を修了した誠一は、都の水産課に就職した。お世話になった教授から、博士後期課程への進学を勧められたそうだが、家族の存在を理由に断ったようだった。智佳は研究をしている誠一が好きなので複雑だったが、そろそろ自分たちも自立しなければという思いがあり、何も言わなかった。

そして智佳も、初めて働きに出ることになった。春香の送迎や、保護者も手伝う園の行事は、基本的に母がやってくれるという。前々から母に、「智佳ちゃんは、いつか働きに出るといいわ。家以外にも居場所が必要よ」と言われていた。智佳は家族の他に居場所が欲しいと思ったことはなかったが、生活のためにお金は少しでも多くあった方がいいので、決心した。

しかし、仕事を探し始めても、驚くほど決まらなかった。実家の手伝いをしていた経験から飲食店でパートをしようと、近所のショッピングセンターや、隣駅前の商店街の店を片っ端から当たったのだが、面接でいつも落とされてしまう。

当時二十二歳だったが、履歴書の「高校卒業」の後が何もないので、この空白期間は何をしていたんですか？　と聞かれるのだ。それに答えると、激しく、本当に何もそこまでと思うぐらい激しく、「ええっ！　十八歳で出産したの？」「もう三歳のお子さんがいるの？」と驚かれた。更にその後に必ず、一人残らず必ず、「全然そんな風に見えないのに」と言った。

智佳は初め、この言葉の真意がわからなかった。けれど四件目で、二十代後半だと思われる男性店長に、「見えないけど、元ヤンなんだ！」と笑われ、ようやく理解した。東京では「十八歳で出産した」は、すなわち「不良だった」と断定されるようだ。

この店は採用してくれそうな気配があったが、店長のヘラヘラした態度が不快だったので、こちらから断った。更に三件落ち続け、合わせて八件目に受けたファミリーレストランで、ようやくホール係として採用された。

ヘラヘラ店長の後に落とされた三件には、不採用の電話がきた際、希望シフトは双方一致しているのになぜかと聞いてみた。答えは、「まだ小さなお子さんがいるってことだったので」「高校卒業した後、働いたことがないのが気になった」「未成年で出産した人は、うちのメンバーとは合わないかなあ」とのことだった。

働き始めた店でも、その手のことは飽きるほど言われた。店長が智佳のプロフィールを話していたらしく、勤務初日で同僚のパートたちから、「十八歳で子供産んだんだってね」「まだ二十二なんでしょ？　私たちみたいなおばちゃんと働くの辛いよね」などと好奇の視線を向けられ、距離を置かれた。仕事に慣れた頃、智佳と同い年で一歳の男の子の母親だという女性が入ってきて、仲良くなれるかと期待したが、初めて育児の話をした時に、「旦那のお母さんが、私が子供にキツいってうるさいんだよね。でも悪いことしたら叩くのは普通じゃない？」と怖いことを言うので、智佳の方から距離を置いた。

でもその女性は他の同僚から、距離を置かれたりはしていなかった。同い年だが、出産時に二十代だったからだろうかと思うと、複雑だった。智佳はその後も誰とも仲良くなれず、職場を居場所だと思うことはできないまま淡々と数年働いた。

ある時、智佳が伝票整理で、誰でもするようなケアレスミスをしたのを受けて、店長が裏で「やっぱり十八歳で出産したような子だから」と話しているのを聞いた。智佳が悪質クレーマー客に怒鳴られた時には、パートリーダーが「あの子、働いたことなかったから」と陰口を言っているのが耳に入った。そういったことが続いて疲れてしまい、春香が小学校に上がるのを機に、そのファミレスは辞めた。

誠一と母には環境を変えたいと伝えた。春香が小学校に入って習い事を増やしたから、母は自分に気を遣っているんだと思ったらしい。「私、春ちゃんのこと、全部やれそうだから大丈夫よ。遠慮しないでね」と言われてしまい、今度は和食チェーンの厨房で働き始めた。

二十五歳になっていて、履歴書にはファミレスでのパート歴も書いたので、今度はすんなりと採用された。店長は物静かな人で、子供の年齢を聞かれたりはせず、厨房での調理業務も無駄話がなく、適度な距離感で同僚と付き合うことができてよかった。

しかし、春香が三年生になる頃に潮目が変わった。異動してきた三十代の男性店長が、パワハラ、モラハラの塊のような人だったのだ。智佳は何故か一番の標的にされて、わざわざ採用時の履歴書を掘り出して見たのか、業務的なやり取りで智佳が何か言うと、「未成年で子供産んだヤツには話が通じねえな」「正社員になったことないヤツの発想だよな」などと言われ続けた。だんだん心が蝕《むしば》まれ、春香が四年生の頃には不眠気味になり、辞めるために何か正当な理由を用意しなければ、と考えるようになった。

一番の理想は、二人目ができることだったが、これは今も叶えられていない。春香を妊娠中から、誠一とはきょうだいを作ってあげたいと話していたのだが、誠一が就職するまでは保留にした。

就職後は、誠一は慣れない仕事で、智佳はパート先の居心地の悪さで、お互いに疲れて行為自体が減ってしまい、いつしか二人目については話題に出なくなった。更にその頃は、都の他課の職員が同僚女性への性暴力で逮捕される事件があり、マスコミと世間から都の組織全体が糾弾《きゅうだん》されているような状況で、疲弊している誠一に二人目をと言い出せる空気ではなかった。

共に二人目の希望がまだあった頃は、いつまでも母に頼っているわけにもいかないから、誠一が就職したら家を出てアパートを借りようとも話していた。けれど離婚した母が激痩せしたので、しばらく様子を見ているうちに、現在まで同居のままになっている。

そんな折、同僚の四十代の女性が突然、夫の母が要介護状態になった、私しか面倒を見る人がいないからと、パートを辞めた。智佳はそれを見て、本当に一瞬だけれど、私が仕事に出られてしまうのは、母が若くて健康で、春香の世話をできてしまうからだと思ってしまった。

智佳のパート先に、尋常じゃない様子の誠一から電話がかかってきたのは、その一カ月後だった。

「母さんがスーパーで買い物中に倒れて、救急搬送されたらしい。意識がないって」

子機を持ったまま、近くを通りかかったパートリーダーに、「あのっ、私、早退してもいいですかっ」と叫んだ。その声は酷く掠れていて、涙で視界はぼやけていた。

最寄り駅の改札を抜けたところで、バッグの中の携帯が震えた。園長からだ。道路脇に避《よ》けてから出る。

「智佳さん？　今日は一人で片付け、ありがとうね。急で大変だったでしょ」

「いえ、大丈夫です」

「あのね、今、菜摘さんから連絡があって」

明日から三日間、菜摘さんは忌引《きび》きで休むそうだ。パートさんが来る日もあるが、姉妹園からのヘルプも手配中だという。

「わかりました。よろしくお願いします」

電話を切って、もうとっぷり暮れている空を見上げた。左側が欠けた半月が、夜の住宅街を照らしている。菜摘さんのお母さんは、一命を取り留められなかったのだ——。

母は脳梗塞だった。誠一と病院に駆け付けた時は意識がなく、そのまま数日間、眠り続けた。ようやく目覚めた時には、左半身が麻痺していて、呂律《ろれつ》も回っていなかった。そのあと色々と検査をしたら、腎臓を悪くしていたことが判明した。

並行して治療をすることになり、入院期間は半年以上に亙《わた》った。智佳は病院に駆け付けた日を最後にパートを辞めた。辞めざるを得ない状況だったが、辞めたいと思っていたので、罪悪感に苛《さいな》まれた。

一瞬だけでも、自分があんなことを考えてしまったから、母は倒れたのではないか。そうじゃなくても、長きに亙って春香の世話を任せていたから、疲労が蓄積していたのではないか。いずれにしても自分のせいだと、思わずにはいられなかった。

入院中からリハビリが始まって、退院後は自宅から遠いリハビリセンターに通うことになった。そこからの数年間は、誠一や春香もあれこれ手伝ってくれたり、ある程度自分のことは自分でやってくれたりはしたが、智佳は母の介護、リハビリへの送り迎え、家事と春香の世話に邁進《まいしん》した。

さすがの母も、体が突然不自由になったことには堪《こた》えたようだ。この頃はよく、「私なんて、あの時に死んじゃえばよかったのよ」というような弱音をこぼしていた。誠一も、事件以来、都の職員がマスコミに粗探しされることが長年続き、疲れていた。私的飲み会や私的ゴルフを経費で落としていたとか、職員同士の不倫で裁判沙汰になっていたとか、常態的に組織が責められていた。

この頃の家族にとっての光は、ただ一点、春香だった。春香は幼い頃から明るく、賢く、活発で、勉強の成績も運動も、いつもクラスで一、二を争っていた。生徒会役員に選出されたり、発表会の合唱では指揮者を任されたりと、次々と明るい話題を振り撒く子だった。

春香の成長を見守ることで、大人たちは何とか日々を繋ぐことができた。母がリハビリに疲れていたら、「私、おばあちゃんとまた牧場で一緒にポニーに乗りたいよ！」と声をかけたり、誠一が暗い顔をしていたら、「お父さん、今度の日曜日にサファリパークに連れてって！　あ、でも雨みたいだから、やっぱり水族館！」とねだったり、計算なのか素《す》なのかわからないが、人を元気づけるのも上手だった。

智佳が春香について、何よりも「良い」と思っていたのは、かつての誠一と同じように、春香にも、語り出したら目をキラキラさせて、口が止まらなくなるぐらい、夢中になれるものがあったことだ。春香は物心ついた時から、無類の動物好きだった。

中でも一番好きなものは、父の誠一とは違って海洋生物ではなく、馬や牛や羊などの、牧場にいる動物だった。幼稚園に入ったばかりの頃、動物たちと触れ合える牧場に家族で出かけたら、きゃあきゃあ声を上げて喜んで以来、休みの日の家族での行楽は、牧場か動物園、サファリパークが定番になった。母が倒れる前は、計四回、智佳の実家のある島に春香も一緒に里帰りした。二度目に帰った際に、住人より牛の数の方が多いという、牧畜で有名な離島に連れて行ったら、絶対に帰りたくないと泣き、急遽《きゅうきょ》その島に泊まったこともあった。

過去の思い出に浸りながら帰宅し、リビングに向かって「ただいま」と言った。しかし返事がない。「お母さん？　ただいま」と、さっきより大きい声を出したが、やはり返事はなかった。

菜摘さんのお母さんの訃報を聞いたばかりなので、背中がぞわっとして、急いでリビングに駆け込んだ。母はソファに横たわって、目を閉じていた。ひっ、と声が出る。近付いて、肩を力いっぱい揺らした。

「お母さん！」

「やっ！　何？」と母が飛び起きて、目を丸くして智佳を見た。

「あ……。寝てた？　もしかして」

「寝てた……。寝ちゃってた。びっくりした」

「ごめん。でも、こんな時間に。体調悪いの？」

息を整えながら訊ねると、母は首を横に振った。

「体調は悪くない。ヒマだったからよ」

え、と智佳は声を漏らした。

「今日はデイケアじゃないから、朝から家のことをしようかと思ったの。でも何もすることがないんだもの。ご飯の作り置きもいっぱいだし、洗濯物も洗い物もやってあるし、床にゴミ一つ落ちてなくて。だからヒマで寝ちゃったのよ」

今までに聞いたことのない母の強い口調には、明らかに棘《とげ》がある。何も返せないでいたら、母は「コーヒー淹れるわ。智佳ちゃんも飲む？」と立ち上がった。癖で「私がやる」と止めたくなったが、懸命に堪《こら》えて頷いた。

呆然としている智佳をソファ脇に置いて、母はすーっ、すっすっと床を擦って歩き、キッチンに入った。豆から淹れるようで、背伸びして戸棚に手を伸ばす。ハラハラしたが、智佳は唇を嚙《か》んで、無言で見守った。

豆の袋とミルを取り出し、丁寧にメジャースプーンで量って、母はミルに豆を入れた。体重をかける姿勢で、ギィ、ギィと挽《ひ》き始める。

「智佳ちゃんは、私に申し訳ないって思ってるんでしょう。でも、そんな風に思うことないのよ。私は、あなたを利用したんだから」

一度手を止めて、母は智佳を見つめた。そして、またギィ、ギィと音を響かせる。

「お父さんには、愛人がいたのよ。智佳ちゃんが妊娠する前から、私は知ってた」

今度は、声も出なかった。智佳は豆を挽く母を、ただただ見つめるしかできなかった。ギィ、ギィ。リズムに合わせて、母はまるで歌うように滑らかに語った。

「私、短大を出た後、銀行に勤めたんだけどね。二十三歳でお見合いして、二十四で結婚して、二十五で誠一を産んで。その後すぐに子宮の病気になって、もう子供を産める可能性は少ないって言われた。当時は不妊治療も今ほど当たり前じゃなかったから、いっぱい泣いたわよ」

初めて聞く話で、智佳はギィ、ギィというＢＧＭと一緒に、黙って聞き入った。

「お父さんはみるみる冷たくなってね。子供がいるのに有り得ないって、何度頼んでもパートでさえ働かせてくれなくて、仲が悪いのにずっと家にいなきゃいけなくて。誠一が社会人になったら、私は何をすればいいんだろうって、そればっかり考えてた」

母はまだミルを回しているが、音がしなくなった。もう挽き終わったのだろう。

「智佳ちゃんが子供を産みたいって言ってくれた時、この子を利用しようって思ったの。うちで産んでもらおう、私も育てるのを手伝わせてもらおうって」

母は手を止めてしばらくミルを見ていたが、また視線を智佳に戻す。

「だから、申し訳ないなんて思わないで。足がこんなだし、もう外で働くのは無理だろうけど、家のことぐらいできるんだから」

また強い口調で言って、母はフィルターを取るのか、再び戸棚の方を向いた。その背中に智佳は話しかける。

「私、お母さんにお願いがあったの。帰り道で考えてた」

フィルターを手にして、母は「何?」という顔で振り返った。

「調理室の先輩が、明日から木曜まで急遽休むことになったの。パートやヘルプの人を私が仕切らないといけなくて。そういうの苦手だから、疲れると思うんだよね。土曜日から誠ちゃんと春香が帰ってくるでしょう。ご飯作り、お母さんにも……」

「手伝うわよ」と、まだ話が終わっていないのに、母が後を引き受けた。

「買い物も私がしてもいいわよ。ネットで宅配食材の注文だってできるから」

さっきまでと打って変わって、声が弾み、顔も明るくなっている。それほどまでに何かしたかったことに気付いてあげられず、申し訳なかった。

「じゃあお願い」と智佳が言うと、母は心なしかさっきより早く歩き、コーヒーメーカーに向かった。フィルターと水をセットして、スイッチを入れる。今度はコポポポポ、という音が響き始めた。

「ねえ春香、次の三月で十八歳で、もう成人なんだよ」

ソファに座って、智佳が話を変えると、「ええ、そう？」と母は声を上げた。

「智佳ちゃんが春香ちゃんを産んだ年ね。今は十八歳で成人になるんだったわね。春香ちゃんもそうなるの？」

「うん。この間テレビで言ってた。春香もそうだって気付いたのは、後からなんだけど」

春香の高校生活は、作業着で泥まみれになって、牛の世話をするのが日常なので、化粧をした渋谷の女子高生とは、印象が重ならなかったのだ。

春香は今、誠一と二人暮らしをして、九州の高校の畜産科に通っている。小学校の卒業文集に、「将来は牧場を運営したい」と書き、中二の時に、学校に取り寄せてもらったというパンフレットを持って、「ねえねえ、この高校、畜産科があるんだって！　私ここに行きたい！」と言ってきた。

「やりたいことはやらせてあげたいけど、さすがに九州には通えないでしょう」

智佳が言うと、誠一は「ちょっとそれ見せて」と春香からパンフレットを奪い取った。そして、しばらく眺めた後、「近いかも。いや、実は」と、突然の告白をしてきた。

院時代の先輩が勤めている、海洋研究センターに研究員として来ないかと誘われている。東京支部もあるが、九州支部が人手不足で、行くなら、まずは九州で三、四年勤めることになる。その支部のある場所が、春香が行きたい高校と、そう遠くないのだという。

「行くの？　ねえお父さん、行くの？」

春香が目をキラキラさせながら、誠一の袖《そで》を摑んだ。誠一は、懇願するような眼差しで智佳を見た。もう彼の気持ちは決まっていたのだろう。家族のために真面目に働いてくれてはいるが、仕事がつらいことは、ずっと前から気付いていた。母を見ると、母は智佳を諭すような視線を返した。「あなたが決めなさい」と語っていた。

一週間ほど悩んだ末に、二人に「いいよ。行っておいで」と伝えた。夢中になれるものがある、夫や娘を尊敬していた。母がリハビリセンターからデイケアに移って、都職員へのバッシングもさすがに収束し、家族にやっと平穏が訪れていた時期だったから、二人がいなくなってしまうことは単純に淋しかった。

でも自分が十八歳で妊娠したことで、母と誠一の人生を変えてしまったという思いが、ずっとあった。智佳が来なかったら、せめて妊娠時に成人していたら、母は父と離婚しなかっただろうし、脳梗塞にもならなかったかもしれない。誠一は博士後期課程に進学できたかもしれない。

まず誠一が転職して九州へ向かい、一年後に春香も志望校に合格し、家を出た。母との二人暮らしが始まった。

「あの子たち、帰ってくるのよね。楽しみね」

出来上がったコーヒーを淹れたカップを、母が両手に持って運んでくる。足が床を擦る度にコーヒーの表面が波立ってハラハラしたが、智佳は「二泊三日だけどね」と相槌を打ちながら、辛抱強く見守った。

やがてローテーブルに置かれたカップを、「いただきます」と手に取り、母もソファに座るのを待ってから、並んで二人でふうふうした。

一口啜《すす》った後、「どう?」と聞かれたので、「ちょっと苦い」と正直に言う。「ね。苦いわね」と母も顔をしかめるので、また笑ってしまう。

「でも、おいしい。ありがとう」

湯気に視界を遮られながら、智佳はまたふうふうした。


菜摘さんが休みを延長する可能性もあると思ったので、金曜日は二十分前に出勤した。でも扉を開けると、彼女はもうそこにいて、「おはよう」といつもと変わらない様子で挨拶をした。

「三日間、ありがとうね。月曜も、早退させてくれてありがとう」

頭を下げられて、「いえ」と智佳は腰を折ってお辞儀をした。お悔みの意味を込めたつもりだが、改めて何か言う方がいいのだろうか。

「今ね、ヘルプに来てくれた園に、お礼の電話をしてたところ」

迷っていたら、菜摘さんが先に口を開いた。

「みんな、智佳さんがテキパキ仕切ってくれたから、仕事がやりやすかったって言ってたよ。本当にありがとう」

思いがけず褒められて、「いえ、そんな」と顔の前で手を振る。菜摘さんが、「ねえ、智佳さん」と改まった声を出した。

「智佳さんは、しっかりしてない、なんてことないよ。何もできない、なんてあるわけないよ」

大きな目で見つめられて、どうしていいかわからなくなった。曖昧に頷いて、足早にロッカーに向かう。

白衣を取り出していたら、「母がね、亡くなったの」と、背後で菜摘さんが呟いた。

「月曜日に倒れた時は焦っちゃったけど。もう八十近かったし、肝臓が悪くてね、十年ぐらいずっと入退院を繰り返してたから、今は、母は楽になれたかな、私もちゃんと見送れたよね、って落ち着いた気持ち」

「そうだったんですね」

白衣を一旦ロッカーに戻し、智佳は菜摘さんと向き合った。十年の介護と、この三日のお通夜やお葬式を、それこそ菜摘さんが一人でテキパキと仕切ったのだろう。お疲れさまでした、と心からの敬意を言葉に込めた。

「今まで、こういう自分の話、まったくしなくてごめんね。不愛想だったでしょう。病気の母と二人で住んでる話されても、困るかなあと思って」

勢いよく、智佳は首を振った。智佳は菜摘さんがそういう人だからやってこられたのだ。採用面接の際に、園長に言われた。「相方になる菜摘さんって人、すごく仕事ができて、怖い人じゃないんだけどね。自分の話や無駄話を一切しないから、前の人は場が重くて、それが嫌だったみたいなの。大丈夫かしら?」と。

智佳はそれを聞いて、絶対にここに採用されようと意気込んだ。また仕事をしようと決意したのは、春香が家を出て手が空いたこともあるが、誠一が転職して収入が前より下がったことに加えて、九州での二人の生活費もかかるので、家計の足しにするためだった。けれど過去の嫌な経験から、できれば職場の同僚には、自分のことは何も明かさないまま働きたいと思っていた。

でも今は——。白衣を手にして、披り始めた菜摘さんに勇気を出して話しかけてみる。

「あの、私、調理師の試験、受けてみようかと思います」

首から頭を出すところだった菜摘さんは、その状態で「え！」とくぐもった声を出した後、ずぽっと顔を出して叫んだ。

「いいじゃない！　いい！　頑張って！」

「母と二人暮らしなんですけど、母がこれまでより家事をやってくれるって言うので、頑張ってみようかと」

「そうなんだ。智佳さんも、お母さんと二人暮らしだったのね」

「はい。義母ですけど、私には母なんです。実母も夫の母も、どちらも同じで、母」

菜摘さんが少し不思議そうな顔をしながら、「そっか。結婚してたんだね」と言う。「はい」と返事する智佳の心臓は、かなり速く鳴っていた。

自分のことを話したくないからここに来た。でも智佳は今、菜摘さんに話したい、聞いて欲しいと思っている。

「夫は今、九州で娘と二人暮らしをしてます。娘が行きたい高校が、たまたま夫の赴任先の近くだったので」

菜摘さんが、今度は目を丸くした。

「え？　娘さん……。高校？　ん？」

「娘は今、高三です。もうすぐ十八歳」

すうっと息を吸ってから、吐き出すように智佳は話した。

「十八歳で、産んだんです」

体が強張る。俯《うつむ》いて、目を伏せた。

しばらくの沈黙が流れた後、頭に「すごーい！」と声が降ってきた。顔を上げると、菜摘さんが満面の笑みになっていた。

「すごいね！　智佳さん、すごい！」

「え。すごいって、何が」

「ん？　だって私、どれもしたことないもん。結婚も妊娠も、出産も育児も。血のつながってない母と一緒に住んだこともないし。智佳さん、すごいよ。全部してるなんて」

あたたかい「何か」が、智佳の体をゆっくりと廻《めぐ》った。「ありがとうございます」と言ったつもりだが、声が震えてしまって、菜摘さんに聞こえたかわからない。

二年半一緒に働くうちに、この人には自分のことを話したいと思うようになっていた。何故なら、菜摘さんはきっと、好奇の目で見たり、距離を置いたりしないと思ったからだ。

智佳も白衣を被る。帽子に髪を押し込みながら訊ねた。

「菜摘さんは、どうしてこの仕事を？」

ここに来て、ちょうど十年だと前に聞いたことがある。菜摘さんは準備運動をするように、手首を振った。

「私はきっと、子供を産まない人生になると思ったから。少しでも子供に関わりたかったのかな」

自分は一人いるので、口には出さなかったが、その気持ちはわかる気がした。智佳も二人目ができそうにないので、また少しでも子供に関わりたいと思って、ここの求人に惹かれた。

「ここに来る前は、何をしてたんですか？」

「大学を出た後、まあまあ大きな広告会社に入ったの。そこのデザイン企画室に三十歳までいた」

そう聞いて、『世界の給食』のレベルの高い資料に納得がいった。

「会社を辞めてから栄養士の学校に通って、調理師も……」

話しながら、菜摘さんが時計を見上げた。智佳も倣《なら》うと、始業時間になっている。初めて少しお互いのことを話せたからと言って、仕事をサボってお喋りしてていいわけはない。

冷蔵庫から今日の主菜の豚肉の平切りを取り出した。

菜摘さんが野菜室から出したキャベツを両手で弄《もてあそ》ぶようにしながら智佳を見て、ニヤッと笑う。

「ねえ。来週あたり、飲みに行かない？」

智佳は豚肉のラップを剝《む》きながら、「行きましょう」と被せるように返事をした。

チャイムが鳴り、母と一緒に玄関に急いだ。「おかえりなさい！」と扉を開ける。誠一と春香の隣に、見知らぬ少年が立っていた。戸惑って、智佳も母も一歩後ずさりした。

「こんにちは。はじめまして。マツイユイトと言います。突然ですが、お邪魔してもいいでしょうか」

きりっとした目つきの少年が、明らかに緊張した面持ちで自己紹介をしてくれた。

「ああ、ユイト君。あなたが」

智佳と母は会釈をした。春香の彼氏だ。今年のゴールデンウィークに帰ってきた時に、同学年の男子と、二年生の時から付き合っていると報告された。家は東京だが、どうしても畜産科に入りたくて入学した、唯一存在した春香と同じ環境の子だ。「一緒！」と話しているうちに仲良くなり、付き合い出したそうだ。

ユイト君は、高校の隣町にお父さんの友人一家が住んでいて、その近くのアパートで独り暮らしをして、何かあったらその家族を頼っていると聞いている。卒業後は東京に戻り、春香と同じく、畜産学を学べる大学への進学を志望しているという。

「もちろん。どうぞ、入って」

智佳はユイト君を招き入れた。母がやっぱりエビフライを大量に作ったので、若い男の子の来訪はありがたい。しかし誠一が靴を脱ぎながら、「飛行機のチケット、何とか同じ便でもう一枚取れたから、彼も一緒に来られた」と説明したのが引っかかった。気軽に誘ったのではなく、一緒に来る必要があったかのような口ぶりだ。普段はおしゃべりな春香が、まだ一度も言葉を発していないのも気になる。

皆で連れ立って、リビングに入ろうとした時だった。「う」と春香が口に手を当てて、トイレに向かって走り出した。バタンとドアが閉まり、追いかけたユイト君が、「春香ちゃん、大丈夫?」と、ドアの外から叫ぶ。智佳と母は顔を見合わせた。母も事態を理解したようだった。

春香を待っている間に、誠一が母の部屋から、鏡台の椅子を運んできた。自分はそこに座るらしい。やがて春香が戻ってきて、全員で腰を落ち着けた。

「ユイト君とお母さんたちが打ち解けてからと思ったけど、もうバレちゃっただろうから言うね。私、妊娠してる。一昨日わかった」

春香が、想像した通りの告白をした隣で、ユイト君は顔を強張らせている。

誠一を見ると、懇願するような眼差しを向けられた。ということは、もう彼の気持ちは決まっているのだろう。母を見てみようかと思ったけれど、止めた。母が視線で智佳に、何を訴えて来るかはわかっている。「あなたたちで決めなさい」だ。それなら――。

「――春香はどうしたいの?」

智佳はゆっくりと訊ねた。

「産みたい」間髪を容《い》れずに春香が答え、ユイト君が大きく頷いた。

「僕も、産んで欲しいです」

智佳の体の奥の方から、何かがぐっと込み上げてきた。胸が熱い。あの日の母のように、きびきびと喋りたいと思うのに、絞り出した声は掠れていた。

「ありがとう」

春香とは決して仲は悪くなかったけれど、智佳はどこかで、この子は自分のことを尊敬してはいないだろうと思っていた。智佳と違って、賢くて、やりたいことがあって、自分で道を切り拓き、大学に行くと決めている。十八歳で出産して、流されるように生きてきた「母」のようにはならないと思われているのではないかと感じていた。

これまでの人生で、一体幾度、好奇の目で見られ、距離を置かれ、見下され、罵《ののし》られたかわからない。でも、もうそんなことはどうでもいい。春香が、まったく違う道を行きながら、自分と同じ歳で子供を産むと選択してくれたのだ。他でもない、十八歳で産んだ我が子が、智佳のこれまでの人生を、強く肯定してくれた。

「予定日は五月だから、春香は予定通り受験して、受かったら休学にするか、受験は落ち着いてからにするか……。ユイト君は将来のためにも今年受験して、実家がここから遠くないから、産まれたら二拠点にするか……」

誠一が何やら言い出したが、大丈夫だ。何とでもなる。何とでもすればいい。智佳がいる。誠一もいる。母がいる。ああ、そうだ。菜摘さんだって、きっとこのことを話したら、「すごい！　今度はおばあちゃんになるの？」と喜んでくれるだろう。

母が腕を突《つつ》き「智佳ちゃん」と見つめてきた。「母」として、何か言えという顔だ。智佳は涙を拭う。自分は「母」なのだ。何か言ってあげなければならない。

はたと思うことがあり、智佳は「ユイト君、誕生日はいつ？」と聞いてみた。突然の質問にユイト君は戸惑っていたが、「十二月十三日です」と答えた。

「じゃあ、もうすぐ十八歳ね。春香も、三月で十八歳」

娘と、将来の息子の顔を順番に見つめる。

「もうすぐ十八歳。もうすぐ成人、大人ね。だから、大丈夫よ。大人なんだから、大丈夫。何も心配いらない。産みなさい」

二人は同時に姿勢を正し、はっきりとした口調で、「はい」と言った。

「ご飯、食べましょう。冷めちゃうわ。乾杯もする？」

母が立ち上がって、冷蔵庫に向かった。「いいね」と誠一が後を追う。

「ビールあるじゃん。そうか、十八歳で成人になったんだな。じゃあ、ユイト君も飲んじゃう？　あと二カ月なら、ちょっとぐらいいいんじゃない？」

「お父さん！　何言ってるの！　十八歳で成人になっても、飲酒は二十歳からなんだよ！」

春香が、彼女らしい口調で父を叱る。「そうなの？　ごめん」と誠一がたじろいで、初めてユイト君が口許を緩めて笑った。

ビールが三つ、オレンジジュースが二つの、五つのグラスが用意された。「智佳ちゃん」と、また母が腕を突く。音頭を取れと言っている。

「じゃあ、もうすぐ十八歳に、乾杯！」

五つのグラスが、重なり合った。人生で聞いた中で、一番心地よい音がした。

ありふれた特別

寺地はるな

寺地はるな（てらち・はるな）

1977年佐賀県生まれ。2014年『ビオレタ』で第4回ポプラ社小説新人賞を受賞してデビュー。21年『水を縫う』で第9回河合隼雄物語賞を受賞。主な著書に『大人は泣かないと思っていた』『夜が暗いとはかぎらない』『川のほとりに立つ者は』『白ゆき紅ばら』『わたしたちに翼はいらない』がある。

「果乃子《かのこ》ちゃん、待ってたよ」

昭子《あきこ》さんが言った、その背後であさひが絶叫していた。あさひは地声が大きい。絶叫はインターホン越しと玄関のドア越しの二重奏でわたしの耳に届いた。二時間サスペンスドラマで死体が発見された時のような、鋭く甲高《かんだか》い、聞く者を不安にさせる声だった。この世には大きくわけて二種類の人間がいる。驚いた時にキャー、あるいはワーと叫ぶ者と、ウッと静かに息を呑む者。後者は周囲から「まったく動じていないように見えた」から「ほっといてもだいじょうぶだと思った」と言われがちである。わたしは後者だ。前者は周囲から心配され、手を差し伸べられる。

「どうしたん」

ほら、こんなふうにわたしも声をかけている。

入っていくと、その場にいた全員がわたしを振り返った。全員、といっても総勢三名と一匹だ。あさひとその祖母である昭子さん、そして禄朗《ろくろう》。三人は居間の中心に立ち、柴犬のこしひかりは床にぺたんと座って、いつもの笑っているような顔でわたしに向かって尻尾を振った。

「指輪がないねん」

振袖《ふりそで》をまとったあさひが答えた。エメラルドグリーンの地に流水や波が曲線を描き、四季の花々や檜扇《ひおうぎ》、花車《はなぐるま》、貝桶《かいおけ》などのめでたいアイテムがこれでもかとばかりに描かれている振袖。白い半襟《はんえり》には金糸の刺繍。帯のかたちは花文庫《はなぶんこ》と呼ばれるもので、後ろ姿はさながら天使が羽を広げているよう。なぜこのようにすらすらと振袖を描写する言葉が思い浮かぶのかというと、あさひが振袖を選ぶ現場に立ち会ったからだ。店員のセールストークを真似ている。「半襟」も「花文庫」も、すこし前までわたしの語彙《ごい》に存在すらしなかった。店員は「お嬢さん」を「んおじょうさんぬ」と発音する初老の女性で、そのユニークな話しかたを脳内でなぞっているうちに用語を覚えてしまった、というわけだ。

振袖よう似合ってるで、と声をかけたかったがどうやらそれどころではないようだ。指輪、指輪、と半泣きになっている。いつもより濃い化粧を施していても、その顔は子どもの頃とあまり変わらない。もっとも一月生まれのあさひは正確にはまだ十九歳で、十九歳なんて四十歳のわたしから見れば実際まだほんの子どもなのだが。

あさひは今朝七時に田丸《たまる》家の近所に昔からある美容室『ミラージュ』に行った。そこで着付けとヘアメイクを施され、帰ってきたところだという。成人式の会場に向かう前になにか食べておこうと箸をとったところで、指輪がないことに気がついた。ちょうどそこにわたしが到着した、そういうことのようだった。

居間のテーブルにはいくつかの皿が並んでいた。サーモンと鯛の昆布締めの手毬寿司。アボカドやエビ、明太子のディップを絞ったカナッペ、フルーツをのせた小さなタルト。朝食と呼ぶには豪華すぎるその料理は、どれも振袖を汚さずひとくちで食べられるようにと昭子さんが腕をふるったものらしい。どの皿にも透明なプラスチックのドーム形の覆いがかぶせられている。

ソファの脇に積み上げてある菓子折やビールケースは、近所の人からの「貢ぎ物」だという。いずれも「祝成人」という熨斗《のし》がある。屈託がなく（実際のところはどうだかわからないが、すくなくとも表面上は）人懐っこいあさひはこの『ひばりタウン』およびその周辺に住む老人たちのアイドル的な存在だった。アイドルとはすこし違うかもしれない。アイドルとは偶像だから。手が届きそうに見えても届かないものだから。あさひはひとり暮らしのおばあさんの買いものを手伝ったり、セールスを撃退したり、庭の草むしりをしてあげたりしている。ボランティアとかそういうことではなくて「だってわたし、みんなにお世話になったし。恩返しってほどでもないけどさ」と、ごくあたりまえのことのように言う。その様子がいかにも自然で、ますますあさひの人気は高まった。

わたしは腕時計に視線をはしらせる。午前九時をすこし過ぎたところだった。

「指輪がない」

あさひが先程と同じ言葉を繰り返す。

わたしはふたたび腕時計に視線をはしらせた。成人式は十時三十分からはじまる。十時ちょうどに会場に着くように車で送っていこうと考えていた。逆算すると、九時三十分には家を出なければならない、ということだ。成人式が行われる市民文化会館まで、ここからなら車で十分もあれば行けるのだが、思わぬアクシデントがおこる可能性と対処する時間を考慮して、二十分程度の余裕は欲しい。

思わぬアクシデントに備えること。それはわたしの人生のある時期からの行動指針のひとつだった。かばんには常に折り畳み傘や救急セットが入っているし、行ったことのない場所に行く時は前日までに何度もグーグルマップを見て道順を予習する。今回も、送迎をすることになってから何度もくりかえし脳内でシミュレーションした。ぜったいに、ぜったいに式の開始時刻までにあさひを送り届けること。それが今日のわたしのミッションだ。

昔はもっと行き当たりばったりに生きていた。なんせ座右の銘は「なんとかなる」だったのだから。でも今は違う。「備えあればうれしいな」だ。「憂いなし」ではない。なにをどれだけ準備していたって、憂いは人生につきまとう。そこをぺろっと無視して「憂いなし」と断言するのはいくらなんでも雑だ。

憂いはもちろんあるけれど、まずまずハッピー。そういう姿勢でやっていきたいのだ。

「どの指輪？」

だいたいの見当はついていたが、わたしは慎重にたずねる。

「ママからもらった指輪」

安物なんだから仮になくなったとしても大騒ぎするほどのことではないよなどとは、血の通った人間ならば言えまい。「ママからもらった」指輪を、あさひはここぞという時に身につける。

「今気づいたん？　どこかで外したんちゃう？　最後に見たのはいつ？」

わたしの問いに、あさひは考えこむ。昨日の晩のうちにアクセサリーケースから出して、指にはめて寝た。今日の朝は着付けやなにかでばたばたするだろうし、指輪をつけていくことをうっかり忘れてしまうに違いないから、と思ったらしい。外した記憶は一切ないと言う。ただすこしゆるかったのでどこかで落とした可能性はある、とのことだった。

「ミラージュで落としたのかも」

「や、それはないで」

そこで禄朗が口をはさんだ。禄朗はあさひがミラージュに行く前にすでに田丸家を訪れており、あさひが「禄ちゃん、留守番お願いね」と両手を振った時には指輪などはまっていなかった、と主張するのだった。

「え、禄朗あんた、なんでそんなはやくからここに来てたん、暇なん？」

「暇や」

これほどきっぱりと答えられると、いっそ清々《すがすが》しい。

「ていうか、そもそもなんでおるん」

「お前こそ」という顔をした禄朗がなにか言う前に、昭子さんが「わたしが呼んだんよ」と話に割りこんだ。

「ボディガードみたいなもんや」

禄朗が言い、わたしは「ボディガード」と平たく繰り返した。あさひはどこかの王女でもないし、行き先は市民文化会館だ。それほどの危険が潜んでいるとは思えない。しかし昭子さんは成人式になると毎年のように報道される「暴れる新成人」のニュースの話を持ち出し、孫娘が暴動に巻きこまれて怪我でもしたら大変だと眉根を寄せるのだった。

「そんなんどうでもええから、指輪！　指輪！」

あさひが音高く手を打ち鳴らす。

「外に行く時にすでにはまってなかった、ということは昨日の晩から朝にかけて、家の中のどこかで落としたということやね」

あらためて状況を整理する。

「うん」

「捜すしかないな」

わたしが言うと、昭子さんがすぐさま「そうね」と頷いた。あさひはわりと頑固なところがあり、この場合「今は時間がないから、指輪を成人式につけていくことはあきらめて、後でゆっくり捜そう」といった提案をすると、へそを曲げて「じゃあ成人式には行かへん」などと言い出す可能性がある。あさひのその性格は、真綾《まあや》にそっくりだった。真綾はあさひの母親だ。昭子さんの娘でもある。わたしと禄朗にとっては、おさななじみだ。今、ここにいない真綾。どんなに今ここにいたいと願ったことだろうかと、わたしは飾り棚の写真立てに目をやる。そこにはわたしと真綾と禄朗の三人が泣いているような笑っているような顔で、それでもカメラに向かって思い思いのポーズをとっている写真がおさめられている。

ひばりタウンには同じようなつくりの小さな家が六軒、煉瓦《れんが》の歩道をはさんで向かい合わせに三軒ずつ建っている区画がある。田丸家はいちばん奥にあり、その手前の「二岡《におか》」というでかい表札がある家がわたしの家だ。紙のサイズで言うと、B5ぐらい。なぜそこまででかい表札を掲げる必要があったのかは今もってわからない。自己顕示欲のあらわれだろうか。父は口数のすくない、おとなしい男だ。電車ではかならず年配者に席をゆずり、娘や妻にたいしては常に「お前の好きなようにしなさい」と言う父。そんな彼にも内に秘めたさまざまな思いがあったのかもしれない。

現在は、父も母もひばりタウンには住んでいない。父の退職をきっかけに、母とともに母の故郷である鹿児島に移住した。移住先の古民家の表札は名刺ぐらいの大きさで、それはそれで「なぜ……」と思ったりもする。

歩道の反対側のいちばん市道に近い場所にある家が、禄朗の家だ。こちらには表札がない。だからわたしは小学一年で同じクラスになるまで「広重《ひろしげ》」という彼の名字を知らなかった。知りたいとも、知る必要があるとも思わなかった。広重家は禄朗の父親と祖母との三人暮らしで、母親がいない理由も同様に知らなかった。

わたしの家と真綾の家には、いくつかの共通点があった。まず父親が会社員であること。母親は時折パート勤めなどに行くこともあるが基本的には家にいて、家事一切を引き受けているということ。同じ年の同じ月生まれの娘がひとり、という家族構成も。

ただ、娘同士は似ていなかった。真綾はなにを見てもけたけたと明るく笑う子で、負けず嫌いで、ゲームでもなんでも自分が負けると涙目になって「もう一回！ もう一回やろ！」とわたしの腕を摑んで揺さぶった。「読む」という行為がとにかく苦手で、三行以上の文章を読むとあくびが出る。

真綾の特徴すべてを反転させたような存在、それがわたしだった。わたしは育てやすい赤ちゃんだった。母の証言だから間違いない。「お腹が空いても泣くこともなく、すーんとした顔で産着《うぶぎ》の襟のところをちうちうと吸っていた」らしい。昭子さんが言うには赤ちゃんの頃の真綾はとにかく泣き声がでかくて、夕方の五時近くになるとかならず泣くのでひばりタウンの住人はそれを「サイレン」と呼んでいた。

正反対の人間であるにもかかわらず、わたしと真綾は気が合った、と続くところだろう。フィクションならば、かならずと言ってよいほどにそう続けられる。ある種のフィクションにおいて「おさななじみ」とは、正反対のタイプなのになぜか気が合う、という関係性をあらわす記号のようなものだからだ。べつに正反対でなくたっていいのだが、とにかくおさななじみイコール気の置けない関係。おたがいのことをなんでも知っている特別な関係であるというふうに描かれる。

わたしたちはごく小さい頃こそ家が隣だということで毎日遊んでいたが、小学生になってからは徐々に距離が生まれた。好きな遊びが違っていたから一緒にいてもおたがい楽しくなかったのだ。

真綾には低学年の頃から好きな男の子がいた。わたしにも「好きな人を教えろ」と迫り、正直に「おらん」と答えると、「清純ぶっている」と理不尽な悪口を言われてその後三日ぐらい無視された。

小六から中二にかけての数年間は最悪と言ってよかった。わたしは通学路で真綾の姿を見つけるやいなや回り道をして避けたし、真綾は真綾で教室で本を読んでいるわたしを「友だちおらんやつって、ぜったい休み時間に本読むよな」とあざ笑った。真綾の制服のスカートは短くなり、髪の色は明るくなった。

その時期のわたしと真綾のかかわりは、わたしとささにしきのかかわりよりもはるかに浅い。ささにしきは当時田丸家で飼われていた雌の柴犬の名だ。真綾の中学の入学祝として、まだ目も開かぬ赤ん坊の頃にどこかの家からもらいうけた犬だった。

わたしはそれが羨《うらや》ましくてならなかった。「うちも犬を飼おう」と両親にせがんだが、母の犬アレルギーを理由にすげなく却下された。

それでも犬との交流をあきらめきれないわたしは、昭子さんが散歩に連れていく姿を窓から見かけると飛び出していって、撫でさせてもらうようになった。ささにしきは賢い犬で、あやしいセールスマンには吠えるがわたしには腹を見せる。天井《てんじょう》知らずの可愛さだった。おこづかいで犬用のおもちゃを買って遊ばせてもらったこともある。もちろん真綾の留守を狙って。

「今度、真綾のおる時に遊びにおいでよ」

昭子さんは成長するごとに華美になる娘を心配しているらしく「果乃子ちゃんみたいな子な

ら安心やねんけどねエ」とため息をついていた。わたしはただ外見が地味なだけで真面目なわけではなかったので「はあ、そんなもんですかね」といいかげんな相槌《あいづち》をうちながら内心、「この人、わかってへんなあ」と呆れていた。中学生のわたしにはこのように大人をたやすく見くびるようなところがあった。

ここらで、禄朗についても説明しておかなければならない。

男女のおさななじみとは、ある種のフィクションにおいては幼少期に結婚の約束をしたり、あるいは思春期になってみょうにお互いを意識したりする甘酸っぱい関係の記号である。でもやっぱりわたしたちに限っては、そんなことは一切なかった。禄朗は小学生の頃には真っ黄色のペンキで塗りたくった自転車で町内を縦横無尽に走り回りながら奇声を発し続けるような子だったからだ。ひばりタウンと市道を隔てるつつじの植えこみに、水中メガネを装着して何時間も潜んでいるというなぞの遊びをしていたこともあった。

それに加えて、わたしは禄朗の父のことが大嫌いだった。今は亡き禄朗の父は、ひばりタウン内では「広重先生」と呼ばれていた。カルチャースクールで書道教室をやっていたからだ。わたしも子ども向けの体験教室に行ったことがある。自分の意志ではなく、母にむりやり参加させられたのだ。わたしが左手で筆を持つやいなや、広重先生はわたしの腕を摑んで、耳元で「筆は！　右手で！　持つもんや！」と怒鳴った。耳の奥がきーんとして、耳たぶには息の生ぬるさがいつまでも残った。

その日以来広重先生はわたしを目の敵《かたき》にするようになった。外で会うたびに鋭く睨みつけてきた。ひと睨みごとに、わたしの「あのおじさん、嫌い」という感情は溜まっていった。ポイントカードに押されるスタンプのごとき確実さで。わたしの左利きを右利きに「矯正」するために書道を習わせたがっていた母は残念がっていたが、わたしとしては「知らんし」としか言いようがなかった。自由に使える利き手の動きを封じこめるなんて馬鹿げているし、左手で筆を持つたび耳元で怒鳴られてはかなわない。

馬鹿みたいな小学生だった禄朗は、そのまま馬鹿みたいな中学生になった。だが小柄で童顔というアドバンテージを最大限に利用し、いつのまにか「みんなにかわいがられる」ポジションについていたのが、小学生時代との相違点である。禄朗が変わったのか、周囲が変わったのか。教師も男子も女子も禄朗を見るとかならず「ヨォッ」とか「オウッ」とか言っては、すれちがいざまに頭や肩に触れたりほっぺたをつついたりしていた。禄朗は禄朗で「やめろー」とかなんとかフワッとした口調で言いながら逃げもせずされるがままになってにこにこしており、そういう光景を見るたび、わたしは「あほちゃう」と鼻を鳴らしていた。

他人を見下すこと、それが中学生のわたしが持つ、唯一の杖だった。杖にすがることで、どうにか立っていられる。

わたしたち三人は、それぞれ別の高校に入学した。禄朗はなんという特徴もない市内の普通校で、真綾は制服がかわいいと評判の私立の女子高に入った。わたしは禄朗が入ったのとは違う、やはりどうという特徴のない高校に入った。

そしてわたしたちは同じひばりタウンに住みながら、いつのまにかほとんど顔を合わせることもなくなっていった。

真綾と再会したのは、二十歳の年のお正月だった。高校を卒業したわたしは隣接する大阪市内にある服飾系の専門学校に通っていた。家からでも通える距離だったが、大阪市内にアパートを借りて住んでいた。家賃と食費ぐらいは自分で稼ぎなさいよ、と母からきつく言われていたため、学校で授業を受けるよりもバイトをしている時間のほうが長かった。

もともと、成人式には出るつもりはなかった。しかし母は「一生に一度のことなんやから、振袖を着なさい」とうるさかった。ふだんは進路の決定からトイレットペーパーの使用量にいたるまで「お前の好きにしなさい」しか言わない父からも「お母さんの言うことを聞け」という忠告めいた電話がかかってくるようになり、モードなファッションに身を包んでいるクラスメイトたちすら「成人式？　そりゃ普通に地元に帰って出席するでしょ」と至極当たり前のことのように言い出した。

あげくのはてにはバイト先のファミリーレストランの店長まで「二岡さん新成人やろ、わかってる、前日と当日はシフトはずしとくから」とわたしの肩をポンとたたくなどしはじめた。

「わかってるで。女の子にとっては特別やろ」

店長には離婚歴があり、中学生の娘と離れて暮らしている。肩をポンの際に鼻をスンとさせていたので「こいつ、自分の娘とわたしを重ねて勝手にしっとりした気分になってるやん」と気味が悪かった。

やっぱ振袖、着たいやろ？　なんの疑いもなく発せられるそんな言葉を聞くうちに、だんだんどうでもいいと思っている自分のほうがおかしいんじゃないかという気分になってきた。成人式に出たいとも思わないし振袖を着たいとも思わないわたしは、もしかしたら異常なのか？という疑念がピークに達したところで、ふたたび母から電話があった。

母は、「無理強《じ》いする気はないけどな。とりあえずお正月には帰っておいで、ゆっくり話そうや」とやさしげな口調で里心を刺激してきた。カニもあるんやで、という言葉にとどめを刺された。我が家の正月は毎年カニをたらふく食べることになっていたし、わたしはカニが大好物だ。

かくしてわたしは、実家に帰ることになった。大晦日《おおみそか》もバイトだったため、勤務を終えて到着した時にはすでに『紅白歌合戦』がはじまっていた。母はおせちの準備に忙しく、その日は成人式の話は一切出ず、拍子抜けするやら安心するやらだった。

しかし新年早々、大皿にこんもりと盛られた蒸しガニを前にして、わたしは母の「もう着物を買った」「写真館を予約した」「美容院も予約した」という懇願のような哀願のような口調の、でも実態は完全に脅迫そのものの説得を受けることになる。

「……お母さんは、十五歳の時に」

声が湿ったことに気づいて、わたしは手にしていた棒を、カニの身を殻からかきだすための、あの正式名称のわからない棒を、両親と自分は「ほじほじ棒」と呼んでいるあの金属製の棒を、静かに取り皿に置いた。母はおせちがぎっしり詰まった重箱を押しのけて正座し、「同級生の女の子たちと初詣に行く約束をした時にみんなは晴れ着姿だったのに自分だけ普段と変わらない洋服で、とても恥ずかしかった」という話をはじめた。

「着るものでかいた恥は、女にとっては一生の傷になるねん」

主語が大きい。今のわたしならそう指摘するかもしれない。しかし若いわたしにはそれを言語化するだけの能力がなかったし、うっかり母の悲しみに同調してしまうような見当違いのやさしさを十二分に持ち合わせていた。

娘に振袖を着せることで、母のその「一生の傷」は癒えるのだろうか、そうも思った。なら、まあ、着てもいいかなあ……。無意識に漏れ出た呟きを、母は聞き逃さなかった。

「ほんま？　ほんまやね？　約束やで！」

母はわたしに抱きつかんばかりに喜んだ。父はそのやりとりのあいだ、ひたすら黒豆やら田作りやらを箸でつまんではちょびちょび口に運んでいた。

つまるところ成人式とは成人に達した本人たちではなく、周囲の人間のためにあるのかもしれない。

ひとりで大きくなったような顔して。

それは、母がわたしに小言を言う時に頻出《ひんしゅつ》するフレーズだった。頻出すぎて「またなんか言うてるわ」ぐらいに受け流してきたその言葉が、カニ腹（カニでいっぱいになったお腹）を抱えたわたしの頭の中で、唐突に存在感を増しはじめた。

オギャオギャと泣くことしかできない、目もちゃんと見えていない、なんなら自力で頭を持ち上げることもできないくにゃくにゃの生きものを一人前の人間に育てあげたその成果を「親」をやっている人たちが確認するためにあるのが、あの成人式というイベントではないのだろうか。そしてわたしはわたしだけのものではない、すでに社会の一部なのだ。だから勝手なことばかりしちゃいけない。自分のことばっかり考えてちゃいけない。それを理解するのが大人になるということなのでは？

成人式に出るべきだ。出たくないけど。二十歳のわたしはそのように自分に言い聞かせ、家を出た。正月のテレビはつまらなかった。漫画か雑誌でも買おう、ついでにアイスも買おうと財布を握りしめて歩いた。

歩きながら「大人になる」ということについて考えた。成人式が終わったら、わたしは専門学校を卒業して就職する。そのあとは？　たぶん結婚したり、子どもを産んだりする。子どもがある程度大きくなったら夫の配偶者控除の枠におさまる程度の収入を得るためにパートに出たり、いやいやながらＰＴＡ役員を引き受けたりしながら、それなりに楽しくやっていく。たとえば母のように。そうなりたい、ではなく、そうなりたくない、でもなく、ただ自分の進む先にはそれしか用意されていないような気が、漠然《ばくぜん》としている。

子どもの頃、ひばりタウンに住んでいると言うとクラスの子たちに羨ましがられた。ええやん、と彼女たちは言った。そうかな、と首を傾げていたが、心の中では、そうやで、ええんやで、と叫んでいた。三角屋根のかわいらしくてきれいな家がならぶ煉瓦の道を歩いていると、絵本の中にいるようだった。

　小学校の通学路には古い家や文化住宅や小さな工場が多く、全体的に灰色がかった風景が続いていた。そんな街の中で、ひばりタウンの一画はまばゆいほどにハイカラだった。当時、お年寄りがよく使う言葉であった「ハイカラ」は、小学生のわたしにお菓子を連想させた。軽くて甘くてきれいなパッケージに入っているお菓子。

　ひさしぶりに明るい時間に見るひばりタウンはなんだかくすんでいた。歩道の煉瓦の隙間から雑草が伸びているし、家々の外壁も薄汚れている。共同のゴミ置き場からはゴミ袋のいくつかが飛び出していて、それがいかにも汚らしい。しかも臭い。早足で通り過ぎようとした時、背後から「……果乃子?」とためらいがちな声がかかった。

　振り返ると、真綾が立っていた。しばらく声が出せなかった。真綾のお腹がとんでもなく大きく、前面にせり出していたからだ。

「出産予定日は二月十四日」と、真綾は言った。

「バレンタインデーや」

「うん、バレンタインデー」

　真綾はオレンジジュースをずずっと啜《すす》った。

　十分ほど前に「ひさしぶりやな、ちょっと話さへん」と最寄りのファストフード店に連れこまれ、ひさしぶりに彼女と向かい合っている。

「果乃子、あんた変わってへんなあ。後ろ姿見てすぐわかった、歩きかたで」

わたしのほうは、たぶん後ろ姿だけ見ても真綾がわからなかっただろう。髪は赤、それもなんていうかもうトマトみたいな赤色で、その派手な髪色とは対照的に服装は黒ずくめだった。親指にごつい髑髏《どくろ》の指輪をしていて、そいつがじっとわたしを見ていた。いや髑髏だから眼球はないし、気のせいだろう。でもなぜだかやたらと目が合う。

真綾は高校を卒業した後、梅田《うめだ》のTシャツ屋（Tシャツ屋、とたしかに真綾は言った）で働いていたが、同棲していた男性の子を身ごもったため、今その店をやめている。もちろん結婚はするつもりだ。今は里帰り出産のために実家にいる、とのことだった。

「まったく予定外やったけど、妊娠したってわかった時はうれしかったんや」

みっちりとしたマスカラとアイラインに縁取《ふちど》られた真綾の目がやわらかく細められて、その言葉が真実だとわかった。わたしは「そうなんや」と頷くことしかできずに、もそもそとフライドポテトを口に入れた。

真綾は一方的に喋《しゃべ》り続けた。お腹の子どもの父親である男性は、最初「友人の好きな人」だったこと。けれども真綾も彼と会った瞬間彼を好きになってしまい、それは彼のほうも同様だった。ということで、ふたりはすぐにめでたくも交際をはじめたのだが、他の友人たちはそれを「裏切り」と呼んだ。

「その子ヒーくんとつきあってたわけやないねんで。おかしくない？　まあべつにええねんけどな、べつに」

ちっともよくなさそうに、唇の片側が歪んでいた。そのことがきっかけで真綾は友人間で完全に孤立してしまい、今は誰とも連絡をとっていない状態だという。

真綾はひっきりなしに喋り続けた。よほど話し相手に飢えていたのだろう。偶然会うなりいきなりファストフード店に連れこまれた理由が、遅ればせながらわたしにも理解できた。

「ヒーくん」というのが、相手の男性の名らしかった。年齢はわたしたちと同い年だという。「めっちゃかっこええねん」と見せられた写真には、身長が二メートルぐらいありそうな人物が写っていた。Tシャツの袖から伸びた腕にもじゃもじゃと毛が生えており、熊と相撲をとったらギリ勝てそうだった。わたしは写真を返し「やさしそうな人やね」とあたりさわりのないことを口にした。

「見て、これ」

左手の親指にはまった髑髏をわたしに見せつける。わざわざそんな仕草《しぐさ》をしなくても、そいつはじゅうぶんすぎるほど目立っていたというのに。妊娠したことを告げた時、彼はすぐさま「結婚しよ、マーちゃん」と言い（マーちゃん！）、ちゃんとした指輪を買うまでの代用品だとその場で自分の中指から指輪を引き抜いて差し出した。

「真綾は、成人式はどうするの？」

「ん？　出るで」

さすがに振袖は無理やけどなー、とお腹をさすりながら言う。

「めいっぱいおしゃれしていくつもり。うちのお父さんは反対してるけどな。そんな大きいお腹してみっともない、成人式に恥かきに行くんか、とか言うねん。ひどくない？　お母さんも『みんな振袖とか袴《はかま》とか着てるのよ、あんただけ洋服で、みじめにならへん？』って心配してる。でもそんなん言われたら意地でも出たろって気になるやん？」

なるやん？　と問われたら「いいえ、わたしはなりません」と答えるしかないのだが、それではあまりに冷淡すぎると思ったため、「真綾らしいな」とアレンジを加えた。

「かっこいいな、真綾」

ごく自然に、その言葉がこぼれ出た。本心からの言葉だった。真綾はびっくりしたように目を見開いて、それから「なにそれ」と、こぼれるように笑った。

ファストフード店を出て、「初詣まだ？　行こうや」と真綾に誘われるまま、駅の向こうの神社を目指して歩いた。

「安産のお守り、買ってよ」

「なんでわたしが買うの。自分で買《こ》うたらええやん」

「え、果乃子わかってないな、そういうのは他人に買ってもらうほうがご利益があるんや。常識やで」

はじめて耳にする常識だった。かわりに果乃子のお守りはわたしが買うから。なにがええの？　縁結び？　ていうかあんた今なにしてんの？　とそこではじめて真綾がわたしに話題を振った。さっきからずっと一方的に真綾の話を聞かされるばかりで、わたしは自分のことはほとんど話していなかった。

「専門学校に通ってる。いちおう就職は決まってる」

大阪市内のアパレルメーカーの内定をもらっていた。

「なんか意外。果乃子って、ファッションに興味ないタイプやと思ってた」

「ファッションていうかミシンあつかうのが好き」

ミシンはいい。ペダルをぐっと踏むと、針がすごい勢いで上下して糸巻きがぴこぴこはねる。躍動感がたまらない。整然と同じ幅の縫い目が伸びていく様子にもぞくぞくさせられる。

「ミシンに向かってると、うおおって叫びたくなる」

「うおお？」

「そうや。うおおおお！　オラララァ！　って。ミシンは最高や。血がたぎる」

真綾は「あんた、おもろいな」と呟いた。

「そうかな」

「いや、たぶんずっとおもろかったんやろな。今までは気づいてなかっただけで」

幼さは、他人への興味の浅さと紙一重だ。ちょっとでも自分と違うと「仲良くなれない」と決めつけ、それ以上のことを知ろうとしない。

神社にはわたしが想像していた以上に長い行列ができていて、どうする、どうしよ、と言いながら、漫然《まんぜん》と並び続けた。やっと自分たちの順番がまわってきて、わたしは自分の願いごとが特にないということに気づいた。就職も決まっているし、健康そのものだし、たいして欲しいものもない。

えーとえーと、あっじゃあ安産、真綾の安産で、神さまよろしくお願いします、とずさんに願い、ちらりと隣を見ると真綾はまだ両手を合わせて目を閉じて、なにごとかをぶつぶつ言っていた。

約束通り、真綾に安産のお守りを買った。わたしは真綾に厄除けのお守りを買ってもらって、その場で交換した。

ひばりタウンに帰る頃には奇妙な疲れとみょうな心の弾みがあった。そもそもコンビニに行くつもりで家を出たのだということはすっかり忘れてしまっていた。

広重家の前に古めかしい白の軽自動車が一台止まっていて、車のかたわらにニットキャップにダウンジャケット姿の若い男が立っていた。真綾が「あ、禄朗」と呟いた。

「ほんまや、禄朗や」

「冬休みで帰省してんのかな」

「な。大学の冬休みって、どんぐらいあるんやろ」

「一か月ぐらいいちゃう?」

禄朗は車を雑巾《ぞうきん》みたいなもので熱心に拭いており、接近してくるわたしたちには気づいていない。

禄朗が大学にいくと聞いた時、真綾はどう思ったのだろう。わたしは「まさか、禄朗が?」とものすごく驚いた。奇声を上げながら自転車を乗りまわしていた印象しかなかったせいだと思う。わたしの母も「そうやろ。お母さんも今日ダイエーで西田《にしだ》さんに聞いて、びっくりしたわ」と空中を叩く、あの中年女性特有の仕草をしていた。

「教育学部やて、学校の先生になりたいらしいよ」

そう母から聞かされて、さらに驚いた。あの禄朗が先生か、と。

「禄朗、おーい」

真綾が名を呼ぶと、お？　という顔でこちらを見た。

「果乃子！　真綾！」

わたしたちの顔を交互に見て「ひさしぶりやな」と言った。「なにしてんの？　初詣か。寒かったやろ」と、ずっと前から仲の良い友だちだったように笑いかけた。その物慣れた様子に、わたしは「禄朗がそこらへんにいそうな大学生みたいになっている」と静かに衝撃を受けた。

「それ、あんたの車？」

そうや、と禄朗は大きく胸をはり、それから今はじめて気づいたように真綾のお腹を見て
「え！　なにそのお腹！」と奇声を上げた。

ソファーをどかし、ラグをひっぺがし、テレビボードの下までのぞいたが、指輪は見つからない。

「どうしよ」

あさひはほとんど泣きそうになっている。

「お前、食うてへんやろな」

指輪の捜索に疲れたらしい禄朗がしゃがみこんで、こしひかりの口の中をのぞこうとしている。こしひかりは「心外だ」と言いたげに頭をぶるんと振った。

「食べるわけないやん」

こしひかりはささにしきが産んだ子だ。他にも数匹いたが、よそにもらわれていって、残っているのはこの子だけだ。

「この子はかしこいんやで」

こしひかりがどんなにかしこい子であるか、禄朗に説きたい。あらんかぎりのかしこエピソードを披露したい、しかし今は時間の余裕がない。

壁の時計の針はすでに九時三十分近くを示していた。焦りで喉が渇く。昭子さんに断りを入れて、台所に水をもらいにいった。コップに口をつけるわたしの目に、髑髏の姿が飛びこんできた。そいつは一味唐辛子の容器と箸立てのあいだにちんまりとおさまっていた。

「……指輪、ここにあるよ」

近づいてきたあさひが、小さく叫んで口に手を当てる。

「そういえば昨日の夜中、葱《ねぎ》切る時に外したんやった」

深夜に空腹を覚え、夜食をつくって食べたという。

「そうやったん」

「完全に忘れとった。サッポロ一番食べたの、塩のやつ」

「あ、そう」

あ、そう。それ以外になにが言えるというのか。

「卵も入れた」

卵の有無は今必要な情報ではまったくなかったのだが、やはり「あ、そう」と頷いておく。

「とにかく見つかってよかった」

「うん！　果乃子ちゃんありがと！　よっしゃ行こか！」

あさひが髑髏をはめた拳を天井に突き上げる。

「イヤッせっかくの着付けが」

昭子さんが両手を口にあてる。

あさひが一瞬、写真立てが並んだ棚のほうに視線をやったのに気づいたが、わたしはなにも言わずに廊下へと続くドアを開ける。

わたしたち三人の写真の隣には、真綾と「ヒーくん」の写真がある。花嫁衣裳のかわりなのか白いマタニティドレス姿の真綾と、彼女の肩に腕をまわした、熊に勝てそうな男。

成人式を翌日に控えたその晩、犬が吠える声で目が覚めた。時計を見ると午前二時で、寝返りを打ちたくても打てやしない。なぜならわたしの頭は通常の一・五倍ほどの大きさになっているからだ。明日の成人式のヘアメイクに備えてカーラーを巻いているのだ。ざっと二十以上もあるだろうか。ごていねいに、その上から大判のスカーフで覆いをかけられてもいる。

今日の夕方に帰省したわたしを、母は美容室ミラージュに連れていった。ミラージュはご近所の中年女性御用達《ごようたし》の美容室で、店をやっているのはマダム・サダコと名乗る、まぶた全域に青いラメをぬりたくっている年齢不詳の女性だった。

マダム・サダコはわたしの髪をつまんで「長さはあるけど、すくなくて細い髪やねえ」と断じた。「細い」の発音は「ほっそい」で、「ほそい」の数倍わたしを苛《いら》つかせるパワーがあった。

「カーラーで巻いて、ボリューム出さんとあんた、貧相やで」

「ああそうですか、じゃあ巻いてください明日」

わたしが「貧相」を打ち消すように大きな声で答えるなりマダム・サダコは「はあ？　明日ぁ？」と語尾を上げ、おもむろにわたしの「すくなくて細い（ほっそい）髪」にカーラーを巻きつけはじめた。明日ちょっと巻いたぐらいでなんとかなる髪ちゃうで、などと怒りながら。

「はい、じゃあ、このまま帰って」

「え？　これいつ外すんですか？」

「明日の朝や。今夜はこのまま寝なあかん。明日の朝またここに来るまで外したらあかん。無意味にいじってもあかん。濡らしてもあかん」

怒濤《どとう》のあかん四連発だった。わたしがなにか言う前に母が「はい、わかりました」と優等生のように返答してしまう。髪が洗えないのは気持ちが悪いとか、こんなカーラーだらけの頭でどうやって寝ろというのかとか、言いたいことが山盛りあったのに。いちばん気になるのは「いや、この頭で外歩いて家に帰るの？」ということだった。念のためそのように問うと、マダム・サダコは「当たり前やろ」と言い放って、つんと顎を上げた。まぶたが青く、ぎらりと光った。

「誰も見てないって」

母はとりなすように言ったが、そういう問題ではないと思った。道路に浮かび上がるわたしの影はアンパンマンのそれに酷似していた。なぜこんな屈辱的なかっこうで何時間も過ごさなければならないのだろう。父は夕飯中に何度も「難儀《なんぎ》やなあ」と同情を示してくれたが、母は素知らぬ顔でたくあんを噛んでいた。

そこまで思い出し、件《くだん》の屈辱的な頭を押さえながらベッドの上で身体を起こす。犬の声は、だんだんとこちらに近づいてくる。窓に近づいてカーテンの隙間から見下ろすと、ささにしきがいた。ささにしきはあきらかに二階のわたしの部屋に向かって吠えている。

「ささちゃん、どうしたん?」

窓を開けて問う。「実はですね、果乃子ちゃん」などと犬が説明するわけもなく、なおも必死な様子で吠え続ける。わたしはパジャマの上にコートを羽織って、外に出た。田丸家の玄関のドアが開け放たれている。

もしや、田丸家でなにかあったのか。押しこみ強盗? あるいは? おそるおそる近づいていくと、誰かがいきおいよく飛び出してきた。

「わ!」

「なんや!」

わたしと相手は同時に叫びあった。よく見ると相手は真綾のお父さんで、顔が真っ赤だった。

「果乃子ちゃんか！　びっくりした！」

「なんかあったんですか？」

すこし前に、真綾がとつぜん「お腹が痛い」と苦しみ出したらしい。

「十分おきで痛がってる、陣痛やと思う」

昭子さんはそう言っているらしいが、予定日はまだ一か月近く先ではなかったのか。

「お産はなにが起こるかわからへんのよ」

後から出てきてわたしに説明してくれる昭子さんもまた、真っ赤な顔をしている。どうやらふたりは酒盛りをしていたらしい。酒盛りは「なにが起こるかわからない」時期にやることではないだろうと思ったが、黙っていた。誰しも判断をあやまることはある。

「どないしよ、運転できひんな」

ふたりは顔を見合わせ、おろおろしている。真綾のうめき声が聞こえてきて、昭子さんは家の奥にすっ飛んでいった。

「あの、なにくんでしたっけ、真綾の、あの人は？」

「連絡がつかへん」

「救急車、呼びましょうか？」

わたしの提案に、真綾のお父さんは「でも、病気と違うし」と首を振った。

「じゃあ、タクシー」

「ああそう、そう、そうやな」

真綾のお父さんはスリッパで外に出ていた。それを脱ごうとして、うまくいかずによろめいて横倒しになった。

「おじさん！」

真綾のお父さんは頭を打ち、身を起こした時にはこめかみから出血していた。どうも血に弱いらしく、傷をたしかめた時に手についた血を見て一瞬白目を剝《む》いた。「たいしたことあらへん」と言う声はとんでもなく裏返っていた。

わたしはおろおろとその場に立ち尽くした。家に戻って母か父を呼んでこようか。でもこの騒ぎを聞きつけて出てこないということは、きっとぐっすり眠っているのだろう。わたしはタクシーを呼んだことがなく、どこにどう電話をかければよいものなのか見当がつかない。それに携帯電話はベッドの脇に置きっぱなしだ。もたもたしているうちに真綾に取り返しのつかないことがおきるかもしれないと焦った時、目の端に白いものをとらえた。禄朗が自慢していた、あの軽自動車だ。広重家の脇にとめられているそれは、外灯を受けて夜の闇にぼんやりと浮かび上がっていた。

頭で考える前に、もう足が動いていた。広重家のチャイムを連打し、息を切らしながら待っていると、ドアが十センチほど開いた。禄朗のお父さんが、いかにも不機嫌そうにわたしを見下ろしている。

「なんですかきみ、こんな時間に」

「すみません！　禄朗いますか？」

「非常識でしょう、きみ」

「禄朗！　出てきて！」

大きな声で叫んでいると、禄朗が目を擦《こす》りながら出てきた。グレーのスウェットの上下を着て、頭には寝ぐせをつけている。わたしを見るなり、「なんやその頭」と吹き出した禄朗は、わたしの「真綾が！」という叫びに、真顔になった。ただならぬ事態であると察したらしい。

「鍵、とってくる」

そこからの禄朗は機敏《きびん》だった。てきぱきと身支度し、車をバックさせて田丸家の玄関に横付けし、昭子さんに支えられてよたよた歩いてきた真綾を後部座席に誘導した。ささにしきはそのあいだずっと心配そうに吠え続けていた。真綾は苦しみながらも「お母さん、さきにお父さんの傷、手当てしてあげて」と指示し、さらにわたしの腕をがっしりと摑んで「わたしには果乃子がおるから、だいじょうぶ」とのたまった。

え、わたし？　と思った。でも「いやわたし、四時間後に美容院の予約入ってんねんけど」なんて言えなかった。落ちついた口調とうらはらに、真綾がひどく震えていたから。

「わかった。行こう」

車内はへんな臭いがした。前の持ち主がヘビースモーカーで、しみついたヤニの匂いをごまかすために使っているオレンジの芳香剤のせいで余計にひどい臭いになったと禄朗がもうしわけなさそうに肩をすくめる。

「吐きそう」

真綾のために、すこし窓を開けてやる。こんなに寒いのに、額に玉の汗が浮かんでいる。

「痛い？」

「うん」

「鼻からスイカ出すぐらい？」

バイト先の経産婦がよく口にするたとえを持ち出すと、真綾は一瞬アホちゃうかこいつ、みたいな顔をしたのち「それは赤ちゃんが出てくる時のやつやろ……まだそんな段階ちゃうから……」と力なく呟いた。

車は病院目ざして走り出した、はずだったのだが、十分もしないうちに真綾が「ごめん、引き返して」と言い出した。

「なんで？」

「ええから」

有無を言わせぬ口調に驚いた禄朗は車をUターンさせた。ひばりタウンにつく前に真綾は携帯電話で家に電話をしていた。忘れものした、机の上に置いてるから、うん、今取りに戻ってるから、うんうん。

おそらく、なにかとても大切なものなのだろう。それがないと病院で受けつけてもらえないような。よくわからないけど、母子手帳とか。二十歳のわたしはそう思った。しかし家から飛び出してきた昭子さんが真綾に渡したのは、ただのお守りだった。お正月にわたしが買って渡した、あのお守りだ。

守りを握りしめる。車がふたたび走り出した。

「忘れものって、それか?」

禄朗があきれ顔で振りかえった。真綾は頓着《とんちゃく》せぬ様子で、「これがないとな」と手の中にお守りを握りしめる。車がふたたび走り出した。

あさひを車に乗せて出発するまでに、十分近くかかった。草履《ぞうり》で歩くのは、はたで見ているよりずっと難しいようだ。乗ったら乗ったで、シートベルトが締められないと騒ぐ。後部座席に上半身をつっこんで手伝っていると、禄朗が「運転、俺がするわ」と言った。

「果乃子が隣に座ったほうがええんちゃうか、いろいろ」

「そうかな」

「そうや」

二十年前と同じだな、と思った。運転席に禄朗、後部座席にわたし。違うのは隣にいるのが真綾ではなく、あさひだということ。

わたしの予定よりかなり遅れて、車は出発した。バックミラーに目をやった禄朗が「犬見てんで」と呟いた。振り返ると、こしひかりは玄関前に立つ昭子さんに寄り添うようにして尻尾を振っていた。一緒に来たかったんかな、とあさひが言う。

「犬連れで成人式なんて、聞いたことないで」

「わかってるよ」

わかってるけどさ、と俯《うつむ》いて、あさひは髑髏をいじる。

「そもそも成人式って、なんのためにやんの？　なんの意味があんの？」

あさひは高校を卒業してからはずっと市内のネイルサロンで働いている。勉強が苦手でよく学校をずる休みしていたあさひは働くことは性に合っていたようだ。休みの日より仕事のある日のほうが何倍も元気だし、めったに休まない。

成人式については「ひさしぶりに会う子たちもおるし、同窓会みたいなもんかなって」程度の感覚だそうだ。

「いちばん仲良い友だち、東京の大学にいったんやったっけ」

「そう、蘭《らん》ちゃん。親がすっごい高い振袖買《こ》うてくれたらしい。前撮りの写真見せてもらったけど、すごかったー」

成人式の意味ねえ、とわたしは腕時計に目をやりながら呟く。

「成人式って、じつはけっこう歴史の浅い行事やねん」

一九四六年に埼玉県で開催された「青年祭」という行事が全国に広まり、一九四九年に一月十五日が「成人の日」と制定された。「青年祭」は太平洋戦争終結の翌年に、未来ある若者を励ますという名目で開催されたものだ。わたしが読んだ本にはそう書いてあった。

「いや、もっと昔からあったやろ。奈良時代とか」

禄朗が口を挟む。

「禄朗が言ってるのは元服《げんぷく》とかの話と違うの？　それは今みたいな二十歳を祝う成人式とはちょっと趣旨が違くない？」

「どっちにしろ、けっこう昔からやってたってことやね」

もめそうな気配を察知したのか、あさひが強引にまとめた。戦後も奈良時代も、あさひにとっては「けっこう昔」という同一のカテゴリに属するのだ。わたしと禄朗は同時に黙りこむ。

「……まあ、法律変わったし、もう成人言うたら今は十八歳からのことになったんやな」

禄朗が小さく咳払いをして言ったので、わたしも「まあね」と頷いた。

「俺に言わせたらまだほんの子どもやけどな、十八歳なんて」

かつて高校教師をやっていた禄朗が言うと、なかなか説得力があった。

大学を卒業した禄朗は、めでたく高校の英語の先生になった。公立高校で教えはじめて数年が経過した頃に、一度街でばったり会った。ジャケットの下にニットのベストを着込み、ノーネクタイに足元は運動靴（スニーカーではない）という教師っぽいスタイルに身を固めた禄朗は「飯まだなら、どっかに入ろか」とわたしを誘い、それで目についた適当な喫茶店に入った。

「禄朗って、なんで先生になろうと思ったん？」

さほど興味はなかったのだが、ふたりきりで向き合うとなんとなく間が持たず、わたしはそう訊ねた。ナポリタンを注文した禄朗は鉄板の上でいつまでもフォークをくるくるとまわしつづけており、フォークの先には巨大なオレンジ色のかたまりが生まれていた。

「俺じつはずっとアホの子やったからさ」

「『じつは』ってなんなん。知ってるし」

「先生めざす人って基本的に優等生で生きてきた人が多くない？」

わたしは自分の歴代の担任の先生の顔などを思い浮かべて、そうかもしれんね、と相槌を打った。

「勉強できひん子の気持ちとか思考回路とかがわからへんのちゃうかなって思って」

「禄朗は『できない子』の気持ちがわかるってこと？」

「そう思ってた」

思えばあの時すでに禄朗は「思ってた」と過去形を用いていたのだった。わかると思っていたけどやっぱりわからなかった、ということなのだろうか。禄朗はその翌年、教師をやめた。結婚し、離婚し、実家に戻ってきた。今は会社員をやっている。教師をやめた理由について、わたしは訊ねなかったし、禄朗も話さない。まあ、いろいろあったのだろうな、ということだけは理解している。すくなくともわたしよりは。

もしわたしが自伝を書くとしたら、ほんの数ページのパンフレットみたいな本ができあがる。人生最大の事件は新卒で入社したアパレルメーカーが入社後に倒産したことだが、その会社と取引をしていた黒田《くろだ》縫製という会社に拾われたため、ダメージはすくなかった。

黒田縫製に拾われた頃にひばりタウンに戻ったのは、そのほうが通勤時間が短かったからだ。あさひはちょうどその頃、二歳だったと思う。わたしはそれから今までずっとひばりタウンの住人として生きてきた。

「わたし、つい最近まで果乃子ちゃんと禄ちゃんのこと、親戚やと思ってた」

あさひが窮屈《きゅうくつ》そうに着物の襟もとに手をやりながら言う。

「そうやろね」

「そうやろな」

わたしと禄朗の声がそろった。わたしと禄朗は田丸家のイベントのほとんどに参加している。あさひが「なんか知らんけど家にいつもおるから親戚なんやろなって」思いこむのも無理はなかった。

毎年ではないけど運動会とか見にくるし、お年玉もくれるし、とあさひは指折り数えた。

「家庭科の課題とかさ、ぜんぶ果乃子ちゃんにやってもらったもんね」

「先生にばれたんやろ、でも」

「そう、一瞬でばれた。あとわたし自転車の乗りかた、禄ちゃんに教えてもらったよね」

ああ、と相槌を打つ運転席の禄朗の声が湿っていた。あさひのこれまでを思い出しているのだろうか。

「わたしってけっこう、しあわせかもしれんね」

俯いたあさひが、まだなにごとかを続けようとしている。さらにセンチメンタルな言葉が重ねられることを危惧《きぐ》し、わたしは拳を握りこんだ。勘弁してくれ。そういうの、苦手なんだよ。しかし顔を上げたあさひは「お腹空いた」と言っただけだった。

「は?」

「指輪さがしでごはん食べそこねたし。禄ちゃん、コンビニ寄ってよ。たまごサンド食べたい」

「いや、もう時間がないから」

「えー、なんか食べとかんと、式でおなか鳴るやん。恥ずかしい」

一生に一度の成人式やのに、とあさひは騒ぎ立てる。今なんか食べとかんと、と真綾も言っていた。病院に向かう車の中で。お腹空いた、すきっ腹ではいきむことができない、ラマーズ法も空腹には勝たれへん、と駄々をこね、コンビニに寄っておにぎりを買ってくることを要求した。乱暴におにぎりの包装フィルムを剝がし、音を立てて海苔を嚙みちぎっていた真綾の横顔を、わたしは今も鮮明に記憶している。髪はぼさぼさで、化粧っ気もなかったのに、それまでに見たどんな真綾よりも美しかった。人間の女性というよりは獣《けもの》の美しさだった。野性の本能を研ぎ澄ませ、全力で生を摑み取ろうとする、真摯《しんし》な獣。禄朗はおそらく真綾のあの美しい顔を見逃しただろう。まだ慣れない運転に必死だったから。

「似らんでええとこ似たな、母親に」

四十歳になって昔よりずっと運転がうまくなった禄朗は、なめらかかつすみやかにコンビニの駐車場の白い枠の中にわたしの車をおさめた。


目ざすべき病院の場所を、あの時の禄朗はよくわかっていなかった。あの信号を左に曲がって、と指定された信号よりひとつ手前の信号で左折し、進入禁止の道に入ってしまい、三人でワーワー騒ぎながら引き返した。真綾のお腹の痛みは激しくなったかと思ったらすこしだけおさまる、を繰り返すようで、大きな痛みの波がやってくるたびに真綾はわたしの腕を強く摑んだ。

産婦人科についた真綾はすぐに診察室に消え、わたしと禄朗は待合室に取り残された。五分もしないうちに看護師さんらしき人が走り出てきた。額に青筋が浮いているように見えた。真綾の両親がタクシーでやってきた。真綾のお父さんは頭に包帯をぐるぐる巻きにされていて、コントに出てくるミイラ男みたいになっていた。

昭子さんだけが診察室に入っていって、しばらく待っていると看護師とともに外に出てきた。「出血」「もしもの時」というような不穏な言葉が漏れ聞こえてきて、わたしと禄朗は顔を見合わせた。なんだか、思ったよりおおごとのようだった。車中で、真綾は痛みに苦しみながらも「今食べとかんと」と冷静な様子を見せ、車を降りてからも自分の足で歩いて診察室に向かったのに。

「真綾、だいじょうぶなんですか?」

深刻な顔でこちらに向かってくる昭子さんに問うたが、うんともすんとも言わずに、どさりと長椅子に腰を下ろした。

「なんとも言われへん」

子宮口が開いて、赤ん坊がおりてきているという。まだ正期産の時期ではないが、お腹の中に留《とど》めておける状態ではすでにない。エコーで確認したところ赤ん坊の首にはへその緒が二重にまきついており、このまま分娩《ぶんべん》に進むしかないがかなり危険な状態であるということだけは言っておく、と告げられたそうだ。

「妊娠は病気やない、ってよく言うでしょう」

「そうなんですか?」

わたしのまぬけな返答に、昭子さんは「言うのよ」とため息をついた。「妊娠は病気ではない」という言葉は「甘えるな」という文脈で使用されがちなのだが、ほんとうは「病気ではないのに心身への負担やあらゆる不調がおこり、病気ではないから治す薬もない。出産時には母子ともに死亡する可能性もおおいにある。だから病気の時以上に気をつけろ」という意味なのだと語るあいだ、昭子さんの目は注意深く診察室のドアに向けられたままだった。

「なんで、お酒なんか飲んだんやろ」

鈍い音がした。昭子さんが自分の太腿を叩いた音だった。

ドアが大きく開いて、ストレッチャーに乗せられた真綾が姿を現した。これから分娩室に向かうという。全員が口々にその名を呼んだが、真綾は答えなかった。恐怖と不安で、あるいはわたしの想像もつかない感情のせいで声すら出なかったのかもしれない。青い顔のまま唇をぱくぱくと動かすのが見えたが、なにを伝えようとしたのかはわからなかった。

母子ともに死亡する可能性、という昭子さんの言葉を反芻《はんすう》する。真綾と、お腹の赤ん坊の命が危険にさらされている。

病院につくのが遅かったせいだと思った瞬間に、禄朗がまったく同じ意味のことを呟いた。「おれが道間違えたからや」と頭を抱えている。それを言うなら、お守りを取りに戻ったのもたいへんなタイムロスだった。

「真綾は」

緑朗が言いかけて、続きを飲みこんだのがわかった。いくらなんでも「死ぬんですか」なんて、訊けるわけがない。

「……ありがとうな。きみたちはもう帰って休みなさい」

真綾のお父さんの言葉につられて壁の時計を見ると、もう三時をまわっていた。今帰れば、成人式がはじまる前にすこしは眠れるだろうと彼は言った。

緑朗が「どうする」というようにわたしを見た。考えるまでもなかった。わたしは髪を覆っていたスカーフをほどき、カーラーをむしりとった。

「ここにいます。心配やから」

真綾が生きるか死ぬかという状況で、なにごともなかったように晴れ着で成人式に出ることなんてできない。へんなウェーブのついた髪を両手でぐしゃぐしゃとかきまぜて、どっかりと長椅子に座り直した。

「俺も、ここにいます」

緑朗が長椅子に座り、わたしの手を引いて隣に座らせた。真綾のお父さんは力なく頷いて、それから自分も崩れ落ちるように長椅子に腰を下ろした。真綾のお父さんの腕時計の秒針の音がやけに大きく聞こえた。病院の空気は乾いていて、時折思い出したように消毒液じみた匂いが漂った。照明を落とした廊下の床の一部が非常口のサインの光で緑色に染まっていた。

「だいじょうぶや」

緑朗が床を見つめたまま言った。声が震えていて、ちっともだいじょうぶそうに聞こえなかった。声だけでなく全身が震えていた。わたしはコートのポケットに両手をつっこんだまま「うん」と短く答えた。

初詣の時、もっと真剣にお願いすればよかった。

今からでも遅くないだろうか。だとしたら神さま、とわたしは膝の上で、両手を合わせた。お願いします。真綾を助けて。

そのまま一時間が経過した。分娩室の手前の廊下の長椅子に移動してわたしたちはものも言わず、ただ座っていた。病院の人びとが時折早足で通り過ぎた。禄朗が自動販売機でお茶を買ってくれたが半分も飲めずに手の中で持て余した。真綾、死なないで。ただ、それだけを祈り続けた。

「ヒッチハイカーがおる」

禄朗の言葉に顔を上げると、たしかに若い男が親指を立てていた。もう一方の手には「京都」と書いたスケッチブックを掲げている。

「のせてやってもええ?」

「ええわけないやろ、あほか」

隣を見ると、あさひも「そりゃそう」と言いたげに頷いている。

すまんのう。通り過ぎたあとに、禄朗がそう呟いた。鳩や猫の轢《れき》死体を見た時も、禄朗は同じことを言う。なにもできなくてすまんのう。ストレスのたまりそうな人生だ。

成人式の開始時刻まであと五分しかない。

「禄朗いそいで」

ようやく駅が見えてきた。左折して、五百メートルも行けば市民文化会館が見えてくる。駐車場に停める必要はないんやで、入り口の前に広場みたいなとこあるやろ、あそこに横づけして、あさひだけおろすんやで、とくどくど説明している途中で、禄朗が「わかっとるわ」とうんざりしたような声を上げた次の瞬間「ぱん」という大きな、けれどもどこか間の抜けた音がして、車が一瞬左右に大きく揺れた。ゆっくりと減速していき、禄朗は車を路肩に寄せ、運転席から飛び出した。

「パンクや」

「うそ!」

わたしも車の外に転がり出て確かめる。左の前輪がぺしゃんとつぶれていた。

「最悪や」

力が抜けて、その場にへたりこんだ。どうする? あさひをここから歩かせる? 慣れぬ草履で? それではきっと間に合わない。間に合うはずがない。

「どうすんのよ禄朗、どうすんの。ぜったいに成人式に間に合うように送り届けなあかんのに、どうすんの?」

パンクは禄朗のせいではないとわかっているのに、わたしの口からは勝手に禄朗を責める言葉がこぼれ出る。

「……それはあさひの望みか？」

わたしの脇に立った禄朗が静かに問う。わたしがなにか答える前に、「違うやろ」と静かに、しかしきっぱりと言い放った。

「お前のこだわりや。自分が成人式に出られへんかったから。そうやろ？　お前はじぶんが経験できんかったことを代わりにあさひにやらせようとしてるだけなんちゃうん？」

そんなんとちゃう、と言いたかった。成人式なんて出たくなかったし、成人式に出られなかったことなんて気にしたことがない。

見上げると禄朗はぼんやりとどこかを見ている。なに遠い目しとんねん、と言いそうになった時、禄朗が「真綾」と呟いた。

「真綾はここにはおらん」

禄朗が「いや、見て」と前方を指さした。

「おーい！」

わたしは弾かれたように立ち上がる。真綾が、だいじょうぶか、と心配になるぐらいボロボロの自転車に乗って、颯爽《さっそう》とこちらに向かってくる。

どんな時間でも電話で相談に乗ってくれて、すぐに自転車で駆けつけてくれる、頼りになる助産師さんです。真綾がいとなむ助産院について、口コミサイトに書かれていたコメントだ。読んでこれ、と真綾にしつこく何度も読まされたので、暗記してしまった。

向かい風に煽《あお》られて「長いと仕事の時に邪魔になるから」と短く切った真綾の前髪が持ち上

がり、おでこがむき出しになっていた。あさひが助手席のドアを開け、頭だけを出して「ママ！」と叫んだ。

「なにしてんの？　こんなところで」

事情を説明すると、真綾は「よし！　あとはまかせて！」と自分の薄い胸を叩いた。

あさひを車からおろし、自転車の荷台に横座りさせ、真綾は「しっかりつかまってや」と声をかけるなり、しゃかりきにペダルを漕ぎ出した。荷台の重さを感じさせぬ軽やかさで、真綾の自転車は進んでいく。わたしはその後を追って走り出した。

市民文化会館に向かって歩く、振袖の群れを追いこす。スーツや袴姿の男の子たちもいる。髪を派手な色に染めたり、ギラギラした着物を着ているような子は見当たらない。どうやらこの市には、市長の挨拶の途中でステージにあがって乱暴狼藉《ろうぜき》を働きそうな新成人はいないようだ。今はもう、そういうのは流行《はや》らないのかもしれない。

ああ、膝が痛い。たいした距離を走ってもいないのに息が切れる。

走りながら、わたしはさっき禄朗が言ったことについて考えた。

わたしはほんとうは成人式に出たかったのだろうか。振袖を無駄にし、母を泣かせた。そのことに罪の意識を持たずに済むように、「成人式なんて最初から出たくなかった」と、都合よく記憶を塗り替えたのだろうか。記憶というのはいいかげんなものだ。いくらでも自分のいいように改竄《かいざん》できてしまう。

わからない。というか、走るのがつらすぎて、もうこれ以上は考えられない。

市民文化会館の入り口が見えてきた。とっくにえらい人の挨拶がはじまっている時間だろうに、まだ会場には入らずに数人でかたまって喋ったり、写真を撮っている新成人たちが多くいる。わたしは自転車をおりる真綾とあさひに近づいていった。

あさひがわたしを振り返って「え、果乃子ちゃん、走ってきたん？」と目を丸くした。

「うん。あのね、きれいやで、あさひ」

田丸家に到着するなり指輪のことでばたばたして、まだそれを言っていなかった。

「ありがとう、果乃子ちゃん」

「ありがとう、あさひ」

なんで果乃子ちゃんがありがとうなんて言うの、とあさひは笑っている。

二十年前の成人の日に、あさひは生まれた。あの待合室の長椅子の上で、永遠とも思える時間を過ごしたあと、ようやく産声《うぶごえ》が聞こえた時には外はもう完全に明るくなっていた。想像していたより、ずっと弱々しい泣き声だった。生まれてすぐに保育器に入ることになった小さな小さな赤ん坊だった。

わたしは、覚えている。あさひがはじめていちごを食べた瞬間の表情を覚えている。三輪車で植え込みにつっこんだ日のことを覚えている。ゲームに負け、怒りにまかせてコントローラーを投げた時の真っ赤な顔を覚えている。ぜんぶぜんぶ覚えている。真綾と似ている部分を発見しては笑い、涙ぐみ、時折本気で苛立った。言い過ぎたあとには、かならず成人の日の朝に聞いた産声を思い出した。

あさひが無事に生まれたことに、そして真綾が生きてたことに安堵して、わたしと禄朗はおおいに泣いた。笑って、泣いて、また笑った。田丸家に飾られているあの写真は、真綾のお父さんが買ってきた使い捨てカメラで撮ってくれたものだ。三人きりでカメラにおさまったのは、あれが最初で最後かもしれない。

あさひにとってわたしはただの「隣に住んでいるおばさん」かもしれないが、わたしにとっては特別な存在だった。

光みたいなもの。そう言えばいいだろうか。ぐんぐん育っていくものはまぶしい。まぶしい存在のそばで暮らした、まちがいなく幸福な時間だった。

二十年間、ありがとう。どうしてもそれを伝えたかった。

すこし離れたところで「あ、あさひやん」という甲高い声がした。振袖の女の子たちが三人かたまっていた。あさひは「おー」と手を振る。

「遅い！」

「来ないかと思った！」

女の子たちはきゃらきゃらと笑いさざめく。

「ほら、行っといで」

あさひの前髪をなおしてやりながら、真綾が言う。あさひはひょこひょことぎこちなく歩いて、三人に近づいていった。

あらためて見回すと、広場は色彩の洪水だった。今ここにいる子たち全員、二十年前に生まれたんだ、と思った。その中に混ざっても、やっぱりわたしの目にはあの子だけがきわだって輝いているように見える。きっと彼らを送り出したそれぞれの家のひとたちも、似たようなことを思っているのかもしれない。ありふれた「特別」がここに集まっている。

わたしの隣に立った真綾に「間に合ったね」と話しかける。

三か月前に、真綾から「わたし、急なお産が入るかもしれんから」と成人式の送迎を頼まれた。

あさひを産んだ直後、真綾は突然「助産師になりたい」と言い出した。自分のお産の時についてくれた助産師の仕事ぶりを見て、すっかり感動してしまったらしい。周囲の人は驚き、猛反対した。助産師になるにはまず看護師免許をとり、そのうえで助産師の資格を取らなければならない。今から学校に通うんか？ お前はもう母親なんやぞ、自分の子どものことを第一に考えるべきやろ、あきらめなさいと。母親がなによりも優先すべきは子育てや。真綾は「子どものことを第一に考えているからこそがんばりたい。子どもを、自分の人生をあきらめる理由にしたくない」と主張した。誰よりもいちばん反対していたのは真綾のお父さんだった。「わがままばっかり言うて」と怒っていた彼は、真綾が一人前の助産師になる前に病気で死んでしまった。

ぴろん、と真綾のスマートフォンが鳴った。真綾がすこし笑って、画面をこちらに向けた。涙を流すパンダの動くスタンプが表示されている。

「娘の振袖姿、見たかったたって」

「ヒーくん」は美容師なので、成人式の日は前日から毎年寝る暇もないほど忙しい。二十年前はまだアシスタントだった。真綾が痛みに悶《もだ》えながら病院に向かっていた頃、彼は勤め先の美容院内を駆けずりまわっていた。

「娘の髪と着付け、してあげたらよかったのに」

「いやー、予約でいっぱいらしくて」

真綾の夫が自分の店をもったのはいつだっただろうか。そのあたりの記憶は薄い。興味がないせいかもしれない。

学校に通いながら子育てするなんて無理や。誰かにそう言われるたび、真綾は「そうや」ときっぱり答えていた。

「そう、無理に決まってる。だから力を貸してよ、わたしたちに」

あんなふうに正面から頼まれたら、誰も断れない。真綾自身がどう思っているかは知らないが、素直に人に助けを求めることができるのは一種の才能であり、万人に備わっているものではないのだった。

わたしや禄朗を含むひばりタウンの住人は、真綾たちに、それぞれができる「協力」を、できる範囲でおこなった。住人たちは中年になり、老人になり、今では自分たちがあさひに世話を焼かれ、気遣われている。

そのあさひは、もうこちらを見もしない。はやく会場に入ればいいのに、いつまでも写真を撮り合って、えらく盛り上がっている。

運動会、参観日、誕生日。肝心な時に両親がそろったためしがない、という環境であさひは育った。でもそのことについて、とくに気にしたことはないと言う。

「だってみんながおったし。おばあちゃんも、果乃子ちゃんも禄ちゃんも」

わたしってけっこう、しあわせかもしれんね。ひとりごとみたいに呟いたあさひの声を思い出す。

いつのまにか、禄朗が真綾の隣に立っていた。

「ずっと謝りたかったんや、わたし」

真綾があさひを見たまま言う。

「わたしのせいで、あんたら成人式に出られへんかったやろ」

そのことについてなら、真綾はすでにこの二十年間のあいだに何度もわたしたちに謝っている。たいてい酔っている時だから本人の記憶に残っていないのかもしれない。

真綾のせいではない。あの場に残ることを選んだのはわたし自身だ。

わたしはわたしだけのものではない、すでに社会の一部なのだ。だから勝手なことばかりしちゃいけない。自分のことばっかり考えてちゃいけない。そう考えていた二十歳のわたしに、四十歳のわたしは「でもそれって自分の意志を押し殺せという意味ではないよね」と声をかけてやりたい。

誰になにを言われようと最後は結局自分がどうしたいか、どこに行きたいかがすべてだし、それに伴う責任を引き受けるのが、ほんとうに大人になるということなんじゃないかな、と。

「わたしは、好き放題やってる真綾が好き」

二十歳のわたしは、結婚だとか出産だとかにポジティブなイメージを持つことが、どうしてもできなかった。女にとって家庭はなによりも大切で、そのためにはほかのことは後回しにするべき。その枷《かせ》を、その枷を自分の足にとりつけられる未来を、わたしは恐れていた。真綾が猛然とその枷を蹴散らした。

真綾は恵まれている、と言う人もいる。それはわたしにもよくわかっていて、だから真綾が正しいとかみんなが真綾のようになるべきだなどとはけっして思わないし、言わない。

それでもわたしは真綾が好き。言うとしたら、その事実だけにとどめておく。

「かっこよかったよ。あんたのおかげで結婚とか出産とかも悪くないかなあって思えたもん」

「へえ」

「ま、わたしは結局どっちもせんかったけどな」

「まだ四十歳やん。この先の人生がどうなるかなんて、まだわからへん。あんた結婚も出産もこれからする可能性バリバリあると思う」

「バリバリかあ」

「べつにぜったいせなあかんことではないやん。でも可能性だけはバリバリやっていう話」

「そうかーバリバリかあ」

もはや結婚出産云々より「バリバリ」と言いたい欲求に支配されてしまったわたしたちの隣で、禄朗がぐすんと鼻を鳴らした。

「なに禄朗、あんた泣いてんの」

「いや。もう二十年も経ったんやなあと思って」

仲良しのおさななじみではなかったわたしたちの関係は、二十歳を迎えてから大きく変化した。正確にはあさひが産まれた日を境に、ということになるのだろう。

でも三人きりで集まることはめったになくて、だから今こんなふうに並んでいるとへんな感じがする。

「禄朗、泣きすぎ」

禄朗は「お前も泣いとるやないか」とわたしに濡れた目を向けた。涙を流さずに泣くのはわたしの得意技なのになぜか禄朗には通じず、常に見透かされてしまう。

真綾は両手を広げて、わたしたちの背中をばしっと叩く。

「さ、行くか」

「うん、行こう」

「お腹空いた」

自転車を押して歩きながら、真綾は「やっぱ、着物ってええな。華やかで」とため息をつく。そうねと相槌を打って、わたしはマスクの下であくびをかみころす。あさひを無事に送り届けたら、安心して眠くなってきたが、まだやるべきことが残っている。スペアタイヤに交換して、そのあと整備工場に持っていく。あとはなんだっけ。だめだ、眠すぎる。でも真綾が大きな声で「ええこと思いついた！」と言ったため、ばきっと目が覚めた。

「なに？」

真綾の瞳が異様に輝いている。嫌な予感がした。

「こんど三人で写真撮ろ」

「ええ？」

「振袖と羽織袴でばっちり決めてさ、写真館で撮ってもらお」

なんやそれぜったい嫌や恥ずかしいわ、とわたしは思い、「なん」まで言いかけたが、そこに禄朗の「お、ええやん」が被《かぶ》さった。禄朗よお前もか。二対一か。

「なー、果乃子。お願い」

禄朗からキーを受け取りながら、わたしは穏便《おんびん》に断る方法を考えた。考えついたとしても自分が真綾の頼みを断らないこともすでにわかっている。でもすこしぐらいは焦らしてやりたいような気もして、「それはどうかなあ」と呟きつつ、ひとまずタイヤを交換するためにボンネットを開けた。

二人という旅

雪舟えま

雪舟えま（ゆきふね・えま）

1974年北海道生まれ。2011年に歌集『たんぽるぽる』を、翌年に小説『タラチネ・ドリーム・マイン』を刊行。主な著書に『バージンパンケーキ国分寺』『凍土二人行黒スープ付き』『パラダイスィー8』『緑と楯　ハイスクール・デイズ』がある。

その晩たどり着いた私たちのことを、「虹の根元」亭の主人はすでに知っていた。喧噪《けんそう》の中、テーブルに向かいあう私たちのあいだに黒スープのカップをふたつ置き、こちらの顔を見くらべながらいったのだ。

「あんたたち、ひょっとしてあれだろう？　面白いことする人だろう、家相《かそう》を観《み》てくれるとかいうさ」

するとナガノは私の向かいで、店主の顔を見上げながらコンピュータをオフにし、「これ以上僕らのことを宣伝する必要はないらしい」と、つぶやいた。

私はいった。

「私は家読《いえよ》みのシガ、こちらは助手のナガノ。このあたりでしばらく仕事をさせてもらうっていうのは、けさ告知を始めたばかりなのに」

年季の入った前かけをし、店の照明を照りかえすみごとな禿頭《とくとう》とふさふさの髭に恵まれた店主は自信たっぷりにうなずいた。

「タイルボにやってくる面白い人がうちを素通りすることはまずない」

ここタイルボは、私たちが大きな仕事をしたブルーシティーという都会を去って以来の、なかなか大きめの町だった。郊外に宙港があることで、めずらしい星からの旅行者も来るのだろう。私たちは宇宙船ではなく、陸路を地元市民ののんびりした乗りものや徒歩で移動してきた、ごく地味な二人組なのだが。

「昼間は仕込みのあいまにフローを眺めて、この町に誰がやってくるか、掲示板やなんかをチェックしてるんだ。これも仕事のうちだよ」と、店主。

「だろうね」と、私。「きょうはほかに誰か？」

「となりの国から学者先生が来てる。なんつったか、意識のナントカとかいう専門だそうだ。あんたたちと話があうかもしれない。不思議な雰囲気が似てるから」

私は笑った。店主はつづける。

「うちのお客にあんたたちが来てると教えてやらなきゃ。そうだ、別荘を買いたいんだけど決めかねてるって人がいる」

「ありがとう、助かるよ」

そしてこれが本題というように店主は声をあらためていった。「で、滞在中の宿は？　かみさんが上の部屋を貸してるけど」

「ありがとう。寝る場所は確保しているよ」

私は答えた。店主はいかつい肩をざんねんそうにすくめて卓を離れる。

「教えてくれた？」と、深くかぶったフードの下から、ナガノは黒い瞳をいたずらっぽく輝かせて訊いてきた。

「うん」と、私。「騒々しいらしい」

ここの二階の宿屋はかなりうるさい――と、店自身が教えてくれたのである。

ナガノは黒スープに固形糖をひとつ落としてつぶやく。「教えてもらうまでもなく想像つくけど……」

「客がいれば朝まででも開けてるんだそうだ。そして酒場の物音が上に筒抜《つつぬ》け」

「僕らのことを広めてくれるみたいなのに、なんだか申しわけないね」

「それとこれとは話が別。さて乾杯」

「乾杯」

私たちはカップを持ち、ぶじの到着を祝ってふちをカチリとあわせ、黒スープを飲んだ。

私の仕事「家読み」は、依頼人の家や建物と――より正確にいえばそこに宿るスピリットや意識とでもいうべき存在と――会話をし、それらが教えてくれた内容を依頼人に伝えるというものだ。

ふつう、店は店主の不利益になることは喋《しゃべ》らないものだが、この「虹の根元」亭はこちらから訊く前に、ここはにぎやかすぎると教えてくれた。

心の中で建物に感謝を告げると、店は私に頭を下げた――ようだった。黙っていてもひと晩泊まれば騒がしい宿だとわかってしまうことだし、家読みというめずらしい職業に敬意があり、嫌いにならないでほしいという感情が伝わってきた。

大きな窓に映る自分と目が合う。砂色の髪と、それよりいくぶん暗い色の瞳をしていて、移動時間の長さに少々くたびれているのが隠しきれない年齢だ。私の弟というには年が離れすぎて見えるだろうナガノは、私よりひとまわり小さな細身の青年で、黒い髪と白い肌を上衣の大きなフードでおおっている。彼は黒スープのカップを両手で包み大切そうに飲んでいる。

黒スープというのは、それ用の豆を焦げ色がつくまでから煎《い》りして、細かく挽《ひ》いた粉に、熱湯を注いだり軽く煮こんだりして抽出《ちゅうしゅつ》した褐色の液体だ。豆の種類や使用する器具、細かな作法のちがいはあれど、だいたい似たものがこの近隣の星ぼしでは飲まれている。

「シガさん、さっき話した人がほんとに仕事を頼みたいってさ。宙港にもギャラリーを持ってる美術商のコルモエさんだ」

店主がふたたびテーブルに現れ、後についてきた老人を私たちに紹介した。コルモエ氏はさっぱりした日常着ながら品のいいブローチをつけていた。彼は私とナガノに一杯ずつ黒スープをおごり、いう。

「家を買うアドバイスをしてくれるというので、ぜひお願いしたくてね」

私たちの仕事は、住宅に関する助言者かなにかと——さらには占い師や霊能者のたぐいと混同されることがよくある。というよりも、家読みという仕事を知っていたり、初めて説明されてすぐに理解できる人のほうがめずらしい。しかしまあ、長年、延べ千件以上の家建物と会話してきた身として、あるていどの助言は経験からできなくはない。

「長年狙ってた人気の別荘地にやっと空き家が出て、抽選で検討権一位を取れたんだ」

コルモエ氏は端末をオンにしてマップを展開した。湖に面した森の中に豪華な邸宅がぽつぽつと建つエリアが拡大され、一軒の家が映る。

「ここだ。景色は最高だが大規模な修繕《しゅうぜん》が必要そうでねぇ。どうだろう？　それに、このあいだ行った霊媒師《れいばいし》なんか、こっちがなにもわからないと思って脅すようなことを――」

ちょっと待って、と私はさえぎった。

「私は土地や家の鑑定士ではなく、家と会話ができるだけで、地図や画像を見てもなんとも。直接会わないと」

「そういうもんか」老人は息をつき、前のめりだった体を背もたれにあずけた。「じゃあ、明日にでも来てもらうことはできる？　迎えに行かせるから」

私はナガノと目を見合わせる。彼は小さくうなずく。

「行きましょう」と、私。

「いつ、どこへ迎えをやったらいい？」

「朝食をここで取るので、そのころ店の前に来てもらえたら」

「わかった」

こうしてタイルボでの最初の仕事は決まった。

私たちは「虹の根元」亭に入る前にタイルボでの居所を決めていた。町を見下ろす丘に、目印になりそうな一本の大きな樹木があって、そのそばに幕屋《まくや》を設営したのだった。

酒場を出た私たちは夜風に吹かれつつ、満天の星に彩《いろど》られた丘を登った。草を踏みわけながら幕屋の家を目指して歩く。

家は金属の骨組みと帆布《はんぷ》に似た手ざわりの布でできているのだが、解体して畳むと、建っていたときからは想像がつかないほど軽く小さく感じられるものになり、それはほとんど魔法のようだ。私が家読みを始めた若い時分から使っている家で、心を通わせている長年のあいだに、ほんとうに魔法めいた力を帯びてきたのかもしれない。

「ただいま！」

と、入口の布をまくりあげて入りつつナガノはいった。その声が、早朝かというくらいはつらつとしていたので、私は思わず噴き出しながら「ただいま」といった。

「なに？」と、ナガノ。

「いや」といい、私は梁《はり》につるした明かりを灯す。五、六人は余裕をもってすごせるくらいの空間がやわらかく明るむ。

「笑ったよ」

「いやいや……ずいぶん元気だなと思ったのさ。一日じゅう移動してたのに」

そう？　というようにナガノはきょとんとし、いう。「だって、うれしいもんね」

「うれしい？」

「また帰ってきて、ここで眠れることが」

「私もだよ」

荷ほどきして寝床を作る。といっても敷物と毛布だけのかんたんなものだ。

室内は布一枚の壁とは思えないほどの静けさで、気候や季節を問わず快適な室温湿度が保たれる。心身を回復させる力はブルーシティーの一流ホテルのスイートルームや、高級メディカルベッドにもひけをとらない。

明日の準備をし、寝るまえの身じたくを整え、私たちはそれぞれの毛布にくるまった。

眠りしなに私は頭の中で反芻《はんすう》していた。さっきのナガノの何気ない言葉――また帰ってきてここで眠れることがうれしい――というのを。

助手にして旅の相棒である青年ナガノは、日本コロニー製のナガノ型クローンだ。彼はとある任務を離脱して逃げていたところに、私と出会った。職務放棄クローンという身分的にも精神的にも危うく不安定な彼を放り出すわけにいかず、私は彼と同行することにした。

彼らは人間をオリジナルと呼んで自分たちと区別するが、生活をともにする私から見れば、ナガノが少し変わった生まれ育ちをしてきたという以外は、とくに人間とのちがいはない。喜怒哀楽がありバイオリズムがあり、美しいものに惹《ひ》かれ、心地よいものや場所、美味《うま》いものが好きなのだ。

とはいえ、少し変わった生まれ育ちであるのはたしかで、それゆえに彼の言動におどろかされることはある。

彼らは養育器の中で短期間のうちに成人前後の肉体にまで育てられ、急速なダウンロード教育を受ける。それから技能訓練のための集団生活を経て雇用主のもとへ送られるという。

ナガノはいちおう大人の外見をして、得意分野では優秀だが、ふいに純粋な目をして子どものようなことをいう。情緒が発育途上という感じなのだ。これは人生を実体験ではなく情報としてしか知らないクローンたちが総じてそうなのか、彼固有の性質なのかはわからない。

翌朝、私たちは幕屋の家をそのままに酒場へ向かった。いままでも川岸や海岸、町はずれの空き地などに建てたまま留守にしてきたが、この家は一度も盗みに入られたり傷つけられたりということがない。家によれば、霊的なカモフラージュが施され、よこしまな者の目には映らないのだという。

「虹の根元」亭は朝食の客ですでににぎわっていた。昨夜の店主のすがたはなく、そのつれあいと思われる女性が店を仕切っていた。

私たちが干椒肉《ひしょうにく》とつぶし白苹《ハクペイ》の揚げ麺麭《パン》、紅苹《クーペ》と齢菜《ヨワナ》のサラダで朝食をとっていると、偏光《へんこう》眼鏡をかけた初めて見る顔が話しかけてきた。彼は椅子を近くの卓から引っ張ってきて、どっかりと座っていう。

「やあ、あなたたちはシガとナガノ？　店主から聞いてる。きょうはコルモエさんのところで家読みっていう仕事をするそうじゃないか」

「あなたは」と、私は黒スープを飲みながら。

「失礼、私はパジャ」

と彼は名乗り眼鏡をはずす。日光に弱そうな薄灰色の瞳をしていた。そして、乾いて白っぽくなっている唇の、大きな口でいう。

「隣国の大学に宇宙考古学者という肩書で在籍しているが、ようは、なんでも自分に関心のあるもののことを研究し教えている。最近は意識の共有性がテーマで――」

こわそうな橙《だいだい》色の髪を無造作に首の後ろで束ねたパジャ氏は、あちこちを歩きまわってきたのだろうと思わせる、日焼けした肌と引きしまった体型をしていた。若々しく見えるが暦《こよみ》年齢は私とそう変わらない気がする。

「さらにいうなら、いまのいまは、あなたたちの家読みという仕事に興味しんしんだ」

「先生はこの町にはどういった理由で」と、私。

「先生だなんて。パジャで結構」と、彼はいい、「ピプキンという星に調査に行きたいんだ。そこの宙港から船が出ていてね」

「なるほど」

「出発まで数日、ここに泊まって下調べをしたり装備をそろえたりしているところだ」

「ほう」

「で、きょうはあなたたちの仕事に、さしつかえなければぜひ私も同行させてもらえないかと思って。もちろん仕事中はじゃましない。ぜったい」

「同行？　コルモエさんの別荘地へ？」

「そろそろ迎えが来るんだろう？　手間はかけさせない。私から頼みこむから」

昨夜の美術商の、警戒心の強そうな表情を思い出しつつ私はいう。

なおす。

「どうかな。依頼人がいいというなら——私たちには断る理由もないけれど」

私はナガノを見やった。どうでもというように彼はうなずき、上衣のフードを目深《まぶか》にかぶりなおす。

彼は外にいるとき顔を隠したがる。いわく、日本コロニー製の中でもナガノ型はもっとも多く出回っているタイプで、大きな街には自分の顔を知る人がいるのではないかと落ち着かないそうだ。私としては、彼はもう髪型や服装、雰囲気なんかも典型的な労働用クローンとは違ってきて、ひと目でそうとはわからないと思うのだが。

店の前で合図の音がした。外に出ると、艶《つや》のある深緑の塗装がされた五名乗りの移動体が到着していた。コルモエ氏は現地で待っているそうで、いるのは運転手だけだった。運転手はパジャの申し出を通話でコルモエ氏に伝え、許可を得た。漏《も》れ聞こえてきた老人の声は元気で上機嫌そうで、なんというか、このパジャという人物はなかなか強運の持ち主なのかもしれない。

運転手は移動体の屋根を畳んでオープンにし、車体は地表から少し浮き上がるとゆっくりと滑りだす。後部座席では私とナガノのあいだにパジャが座り、主賓《しゅひん》級の存在感で「ああ、最高のドライブ日和《びより》だ」と快晴の空を仰いだ。

「虹の根元」亭はこの町タイルボの北東地区にあり、コルモエ氏の待つ湖のほとりの別荘地までは町を南西方向に抜けてゆくことになる。ホテルに飲食店にみやげ屋がならぶ界隈を過ぎると、広い公園があり、さらにゆくとショッピングエリアと住宅地が広がっていた。遠くには、たぶん軍用の訓練施設と思われる塀に囲われた区域が見える。

観光気分で景色を眺めていると、脇腹をちょいちょいと小突かれた。

銀色の偏光眼鏡に流れる空を映して学者先生はいう。

「ほらね、あの鳥」

その目の先には四、五十羽ほどの小鳥の群れがまとまって旋回していた。

「鳥は集団でひとつの意識だといわれるね。馬や猫や魚なんかも。ああいった動物はみんな」

「ええ」

「一匹の犬の体験はすべての犬の記憶に共有される」

「わかる気がする」

と、私は仕事の中で、一軒の家が近隣の家と情報をやりとりする場面を思い出しながらいった。

パジャはつづける。

「むかしはわりと硬派な宇宙考古学をやっていた。古代人の遺《のこ》した壁画や出土品になにが表現されているのか解読するっていう。だが調査を進めるほどに、他星人が人類の歴史に干渉していた痕跡を見出すことになって、研究のテーマが変遷《へんせん》し始めた」

「ほう」

「動物の群れっていうのは一糸《いっし》乱れず一瞬で向きを変えるよね。たまにぼんやりしてるのか遅れそうな奴がいても、すぐに群れに回収されていく。ひとつの星の人類というのも同じように、集団としてあるレベルを修了したといえるほどになったとき、全員に進化が起こってきたんじゃないか、と考えているんだけど」

「そこに干渉する他星人がいると」

「そう。個の経験を全員が共有するネットワークのような深い意識領域に、高次存在からのエネルギーが浸透することで進化を促《うなが》していると見ている」

「こんど行くピプキンという星はその研究のために？」

「うん。そこでは星の住人全員が、意識の共有を自覚しながら生きているというんだ。ひとりの身に起こったことはたちまち全員の知るところとなる。隠しごとなんかできない。嘘もつけない——そもそもプライバシーという感覚が成立しないだろう。相手の痛みは即座に自分の痛みとなる世界で、記録のかぎり数千年は戦争どころか殺人もないという彼らの在りかたは、私たちの社会でも参考にすべきものが大いにあるはずだ」

以前ナガノが話してくれたことがあるが、クローン同士にも共鳴能力があって、どこかで仲間が苦しんだり恐怖したりという体験をすると、その感情に同調してしまうことがあるそうだ。そんなことを思い出しつつ、私は、かきかきとよく動く口で流れるように語る学者氏の話を聞く。

「いったいどんな感じがするもんだろうねえ、すべての人の気持ちが筒抜けだっていうのは。船が出るのはあすだ。楽しみでしかたないよ」

湖に着いたのは昼すぎだった。私たちは別荘地中心部のレストランでコルモエ氏に昼食を振舞われ、それから氏が購入を検討中だという邸宅に向かった。

「家に訊いておきたいことはありますか?」と、私は家の前で依頼人に問う。

「お、それだ」しゃれた花模様のシャツを着た老人はハッとしたようにいう。「このあいだ霊媒師に視《み》てもらったらね、庭に変なものが大量に埋まってる、人骨かもしれないなんていうんだよ。買うまえに掘り返して確認することもできないし、わからないまま呪われた家を買うのもごめんだし」

「なるほど」

「それがわかればじゅうぶんだ。さて、私らはどうしたらいい?」

と、私とナガノの顔を見くらべるコルモエ氏。

「そうですね。どの部屋も待っていただくのに向いてなさそうだ。近くで待機していてもらえますか?」と、私。

「ではさっきのレストランにいるよ。そこで結果を聞こう。——で、学者先生はどうするのかね。家読みさんたちのじゃまをしちゃ困るよ」

「心配無用です。彼らの後ろでおとなしぃーくしてます」

パジャは眼鏡をきらきらさせておどけていった。

依頼人は運転手とともに去り、現場には私とナガノと見学者一名が残された。

「始めよう」

私がいうと、ナガノがバッグから保温容器を取り出し、カップに黒スープを注いでくれる。

それを飲みながら家と会話を始めるのがいつものやりかただ。

私は家に、まずは全体的なコンディションをたずねた。医者がする問診のようなものだ。

中に入らないのは正解だよ、と、家はけだるげな気配とともに教えてくれた。

この家は、夏のあいだ湖から吹く湿った風のために自然素材部分の傷《いた》みが激しかった。人がいてくれるなら「がんばれる」のだが、これまでの持ち主が休暇中しか滞在しなかったため、不在のあいだに「どっと老けこんだ」と家はいう。北側の部屋や廊下の壁にかびが生え、虫も出ている――。

「あのう」背後で見学者氏がナガノに問うのが聞こえた。「ねえ、これってもう始まってるの？」

「はい。声に出してなくても、家と会話をしています」

「ほう！　じゃあまさに仕事中なわけだ。外から中の状況がわかるの？」

「ええ。僕らは室内に入らないことも多くて、壁の外とか屋根裏とか、床下から建物と会話して、中のことを教えてもらうっていうのはよくあります」

なるほどねぇ、と、すっかり感心してパジャはうなった。

「――では、コルモエ氏が住むまえにかなりの改修が必要ということだね」

私が訊くと、家はそうだといい、ただしいまなら南側はさほど手を入れずとも大丈夫で、庭の樹木を剪定《せんてい》してくれれば、北の日当たりも改善されてありがたいとつづけた。

その後玄関の前に戻って休憩した。黒スープをおかわりし、ナガノが用意した見慣れぬ菓子をつまむ。

「これは何。えらく美味いね」

「酒場のカウンターにあったから買ってみた。種実《ナッツ》と蜜《みつ》と酪精《バター》を煮て、冷まして固めたものだって。先生もどうぞ」

ナガノは得意そうに私とパジャにすすめる。

「その材料で美味くないわけがない」私は笑った。「できれば夜に、あとはもう何もすることがないって時間に食べたい感じだな」

「シガさん、いいセンスしてるね。これを食べると甘さで疲れを忘れる。私の故郷ではギタリといって、まさしく夜の菓子とか新婚の菓子と呼ばれている」

「そんな意味あいがあったとは」と、私。

「ギタリを食べることには、結婚していることを祝いつづけるって意味もあって、常備してる家庭が多い。まあふつうに誰でも昼夜問わず食べるけどね、美味いから」

パジャはそういってこんな歌をそらんじてみせた。

結婚は　種実《ナッツ》と蜜と酪精《バタ》の国
語らえ夫婦　この菓を卓に
朝の窓辺に　夜のしとねに

「よるのしとねに」ナガノはうっとりとつぶやく。「素敵だな」

蜜と酪精《バター》でぎとぎとになった指を舐《な》めながらパジャはいう。

「しかし後ろから見させてもらって、たいへんに興味深いね家読みっていうのは」

「どうも」

「門外漢ながら感じたんだけども。シガ氏が話し始めたら——家が、なんというのか、ちょっとしゃんとしたような。それまではくたびれた雰囲気だったのに」

「わかりますか。じっさいそんな感じですよ」

「人が来るとうれしいのかな」

「だいたいの家は人が来るとよろこんでくれる」

ふうむ、と、パジャは腕を組んでいう。

「ひとつ疑問なんだが、家というのはいつから意識を持つようになるの？ どのくらいできてきたときに。基礎くらいでもう意思がある？ それとも完成して名前が入ってから？」

「いい質問だ」

私は思わずつぶやいた。

「私が呼ばれるのはあるていど年数を経た家が多くて、新築や完成前っていう状態に立ち会うことはまずないんだけど」

「そうか。そうだろうね」

「おそらく土台部分だけではまだだめで、壁や屋根……占有する空間がおおかた決まってきた段階で、意識の萌芽《ほうが》みたいなものができてくるんじゃないかな」

「じつに面白い。弟子入りしたいくらいだ！　シガ」

「いかにもあなたは筋がよさそうだ」

「ほんとォ？」といってはしゃいでいたパジャは、ふとナガノのほうを見た。「そういえば、助手ってことは君も家を読めるの？」

「えっ、いや僕は」

「ナガノは私の仕事の宣伝やスケジュール管理をしてくれている」

「下世話なことを聞くけど、給料制？」

「報酬は山分け」と、私。

「家読みをしないのに山分けとは、ずいぶん高歩合だ」

「それはあなたが、彼が来るまえの閑古鳥《かんこどり》ぶりを知らないから」

ネットワークに入って情報を扱うのが得意なナガノは、地域の情報フローで私の仕事の宣伝をしている。家建物の悩みを抱える人は多く、私の仕事は重宝《ちょうほう》がられ——あるいは面白がられ、一日に複数件受けつけることもめずらしくなく、町に踏み入るまえに予約が舞いこむことさえ起こるようになった。それまでの私のペースといえば、数日に一件は当たり前、へたをすると依頼のないままひとつの町を通り過ぎることもあったというのに。

「ふうん」パジャはナガノを見つめる。「有能なビジネスパートナーってわけか」

この人に悪意はまったくなさそうなものの、ナガノがこのやりとりを気にしなければいいがと思った。

ナガノは彼自身に家の意思を感じる能力はなく、自分は鈍感なのだと決めこんでいるふしがある。そして、家読みができないなら得意なことで貢献しなければいけないと思っているようなのだ。そんなことを考えなくていいと何度となく伝えているものの、クローンとしてそのように教育されてしまったのが抜けないのである。

休憩を終え、私はふたたび家に語りかけ、コルモエ氏懸念の庭についてたずねた。家によると、数万年まえにこの一帯に住んでいた人びとがいて、その住居群の跡が別荘地の下に埋もれているらしい。霊媒師が大量の人骨かもしれないといったのは貝塚の一部と動物の骨だという。

「はあ、よかった。それなら安心だ。家を買う話をやっと進められる」

レストランで私の報告を聞き、コルモエ氏は満足そうに茶を飲んだ。

「気になることが聞けてありがたい。そういえば知人もシガさんのお仕事に興味をもっていた。旧市街の再開発を担当している役人なんだが、相談にのってあげてくれないか」

「ありがとうございます。ぜひ」

こんな感じでふたつめの仕事も決まってしまった。

その夜、「虹の根元」亭でナガノと報酬を分けあい、羊の骨つき肋肉《あばら》と、クリームで炊く金《きん》茸《たけ》の出汁炊飯《ピラフ》で少し豪華な食事をした。

ナガノはこの町に入ったあたりから、彼としてはいくぶんおとなしい感じがしていたのだが、きょうは行き帰りの移動体でも考えごとに耽《ふけ》っているようだった。

「やっぱりそうしよう」

ジュースを飲み終えて彼はつぶやき、こう切りだした。

「ねえシガ、僕」

「うん」

「いまから数日暇をもらえたらって、思うんだ」

「え?」

「ここんとこ、お客さんがつぎのお客さんを呼んでくれて、宣伝する必要もなさそうだし」

ナガノは窓を向いていう。

「ブルーシティーに戻って用事がある」

私はナプキンで口を拭きながら、どう返したものかすぐには思いつかない。

「きょうもらった報酬で目標額になったから、ちょっとね」

「ほしいものでもあるの?」

彼との旅暮らしはどこへ行くのも一緒で、別行動になるのは初めてだ。しかもそれを彼のほうからいいだすとは。

「うんまあ……」

といって、ナガノは視線を下にそらした。

彼は人間に嘘をつくことができない。彼らクローンは脳内にそういうしくみが作られており、たとえば名前や身分を偽ろうとすると、全身が震えたり汗が噴き出したり呼吸が乱れたりと、明らかにようすがおかしくなるのだそうだ。

なので、会話のとちゅうで彼が目をそらしたり言葉を濁《にご》したときなどは、これ以上追及しないでほしいというサインだと判断することにした。私だってナガノが冷や汗をかいたり震えたりなんていうのを見るのはつらい。

「やあ、おふたり」

見上げると宇宙考古学者氏が私たちのテーブルのわきに立っていた。橙の髪が肩の上に豊かに広がっている。ナガノとのことに気を取られていて、彼がこんなに近づくまで気づかなかった。

「おっ、羊の肋肉？　いいねえ。私も晩飯をおともしていいかな」

氏はカウンターを振り向いて店主にいう。

「おーいマスター、こっちに鳥肝《とりぎも》の煮込みと酸味麺麭《パン》をひと皿！　香辛麦酒《ビール》もね」

「行ってくる」

パジャが着席するのと入れちがいにナガノが立ち上がる。

「いまから？」と、私はフードを目深にかぶるナガノを見上げて。

「うん。夜行で行ったほうが人目につかない」

「なにかあったらすぐ連絡して」

「わかってる」

パジャは私たちの顔を交互に見ていう。

「ええっと……よくわからんがこんな時間からお出かけ？　気をつけて」

ナガノは学者氏に黙礼すると店を出ていった。

「どこへ行くって」

「ブルーシティー」

「いいのか？　ひとりで」

私は肩をすくめる。「いちおう大人だよ」

「ずいぶんあっさりしてるんだな。あの子とは恋人同士なんだろう？」

「私が？」

「ちがう？」

「そんなことを訊かれたのは初めてだ」

「訊くまでもなくそう見えるからさ」

「………」

私はいったいどんな表情をしていたのだろう。

窓の外の暗闇に目をやった。ナガノのすがたはもう見えない。

「彼ってわけありなのか？　あの、服についた大きな帽子でいつも顔を隠して。傷でもあるのかって覗きこんでみたら、なんにも。ただ涼しい目もとの綺麗な顔があるだけだ」

店主が料理を運んできた。パジャの前に皿と杯《さかずき》をならべる。羊とはちがう種類の肉の匂いがテーブルに熱く満ちる。

「先生、船はそろそろ出るんだっけ?」と、店主はいう。

「それだよ」学者先生は大事なことを思い出したようで苦笑する。「まだしばらく世話になる可能性が出てきた」

「うちは何泊でも歓迎ですよ」

「あとでまた詳しく」

パジャは店主にそういい、さあ食うぞといわんばかりに藁山《わらやま》なす髪を頭の後ろで結ぶ。そして麦酒《ビール》にスパイスをひと振りして飲み、なんの話だったっけというように私の顔を二秒ほど見た。

「あ、そうそう、それで、ナガノだ。彼を見てると誰かを思い出しそうになる。黒髪と切れ長の目……どこかで会ったことがあるような」

「………」

「そんな有名人いたかな? ちがうな。教え子かな?」

店主の広い背中がカウンターへ戻っていくのを見届けて、私はいう。

「先生、いやパジャ、あなたは口が堅いだろうか」

「は? もちろん! 友の秘密はぜったいに守る」

私があっけにとられたように見えたのだろう、パジャはもみあげをいじりながらごにょごにょとつづけた。

「もう君たちを友人だと感じてしまってるみたいだ、私は……」

「あなたはそのうち思い出してしまうだろうから、さきにいっておくと——ナガノはクローンなんだ。一時期たくさん作られたっていうから、彼とおなじ顔の仲間が街で働いているのを、あなたはいつか見たことがあるのかもしれない」

「なるほどそれか」

パジャは合点がいったようだった。

「地球系クローン、中でも日本コロニー製はよくもわるくも容姿へのこだわりが強くて、マニアが多いっていう」

「ナガノは愛玩用ではないから、平凡な外見にデザインされてるという話だけど」

「シガさん君はわかってない。人間社会で働くクローンは人びとに受け入れられやすいように作られている。だから彼の平凡というのは、人から好感を持たれるビジュアルの中での平均値ってこと。つまりちょっと人目を引きそうな美青年だよ」

「そういうものか」

私の反応がいまいちなのか、パジャは首をかしげる。

「君は彼のオーナーなんじゃないの？」

「いや、彼は職務放棄して逃亡中のところを私と出会って、それからずっと身分を隠して旅している。誰の所有物でもない」

「たまにいるっていうけどねえそういうのが。おとなしそうな顔して規格外だったわけだ」

「先生、あなた面白がってるでしょう」

指摘されてパジャはばつがわるそうに見えた――のもつかのま、すぐにまたわくわくを隠しきれずに目を輝かせる。学者っていうのはみんなこんな好奇心のままに生きているもんなんだろうか。

「でも彼らって、首だかどこだかに懲罰《ちようばつ》装置をつけられているよね？　勝手に任務を離れると自爆するって聞いたけど」

「彼の場合、運よくそれが作動しなかった。どういうわけか不発だった」

「なんたる僥倖《ぎようこう》！」

「だからそれにかんしては、もう大丈夫だとして」私はつづける。「やっぱりクローンならではの心配な部分はある」

「たとえば」

「嘘をつけないようにできている」

「方便も使えない野良クローンならなおのこと危険だ。なんで行かせた。身分を訊かれて正直に答えたら連れ戻されてしまうし、所有者不明なら拾得者のものになる」

「彼に人間として生きてほしいと願うなら、ときにこんなふうに別行動をとることも、いつかは認めなきゃならない。私が四六時中離れずに監督してるなんて不自然だ」

「うーんん」承服しかねるというように、パジャは腕組みをしてうなる。

私は器に残っていた出汁炊飯《ビラフ》を匙《さじ》でさらい、胃に収めた。話題のせいなのか味がよくわからない。

「彼にだって私にいいたくないことはあるはずで、そんなようすになったら質問しすぎないようにしている。彼を追い詰めたくないんだ。ブルーシティーにあっさり行かせたように見えたのは、そういうこと」

「私が心配しすぎなのかねえ」パジャは頭の後ろを掻きながらいう。「――まあ、あそこも基本は法治都市だ。わざわざ物騒な界隈に乗りこむつもりでもないだろうし。貯めた小遣いで大きなぬいぐるみを買ってくるだけかもしれない」

「ぬいぐるみ?」

「添い寝用の」

「………」

「で、シガ、君は嘘をつけない彼につけ入るまねができなくて――いや、本心を知るのが怖くて、踏みこめない関係がつづいているわけだ」

「なんだかすごい角度で話が曲がったんだが」

「きわめて自然な流れさ」力強くパジャはいい、麦酒《ビール》の杯を空《から》にした。「同行させてもらって気づいた。君の後をついて歩く彼のようすときたら、まるで花を追う蝶《ちょう》だ。君のことが大好きなんだってのはがらんどうの瓦偶人《がぐうじん》でもわかる」

瓦偶人というのは赤土でできた空洞の素焼き人形のことだ。あちこちの遺跡でよく出てくる。

パジャは私の顔を無遠慮に指さしていう。

「後ろに目がついてるわけじゃないから気づかなかった、なんていいそうな顔をしてる」

「まさかそんな唐変木《とうへんぼく》じゃない」

「どうだか」

パジャのいうナガノのようすが目に浮かぶようだった。

「虹の根元」亭の外では衛星たちが音もなく夜空を照らしていた。

私は自分にしみついた気がする喧噪と酒と料理の匂いを、澄んだ夜気で洗い落とすように頭《かぶり》を振った。そしてそこからは誰にも出会わずに丘の上の幕屋まで歩き、入口の布を巻きあげて中に入った。

「ただいま」

家はおかえりというように、心地よく乾いた空気と干した茶葉の香りで出迎える。この家は私が快《こころよ》いと感じるものを熟知していて、空間内はいつもそれで満ちている。

うんとむかしに曲芸師や占い師たちなどと短いあいだ暮らしたことがあるが、そのときに占い師から、この家は移動式の「気場《パワースポット》」だといわれた。組み立てた場所はどこでも結界が張られたようになり、癒《いや》しと活力づけの場になるのだと。

長い長い一人旅で、孤独ではあるもののわりあいに健康で安定した気分で生きてこられたのは、気場とともに移動していたからかもしれない。

私は空間の中心に座る。小さな調理台に火を起こして、黒スープの豆を挽いて入れてある容器に手をかけた。

「君は――」

飲むかい、と、いつものようにナガノがいるつもりで口がひらいてしまう。

出会って以来彼がいない夜は初めてだ。

でも、もともと自分はそうだったし、ずっとこうだったじゃないか。

環境のせいなのかただのぼんやりした子どもだったのかわからないが、私には幼少期の記憶があまりない。物心ついたころには親がそばにおらず、必要なときに遠い親戚が面倒を見てくれていた。いつもひとりだった。外へ出て友だちを作りたいとも思えず、ひたすら寂しくて、家にいて、心の中で擬人化した家に向かって話しかけていたことばかり覚えている。そうするうちに家と会話ができるようになっていたのだ。

よその家や建物ともそれが可能になるのに時間はかからなかった。ある家にはあるじに自分の病気のことをいい出せない使用人がいたし、ある家には長年ばれないように少しずつ盗みをはたらいている泥棒がいた。またある家では子どもたちが親に隠れて動物を飼っていた。そういったことをその家の意向に従って住人に伝えたり、あえていわずにおいたりした。私の生業《なりわい》はそんなふうに形になっていった。

家読みを通じて、家という空間で人びとがじつにさまざまな理由で苦しみながら生きていることを知った。すれちがいや無理解、不満や秘密くらいならありふれて、いちいち依頼人に報告するのも野暮なくらいだ。気ままに他者と交わりつつもひとりで生きる人生にかなり満足していた――そんな私のところに、ナガノという不安定要素しかない青年が迷いこんできたのである。

私は黒スープを飲みながら端末を確認する。彼からの連絡は来ていなかった。いまごろどのあたりにいるのか。

目標額になったから、とナガノはいった。

貯金をしていたのか。なんのために？

もっとも近くにいる人が考えつづけていることにも気づけなかった。偏光眼鏡の学者氏の語る「意識の共有」という言葉をむなしく思い出す。私とナガノのあいだにはまだまだ心の隔《へだ》たりがあるのだろうか。

「がらんどうのがぐうじん」

空になった器を持ったまま、私は自分がそうつぶやくのを聞いた。

「がらん、どう、の、が、ぐう、じん、だ」

言葉のゴトゴトした音が口のまわりに短くただよい、意味をなさないまま天井に吸いこまれていく。

パジャ、あの人の言葉には人の心臓を浅いところに持ち上げてしまうような、みょうな力がある。ありていにいえば私は酒場での会話からずっと、彼の言葉にどきどきさせられていた。

――後ろに目がついてるわけじゃないから気づかなかった、なんていいそうな顔をしてる。

――まさかそんな唐変木じゃない。

――どうだか。

「好き勝手いわれてしまった」

はたからは私とナガノは恋人同士のように見えるのだそうな。

宇宙考古学者につつかれるまでもなく、私は彼との関係においてはけっこう思い切ったといえるが、決定的なことを過去にいっている。

私と出会ったときのナガノは、既定のルートをはずれると爆発する懲罰装置――彼の場合は右手首にバンドタイプのもの――をつけられていた。いつ腕が吹き飛ぶかわからない恐怖と、それでも初めて感じる自由、そしていちまつの希望がないまぜになった複雑な心で、ナガノは生きていた。錯綜《さくそう》する感情が彼のキャパシティーを超えてしまい、ふわふわと夢遊病者のような足どりで海に入っていったりもした。

これからこのナガノをどうしたらいいんだろう、と、当時の私は毎日考えていた。ナガノはつかのまの旅仲間たちとは明らかにちがった。ひとりで生きるはずだった自分に彼を受け入れることはできるのか。いつか彼を投げ出すようなことをしやしないか。自分を信用できるのか。

考えたすえに私は、旅をしようと彼を誘ったのだった。人間に奉仕しなければ存在意義が感じられない彼に納得してもらうために、助手として、私の仕事を通じて生きてみてはどうかと提案した。

思えば私はあのとき、初めて人を口説《くど》くということをしたのだな。

家を読んできた中で――こっちは、家庭内不和よりはずっとまれなケースになるものの――同居人どうしがひそかに愛しあっているということもないではなかった。自分は相手に不釣りあいだと思いながら、相互に片想いしあっていることもあった。家はそんな二人をやきもきしながら見守っている——。

ええと……私はそれを依頼人にどう伝えたのだっけ? 忘れてしまった。まるで恋のメッセンジャーのような立場で、そんな役目がこなせるほどの機微《きび》が自分に理解できていたとは思えないんだが。

私自身にそれらしい相手がいたのが、もう冗談抜きで思い出せないくらい大昔だというのに。

黒スープを飲み干し、器を洗って拭く。

私とナガノもそうなのだろうか。

住む人どうしがおたがいの気持ちに気づいていなくても、家は知っている。

禁じ手を使ってみるか?

「…………」

天井の、家の意識が凝集するようにひときわ濃くなっているあたりを上目で見る。

目を向けただけで、問うまえからもう、家はなにかを漏らしそうだった。この件についてはいいたいことであふれそうだぞという、巨大な柔らかい餅のような圧を感じ、私は思わず笑った。

「いやいや、ちょっと待って。やっぱりいわなくていい」

私の家くらいになると、この空間内に起こることは住人の思考や感情ていどなら完全に把握し、自分の見解を持っており、さらには少し未来の予測までする。そしてややお節介ぎみになっている。

「もうしばらく、答えを知らないこの状態を愉《たの》しみたい」

寝起きの寝具のように生温かいものを頭上に押しのける気分で、私は家を制する。

これから数日私はひとりでいることになるらしい。彼と私がどうなるのか、胸の中でああかもしれないこうかもしれないと転がしておくのも愉しいんじゃないか。もし彼の心についてのすべての想像がまちがっていて、私が片想いをしているだけだとしても。人生の中で、そんなことのひとつやふたつ起こっていけないということがあろうか。


翌朝、都市開発局の職員のハブラ氏という人物から連絡がきた。

私に頼みたい仕事は、町の中心から南東の旧市街にある古い神殿の意思の解読だった。その区域にはむかし栄えていた時代の建築物がぽつぽつと残存していて、再開発にあたり解体して更地にするか、改修や移設をして史跡として生かすかをひとつひとつ検討しているのだという。ハブラ氏は調査中の遺跡や建物があって忙しいようですぐには会えず、私には神殿の場所を教えておくので時間があるときに行ってみてほしいとのことだ。

ヒュウ、と久しぶりに口笛なんぞが出た。

こういう案件はわりと好みだ。というか最高である。

がんらい決まった時間に決まった場所に行くのが苦手で、どこかに通うということができず、家読みを始めるまではまともに働いたことがなかった私である。完全に自分のペースでできるのは報酬が加算されるよりうれしい。

宿題をむだに先延ばしにする習性はないが、いまやらなくていいことを焦《あせ》っていまやるたちでもない。神殿とやらには助手が帰ってきてから出向けばいいだろう。

その日、誰にもなにもいわれないのをこれ幸いと私は安逸をむさぼることにした。念入りに体操をこなして、蒸《ふ》かした白苹《ハクペイ》と茹卵《ゆでたまご》と茜瓜《あかねうり》に、岩塩と種実《ナッツ》オイルをあえて作ったサラダを食べた。薄めの黒スープを飲む。

明かりとりの窓から差しこむ光と湯気《ゆげ》。

その中に舞う微細な塵《ちり》を目で追う。

とくになにかを強く願ってきた人生ではないが、人は生きていること自体が、この宇宙の源《みなもと》というか、なんとも言葉にしがたいある方向への到達を希求する祈りのようだと時どき思う。

午後は日よけ帽をかぶり、道具箱を腰につけて外に出た。いままで行っていなかった丘の反対側にはアオバトギクやハシリンボ、ヘビナラシが生えているのを発見し、花々の愛らしい色彩に目移りしながら私はそれらを摘んだ。いずれも生であるいは乾燥させて茶にすると素晴らしいのである。

ドウドウアオイは肉や魚の臭みを消してくれる。ナイブリアンは干した束を道具袋に入れておくと虫がつくのを防いでくれる。ニセウネリは――これをぶらぶらさせて猫にかまうと面白い。

汗を引かせるいい風が木立を抜け、帽子の紐の先が鎖骨をくすぐる。

彼を愛しながら生きるのはどんな心地がするだろう。

かたむき始めた太陽が、空に黄金色へ向かうグラデーションを生む。私と彼の「二人旅」も「二人という旅」へと色あいが移っていくようだ。いまはまだ、よく目をこらさなければその変化に気づかないくらいだが。

野遊びの帰り道、暮れなずむ丘の家の前に人影が見えた。すわナガノかと目をこらすと、立っているのは橙色の藁の髪の宇宙考古学者だった。

「へーイ」と、眼鏡を夕陽にぎらぎらさせている人物は、丘を登ってゆく私へ手を振る。

「やあ」と、私。

「なんとロマンチックなたたずまいだ、シガ」と、彼はいい、私が手にさげている大量の草花の束を見て笑う。「花占いには多すぎやしない？」

「どうしてここが」

「マスターに聞いたよ。丘の上に仮住まいを張ってるって」

「うちは心のきれいな人にしか視えないんだけどね」

「おお!?」と、はしゃいだ声を出す彼。

入口につり下げた手洗い器で私が手を洗うまに、パジャは家の外を一周して入口に戻ってきた。

「――いやぁ、いい家だな、じつにかっこいい。組み立て式なんていうからペラペラのテントみたいなもんかと想像してたのに。頑丈で広びろとしてそうだし、布も厚くてしみ汚れもない。床は四角形なのかな」

「ほぼ四角に見えて、ひそかに五角形という造りだよ」

「五の魔力にあやかっているわけか」

「さすが先生」

パジャは数字のもつ意味にも精通しているようだ。五という数字には、内側に力が充満して外側からの影響を受けないという性質がある。

「家読みシガの家ともなればいろいろと普通ではないんだろう」

「普通ではない」

「ひと言でいうと？」

「過保護」

学者氏は弾けるように笑った。

「私の世話を焼きたがる。助かることもあるけど」

「お節介な親みたいなものか。いいね」

「入って」

布を巻きあげて彼を迎え入れる。久しぶりの来客に家がはりきるのを感じる。

調理台に火を起こし、いま摘んできた花実の茶を準備しながら私は訊いた。

「酒場の二階に泊まってるんだって？」

「ああ」と答え、室内をきょろきょろとするパジャ。

「快適?」

「ああ」

「やっぱりね」

「含みがあるな?　どういう意味だ」

私は笑いをこらえながら、乾燥種実《ドライナッツ》を盛りあわせた皿をパジャにすすめる。できあがった花実茶をそそぎ分ける。

「異能の友に乾杯!」と、パジャはいった。

私は思わず目をしばたたかせる。

「なんだ、眩《まぶ》しそうな顔して」

「眩しいんだよ」

友といわれるのは二度めだ。

出会ってまもない私のことをためらいなく友と呼ぶパジャのことが、私は最初から眩しいのだった。

「摘んできたのを新鮮なうちに加工したいんだ。いいかな」

「どうぞどうぞ。勝手にくつろがせてもらうよ」

パジャは鷹揚《おうよう》にいい、私が草花をほぐしたり梁に掛けたりするのを見守る。

「ゆうべは君たちのことを冷やかしすぎたというか、失礼だったかもしれないと反省した。きょうは私のことを話そうと思って来たんだ」

さっきも花占いがどうのといったばかりじゃないか、と思うがだまっておく。

作業を終えて私がふたたびパジャに相対《あいたい》すると、彼は切り出した。

「きょうはピプキン行きの船に乗るはずだった」

「ああ、きょうだったね」

「欠航したよ。原因は虫。存在確率制御装置にエネルギーを食い荒らすバグがわいて、駆除しきれないと」

「最新型だ」

「それが仇《あだ》になった」

宇宙船にもさまざまなタイプがある。自力で超光速移動や時空間歪曲《わいきょく》をするもの、省エネルギーで公共のワームホールを利用するもの、それらを併用するものなど。

最近は、目的地の座標を設定したらそこへ自船の存在確率を上げていき、百パーセントまで高まったら現象化するという方式のものが出てきた。これは没入地と出現地——いわゆる出発地と到着地のことだが——の周辺環境への影響が比較的穏やかで、存在確率制御装置のコントロールさえ完全ならば、これまでで最も安全な航海法だといわれている。ただやはり繊細でまだ不安定なシステムのようだ。

「虫害ってのは操縦士や整備士に新しい人が入ったタイミングで起こりやすいらしいんだけど。このところクルーの入れ替えはなかったっていうから、よくわからない」

「つぎのチャンスは？」

「駆除に数日かかるとか……いつのことやら」

パジャは肩をすくめてみせた。

「いまごろピプキンに着いてたはずだと思うと、少なからず脱力してしまう。ずっと準備してきたんだぜ」

「行けないと決まったわけじゃない」

「まあね」とパジャはいい、みぞおちあたりに手をあてる。「……しかしなにか腑《ふ》に落ちない感覚がある。バグのせいだといわれても。きっとそれは真の原因じゃない」

「偶然ではないのかもしれんね」

「すべて必然。ならば理由があるはずだ」

船の欠航の件からいくつかの話題を語らうあいだに、私たちの飲みものは薬草酒へと移行していた。冬毛の狼を想起させる学者氏の灰色の眼は、酒が入って光が鈍《にぶ》ってきたようだった。

「さて、泊まっていく？」

ころあいを見て私は提案した。家がそうしてくれといったのだ。

「エエッ？　いいの？」

酔いがさめたようにパジャは目を見開く。

「さっき、うちをたくさんほめてくれたから、泊まってほしいらしい」

「は？　聞こえたのか。聞いてるのか？」

「ぜんぶ聞いている」

パジャの喉がごくりというのが聞こえた。

私は自分の寝床と、予備の毛布で客人の寝床を作った。明かりを最小にした空間にならんで横になり、ふたりで天井を見上げる。

しばらくするとパジャがくぐもった声でつぶやいた。

「……たしかにこの家、なにかいる」

「わかるかい」

「さっきから、天井からたれこめてくるものがある。霧よりは淡いけど、ただの空気というには濃い。熱くも冷たくもなくて体温と同じ温かさのものだ」

初めて接するこの家の意識を慎重に描写するパジャ。

「こんやはとくに濃いしパジャにまとわりつく感じだ。サーチしてるんだよ、あなたがどんな人物か」

「えっ、私？ 私は……これまで一度も過《あやま》ちのない人間だとはいわないまでも、大まかに分けて善人の部類に入ると思うよ！ いや、入ればいいなと思う！」

なにをいいだすのやら、天井に向かってそんなことを叫ぶパジャに私は笑ってしまう。

「シガ師匠、私にも家読みのまねができるかねえ」

「あなたならすぐにできそうだ」

「ちょっとやってみよう――シガ氏の豪邸よ、教えてほしい！ ピプキン行きの船はなぜ出ない？」

私は思わず噴き出した。「そんなことわかるわけないじゃないか」

「冗談だよ。ではあらためて聞こう――シガ氏は恋をしているか？」

「おい、酔ってるのか」

「ハハ、怒った」

愉快そうに笑ったあと、パジャは耳を澄ませるように黙った。そして、ややあって「なにも聞こえない」といった。

「家はたしかに伝えたようだから、聞き取るほうの問題だけど」

「ヒアリング能力を高めるのが課題だな」

「ねえ。パジャ」

私は寝返って彼のほうを向く。うん？　と彼がこちらを向く。私は強めにいう。

「あんまり刺激しないでほしい」

「わるかった。またやってしまった」パジャはため息をつく。「他人の恋路を詮索したくなるのは、私自身寂しくて、君らがうらやましいんだろう」

「あなたはもてるだろうに」

「行く先ざきで魅力的な異性に親切にされるのは事実だ。でももうそんなに旺盛じゃないよ、妻ひとりでじゅうぶん」

「奥さんがいたのか」

「そう見えない？」

「どこにも落ち着かず南船北馬《なんせんほくば》というイメージをしていた。勝手にだけど」

「いや、じっさいそうだ」

「家には帰らないの」

「荷物の整理に帰って、それが済んだら大学に泊まりこんで、旅の成果をまとめながらしばらく講義をする。そしてまた旅に出る。旅が家って感じだ」

「奥さんも寂しいのでは」

「ワンギは――彼女はワンギっていうんだ。機織《はたお》りをするんだよ。彼女の出身の集落に伝わる、いまじゃ扱える人間も少ない、恐竜の骨格標本みたいな巨大な織り機を使ってさ。組み立ててしまったらもう部屋から出すこともできない。それで立体タペストリーを作ってる。けっこう名の知れた芸術家なんだよ、いちおう」

「へえ」

「新婚のころはそうではなかったと思うんだが。結婚何年めかのとき、ワンギの大事な個展と私の調査の時期が重なって、顔をあわせないまま何か月もすごしたことがあった。それ以来、こっちは調査で年じゅう飛びまわって、向こうは仕事場にこもって制作で、うちはそれでいいじゃないかって空気になって」

「よく聞く話だ」

「恥をさらすようだけど――私としたことが、旅から帰ったときに家にいた女性をワンギだと思いこんで、半日一緒にすごしたあとで、遊びに来ていた彼女の妹だと気づいたということがあった。あれは焦った。われながらひどかった」

妻との関係を語るパジャの口調は、私を冷やかすときとはうってかわって真剣だった。人は面と向かってよりも、こうしてともに天井なんかを見ながら話すほうが、心の核に触れやすいのかもしれない。

私は問う。

「まだ愛しているの?」

「愛して……ああ、それはもちろん。だけど、それ以前にまだ私たちはなにも始まっちゃいないという声が、いま、頭の中でしたよ」

パジャは深く嘆息し、つづける。

「ねえシガ。結婚生活も、人生そのものも——向きあうべきものを直視せずに時間だけ過ぎていくんじゃ、本質的にはなにも始まらないまま終わるってことさえ、あるのかもしれないね」

翌日のパジャは、夜のあいだに別人にすり替わったかと思うくらい寡黙《かもく》な人物になっていた。よほど思うところがあるのだろう、私のこしらえた朝食を一緒に食べながらも、頭を横に振ったりため息をついたりするばかり。そして昼になるころ、船を待つためにまだしばらく酒場にいる、また会いたいといい残して帰っていった。

夕映えに染まる丘の家で、川遊びで濡れた衣類をロープに干していると、町のほうから帰ってくるナガノのすがたに気づいた。私は声を張って呼びかける。

「やあ、おかえり」

うつむいて歩いていた彼はびっくりして顔を上げる。「シガ！」

彼は上り坂を大股で駆け登ってきた。

「帰ったよ」息を切らせてナガノはいう。

「うん」

「ええと……」なにかを探すようにまじまじと、私の顔を見上げるナガノ。

「どうしたの」

「あの、さ、なんていうか」

「うん」

「シガ、なんか変わった？」

私は笑った。「どうだろう」

どうしてナガノの鈍感なことがあろうか。彼は私のようすに変わったところをたしかに感じている。

「日焼けした？」

「そうかも」

「冒険でもしたみたいだ」

「野草を摘んだり川に入ったりしたくらいだよ。君のほうがよっぽど冒険だったと思うけど」

それをいわれて、自分がブルーシティーからの帰りであることを思い出したようなナガノだった。肩を落としてつぶやく。

「なんだかすごく疲れた……」

「入ろう」

私たちは家に入る。

「顔を見せてごらん」

私は照明を強くしてナガノの顔を、そして頭からつま先までを見た。酒場で別れたときの服のままで変わったところはなさそうだった。ただ、あごや首のあたりがすっきり——を通りこして華奢《きやしゃ》なくらいに見えた。

「さて、いま話せる？　こんなの飲みながら。明日でもいいけど」

と、私は自分でブレンドした花実茶のびんを見せる。

「そんな素敵なお茶が飲めるなら、いま話す」

ふうふうと息を吹いて花実茶を飲みながら、少しやせたナガノが語るには——。

彼がブルーシティーに戻ったのは、メドショップ・タワーへ行くためだった。メドショップというのは、サイボーグ化をはじめ美容や娯楽のためのシェイプシフトなど、各種身体加工をしてくれるところだという。

「ちょっと体を変えたかったのさ」

ナガノはこともなげにいった。私は衝撃を受けた。さっきその全身を眺めて、彼の容貌や体つきは綺麗なものだなと感じたばかりだったのだ。

「ど、どこをどう？」

「ほんとはぜんぶ作り直したかったよ。人に見られるたびに落ち着かない気分になる顔も、いろんな跡のついた体もみんな。でもいちばん変えたいのは」

ナガノは拳銃を突きつけるように自分のこめかみを指さした。

「ここだ」

「どういうこと？」

「僕ら、生まれるまえに脳にインプラントを入れられるって話したことがあるでしょう。それが僕らに、命令されないと不安になるとか、オリジナルに逆らうような思考ができないとか――自立できないよう制限している」

「うん」

「それを取り除けば、僕はオリジナルに近い自然な生きかたができるようになるし――もしかしたら、こっちのほうが重要かもしれないんだけど、シガみたいな感覚も芽生えてくれるかもと期待したんだ」

「私みたいな？」

「ほら、あのパジャって学者さん家読みの才能ありそうだったじゃない？　そのうちほんとにシガに弟子ができるかもしれない。そしたら僕よりずっと役に立てるわけで、僕は不要になるでしょう」

そういうことを、君は本気でいうの？　と、私はこれまで何度か訊いたことがあるが、そのたびに真顔でうなずくこのナガノなのである。

「結論をさきにいうと、メドショップで手術はしなかったよ。できなかった」

私はあきらかに安堵した表情になったのだろう。ナガノは複雑な笑みを浮かべていう。

「プラクティショナーの説明だと、僕らのインプラントは脳の奥に埋めこまれたあと、周囲の部位になじんで海星腺《かいせいせん》って名前の生きた組織に変わるんだって。そうするともうそれだけを単独で除去するっていうのは無理で、かならず周辺を傷つける。切除するとほぼ確実に後遺症が残るっていうんだ」

「後遺症って」

「最悪なのは死んじゃう。よくて記憶障害。僕、ハウスの記憶なんかはまるごと消えたってかまわないけど、大切な人の記憶も消えるかもっていわれて、承諾書にサインできなかった。もしシガのことを忘れてしまったら、なんのためにそんなことしたんだかわからない」

ハウスというのは、ナガノが雇用主のもとで仲間たちと生活していたクローン用宿舎のことだ。

「いままで来た逃亡クローンたちはみんな、記憶が傷つくのもかまわず手術を受けたって。大切な人ができるまえだったんだろうね」

「……ともかく、そんなことは、思いとどまってくれてなによりだったよ」

と、私は全身に冷たい汗がにじむのを感じながら、やっといえた。

「そう?」と、ナガノは自分の行動の大胆さに無自覚そうだ。

「こんな危険な計画なら相談してくれてもよかった。いや、そうしなくちゃいけない。考えていることをもっと私に教えてほしい」

静かに話したつもりだったが、私は自分の声に怒りの響きをみとめた。それはナガノへというよりも、なにを考えているかわからない彼への接しかたに迷いがあった、自分への怒りだった。

「ごめんなさい。これからはそうするよ」と、うつむいてナガノはいった。

私がみょうに物分かりのいい態度をしていたのは、私はときに保護者にはなっても所有者ではないということを彼に伝えたいがあまりに、強制的なひと言を――ただ「行くな」というだけのことが、できずにいただけだ。つまるところ、ようするに、パジャのいう通りだ。

古い街なみの白茶けた道の上に、私たちはいた。

扉に木板が打ちつけられていたり、戸がやぶられて内部が丸見えになったりしている建物が、見渡すかぎりならんでいる。旧市街は、映画《ムービー》の細部まで完璧なゴーストタウンのセットみたいだとナガノがいった。

現場に到着したのは午後おそくだった。神殿といっても壮大なものではなくて、石垣で囲まれた敷地にドーム状の屋根と焼成石《しょうせいせき》の壁をもつ、参拝者が数十名も同時に入れるかといった規模の可愛らしい建物だ。正面の扉枠の左右には蝶番《ちょうつがい》がぶらさがっているばかりで扉はない。

私は声に出さずに建物にあいさつをし、市の役人からの依頼でここに来たことを告げ、足を踏み入れる。神殿の主である意識はミヤム……で始まる長い名前を名乗り、彼女は契約をつかさどる神で、ここは「契約の神殿」と呼ばれていたといった。

円形の天井には磁針のように長く大きな亀裂が南北に走って、すきまから空が見えている。

この状況でまだスピリットが残っているとは。

「むかしは綺麗で居心地がよかったでしょう」

ミヤム……の意識は一般の家屋に宿るものとはやはり格がちがって、私の口調も自然とていねいな感じになる。いまの自分は見る影もないが、勢いのあったかつてはこの古都にとどまらず、国の全域をみずからの光で包むことができる存在であった、とミヤム……は伝えてきた。色ガラスが壁ぎわに散らばっているのに気づく。高いところの窓が割れている。そこから西へ傾きかけた太陽の光が、神殿の中央に設けられた台――半壊しているがおそらく神託を受ける水盤が載っていた――に差していた。

私はハブラ氏に頼まれていた質問をいくつか投げかけた。この神殿は将来も史跡として残されたいか、その場合はこの場所で改修されたいか、それとも移築されたいか、再開発にあたって当局への要望はあるか――などなど。

ミヤム……の返事は予想だにしないものだった。

「千年休む」と彼女はいったのだ。だから、眠っているあいだに改修でも移築でも好きなようにせよ、目覚めたときに居場所があればそれでいいと。そうして、復活のあかつきには史跡での隠居扱いに甘んじるつもりはなく、現役の神としてまた人と人のあいだに契約を結ぶ役目をするからそのつもりで——まあ、そのころにはいま生きている人間は誰もいないからあまり関係ないだろうが、といった。

「なるほど。そのまま伝えます」

そのやる気に気圧《けお》されながら私はいった。彼女のコミュニケーション法は、意思を伝えるというより、私の体に直接エネルギーをびりびりと通して「わからせる」という感じだ。さすが弱っても神だ。

ハブラ氏に報告するものは得た。私はいくらかリラックスしていう。

「正直なところ、あなたがまだここにいることにおどろいたくらいなんですが」

眠るまえにあとひとつやり残していることがあるから、と女神は答えた。

「シガ、天井の絵が綺麗だよ。まっぷたつだけど」

神託の水盤台の前に立って、ナガノが上を向いている。

「みごとだ」

天井いちめんに、人が生まれてから没するまでの諸場面が描かれていた。

あらゆるところで人と人のあいだに結ばれる契約という力のはたらきに、自分は介在しており、その中でも婚姻の契約は、神としても見届けるのが心躍る仕事だった、などなどとミヤム……は教えてくれる。

「へえ」と、私は感心した声をもらす。

「なに？　教えて」と、ナガノ。

「結婚の誓いっていうのは、のちに夫婦が別れたとしても破られたことにならないんだそうだ。完遂する義務はなく、罰もない。それは彼女がつかさどるすべての契約のうちでゆいいつの例外なんだって」

「どういうことだろう」

「おたがいを永遠に愛したいという、それほどまでに強い願いが、人間の短い人生に一瞬でも存在したことの証明という意味らしい。結婚という契約は」

「奇跡だもんね、そんなの」

「その一瞬を共有した者たちへ、ミヤムからの祝福として、夫婦のアウラにはおなじ場所におなじ証《あかし》が刻まれる」

ミヤム……は私の脳裏に、夫婦それぞれの胸の前のアウラに印があるようすをイメージで見せてくれた。

「アウラ？」

「肉体の外に広がる見えないボディーといわれているものだよ。迫力のある人なんかはアウラの色が濃かったり範囲が大きかったりする」

ナガノは笑いながらいった。「「虹の根元」亭のマスター、アウラが濃いね」

「彼の個性《キャラクター》のことをいってない？」私も笑った。

「冗談だよ。なんとなくわかるよ、アウラ」

「この水盤台の前に向かいあって立って手を取りあうと、ミヤムはその二人に婚姻の意志があると見なし、成就《じょうじゅ》させる。それが女神のいちばん好きな仕事だったってわけさ」

「へえ……」

割れ窓から漏れる西日の中、ナガノはそんな場面を想像するように目を閉じていた。

そのときだった。私たちのあいだにぱらぱらと粉が降るのが見えた——と同時に、地面が小刻みに揺れ始めた。

「地震」ナガノが鋭くささやく。

ふいにがくんと床が抜けたかと思うほど大きく振動した。私は彼の手をつかむ。

成就した——と頭の中で声がした。ミヤム……の、どこか笑っているような声が。

「え?」

私がさらにその声を聴こうとすると、ぴたりと揺れは鎮まった。

天井からのほこりがやんで静けさが戻ったとき、水盤台の前には両手を取りあっている私たちがいた。

「終わったみたいだ」

ほっとしたように微笑するナガノに、私は告げた。

「——ナガノ、私たちは結婚したよ」

「えっ」ナガノは自分の手が私に握られているのに気づく。「——わ!?」

女神が視力を貸してくれたのか、私の目は、自分とナガノのアウラの胸部分に、白く発光する美しい印が刻まれているのを見た。その印の中には、私たちふたりの出会いから最後まですべての場面が折りたたまれて収められている。

私は水盤台の前でナガノの手を握りながら——時間にすると一、二秒のことのはずだが、まるで無時間の中へ放りこまれたように感じていた。

この先長く、ナガノはクローンの習性から抜けるまで、どこかが壊れた人間のような不器用な生きかたがつづくだろう。彼をパートナーとすることは片手間にできるものではなく、おたがいに相手のすべてを求めることになる。この結婚は、私を仕事よりも、ひとりで生きる自由よりも、彼と在ることを最優先とする人間につくり変えていく。

それに同意するか？　という女神の声がした。

私は自分がもちろんと答えるのを聞いた。

「………」

誓いの言葉と同時に私の全身に熱感が起こり、大きくなった呼吸に胸が上下する。

ごく局所的な地震を起こして私たちの結婚を見届けたミヤム……の気配が遠ざかっていく。人間界にしばしのいとまを告げ、それは天井の亀裂をすり抜けていった。

ナガノはそっと私の手をほどいていう。

「ははは、びっくりした……。オリジナルと結婚式のまねごとなんかしたナガノ型はきっと僕が初めてだ」

「まねごとだと考えているの？」

「え、だって」

「ミヤムの最後の仕事はこれだったようだ。そして彼女は帰っていったよ」

「ほんとうなんだ⁉」

理解が追いついてきたらしいナガノの声が、にわかに震えだす。

「シ、シガはそれでいいの？　どう、ど、して、お、落ち着いていられるの」

「おどろいてはいるけど、自分より動揺してる人が目の前にいたらしっかりしなくちゃと思うよ」

古都からの帰り道に、私は自分に見えたものをナガノに話した。ただし、自分の中の価値観が再配置されたような感覚については胸にとどめておいた。

「じゃあ、僕らおそろいのマークがアウラについたんだね」

「そういうこと」

地平まで星が包む夜空の下、私たちは草をざんざんとかきわけて丘を登る。あっというまにズボンの脛《すね》までが夜露《よつゆ》に冷たく濡れる。

私の背後から無邪気な声がした。

「あのさ、僕さ」

「うん」

「ゆうべシガに叱られたのが、なんだかうれしいみたいだ。話さなくちゃいけないっていわれたのが」

「そうだよ」

「興味ないと思ってた。僕の考えてることなんか」

「話してごらん。君がずっと思ってることや、いま思ったことや。どんな小さなことでも」

「こんなちっぽけなことといわれたって困るよねとか、僕だけ思ってればいいやとか、そんなことでも?」

「困るかどうかは聞いてみないとわからない」

「――……僕ずっとおかしかったんだ」

「なにが」

「こうやってシガの背中を見ながら歩いてるとさ――あなたに飛びつきたいような、あなたに押さえつけられたいような、気分になる」

自分の言葉にナガノは笑う。

「変だよね」

「そうは思わないよ」

私は立ちどまって彼を振り向く。

「飛びついてみるかい」

彼は星を映したその美しい瞳をみはり、両腕をまっすぐに私の首に投げかけてきた。そして肺の空気が押し出されたとも、笑ったともつかない声をもらした。

「ははっ――」

彼の手が、たしかめるように何度も私の頭を撫でる。

「シガだ。これがシガ——僕のシガ」

「私のナガノ」

私は彼の背に腕をまわし、美しい黒い髪に口づけをし、白い耳に、頬に口づけをした。彼の肌には夜風による冷えと、すぐその下まで迫る熱が同時にあった。

ナガノきみは、冷たいのか熱いのか、どちらなんだ。

彼の背後に広がる夜の町の輝き。私の胸に、彼との最後に味わうことになる感覚がよぎる。どちらがさきに死を迎えるのかはわからないが、どんなに愛していても、そのときには相手の体を手放すほかないこと。

彼を愛すると同時に引き受けなければならない苦しみが、幸福そうに私を見上げるナガノの顔にオーバーラップする。とても信じられないが、私たちはいつかかならずそれに直面するのだ。

宇宙そのものの色をした切なさが私のすみずみまで浸透する。そうだよナガノ、私はそれでも君のための人間になったんだ。

私のこれからの人生は、この感覚を中心にして生きていくことになるだろう。

おたがいをかき抱きながら幕屋に入る。家は、私たちに起こったことを知っているようだった。私たちはありったけの毛布を集めた寝床に折り重なる。

私は家に、私たちの愛の気配を外に漏らさぬように頼んだ。

「ブルーシティーのホテルで、僕になんていったか覚えてる?」

「虹の根元」亭で朝食を取っていると、ナガノが向かいの席でふいにいった。

「あなたの部屋に泊まりたいっていった僕に、大きなベッドでひとりでのびのび寝ろっていったんだよ」

　私はどきりとしていう。「そうだった、かもしれない」

「こっちはすごく勇気出したのに、シガってばあんないけずいうんだもんな……。あれで僕、ふられたんだと思った」

　以前、ブルーシティーで私たちはわりあいに大きな成功をおさめ、報酬の一部として街いちばんのホテルの最上級の部屋——私とナガノにそれぞれひと部屋ずつ——への滞在をゆるされた。ナガノは私と同室にしたいと訴えたが、表現が遠回しで、私に伝わらなかったようだ。

「向かいあわせに座ると、そんなすれちがいを思い出すのかもしれない。こっちに来てごらん」

　私はとなりの椅子の座面をぽんぽんとたたく。ナガノはテーブルをぐるりとめぐって私の横に座った。朝の客でにぎわう店内を見渡していう。

「いいね!　ふたりでおなじ方向を見るのって。これからこうしよう」

　ナガノは私を見上げ、口づけをするのかと思うほど近づいていう。

「こっちのほうがシガが近いし……」

　彼は私の上衣の肩に顔をあて、形のいい鼻がつぶれるほど押しつけた。そしてそのまま数呼吸していうことには。

「シガってシガの匂いが濃いね」

「え？」

「すごい。シガからシガの匂いが直接する」

「なにをいってるの、大丈夫？」

私は笑いながら、幸せそうな彼のようすを目に焼きつけておきたいと思った。

そこへやってきたのが――。

「おはようご両人。ご機嫌いかが」

さっきまでナガノがいた席に、食事のトレイとともにパジャが現れた。彼は「おっ」といってにやにやする。

「けさはペアルックか」

「ペアルック？」

とナガノが聞き返すと、彼は偏光眼鏡を頭に押し上げてあらためて私たちを見た。

「あれ？　同じ服を着てるように……見えたのにな」

もちろん私たちはそろいの服などは着ていないのだが、パジャなりにわれわれのアウラの変化を察知したのだろう。敏感な男だ。

とまどった表情をしているナガノの横で、私はうなずいて黒スープを飲む。「まあそんなところだよ」

パジャは私たちを見、まだなにかいいたそうなのを飲みこんだ感じで話を変える。

「幸せそうなところ恐縮だが、ちょっと奇妙なニュースを聞いてくれるかい」

ため息とともにそういった彼は、具材をたっぷり挟んだ麺麭《パン》を上からぎゅっとつぶし、薄くなったところをがぶりと齧《かじ》った。

「ピプキン行きはなくなった」

「なくなった?」と、私。

「というか、ピプキンがなくなった。比喩《ひゆ》じゃない。ほんとうに消えた。船のバグ駆除が終わるかどうかってころに」

パジャは端末の宙図を見せた。ここにあったんだよと指で示す。

「さすがに気づいた。ピプキンは私を歓迎していない。私から逃げたのさ」

「先生から逃げる……?」と、ナガノ。

「すべての住人の意識が共有されている星だ。もっとも身近な人とすら気持ちが通ってない人間なんぞが踏みこむのは、彼らにとって災厄でしかないだろう」

「星が来客を選ぶというの?」と、私。

「あの星ならありうる」

星にふられたという宇宙考古学者は、水をがぶ飲みして最後の麺麭《パン》のかたまりを飲み下す。

「きょうこれから、国に戻ることにした。しばらく家に落ち着いて——つぎの旅はワンギを連れていきたい。オーケーといってもらえたらだけど」

「奥さんを」

「説得するよ。アイデアはある。彼女に携帯用の機織り機を用意して、それを持って一緒に行かないかと。作品の規模は小さくなるが制作をしながら旅ができる」

「携帯用の機織り機？」

「君たちの家を見てひらめいたんだ。できると思う」

パジャは窓からの光に眩しそうに目を細め、偏光眼鏡をかけなおし、バックパックを肩にかけた。笑っていう。

「いつか、私にほんとうに準備ができたら、ピプキンのほうから呼ばれるように行くことになるかもしれない」

「そうなることを願っているよ。私たちも仕事の結果を依頼主に報告したら、町を離れる予定だ」

「君たちにはとても刺激を受けた。会えてよかった。元気で」

パジャと別れ、われわれも身じたくをする。私が装備を背負って店の入口に立つと、ナガノはふらりとカウンターに寄り、店主の妻となにごとか話してからやって来た。

「おかみさんに、この店のギタリの作りかたを聞いたよ」

「お、それはいいね」

「これからずっと僕ら、どこへ行ってもお菓子を食べながらおしゃべりして生きよう。──結婚は、種実《ナッツ》と蜜と酪精《バタ》の国……」

店のドアを通り抜けながら、ナガノは歌った。

漂泊の道

嶋津輝

嶋津 輝（しまづ・てる）

1969年東京都生まれ。2016年「姉といもうと」で第96回オール讀物新人賞を受賞。19年に同作を収録した作品集『スナック墓場』でデビュー（文庫化に際して『駐車場のねこ』と改題）。他の著書に『襷がけの二人』がある。

初めての訃報は、十八歳のときにやってきた。

希和子《きわこ》は高校の卒業式を終え、友達と四人で三泊四日の旅行に出かけていた。三日目の夜、母から宿に入った電話で祖父の死を知らされたのだった。祖父は早めの夕食を終えて風呂から上がったあと、突如胸を押さえて苦しみだし、わずか十五分でこと切れたらしい。

希和子は、旅行を途中離脱することになるのかとうろたえた。ツアーで参加した往復観光バスのスキー旅行である。雪山のロッジからどうやって一人で帰ればいいのか見当もつかない。

「私、どうすれば……」薄ピンク色の受話器を握って途方に暮れる希和子に、母は、

「明日が友引《ともびき》で、お通夜《つや》は明後日になったから、予定通り明日帰ってくればいいわ」

てきぱき指示を出して電話を切った。希和子はほっとして部屋に戻り、友達とトランプの続きをした。翌日はようやくボーゲンで滑れるようになり、初めてリフトにも乗った。

スキーバスで深夜に帰京し、次の日父と姉と三人で母の実家へ向かう。自宅に車庫がないため車はふだん近所の青空駐車場に置かれている。砂利敷きであるせいか白のクレスタはいつもうっすら土埃《つちぼこり》をまとっているが、この日はピカピカに洗い上げられていた。先に実家に向かっ

た母が父に命じたのだろう。

姉は昨日マルイで調達したという喪服を着て助手席に座り、高校の制服姿の希和子は運転席の後ろの席におさまって、車が走り出したとたん腕と脚を組んで眠りこんだ。旅行疲れのせいもあるが、ふて寝でもある。なぜ希和子の喪服もマルイで買ってきてくれなかったのか、家を出る前ひとしきり姉に文句を言ったのだ。姉は希和子と身長も体重もほぼ同じなのだから、二着買ってきてくれればよかったではないかと。

「希和子は制服でいいって、お母さんが」

祖父が死んだのが三月二十三日で、通夜が二十五日、告別式が二十六日である。三月中はまだ高校生ということで、制服でいいだろうと母が判断したらしい。

希和子はしぶしぶクリーニングのビニールをむしってセーラー服を被《かぶ》った。ほんの一週間前卒業式で大泣きしたばかりなのに、また制服を着ることに納得がいっていなかった。青春時代の一区切りを終えた晴れがましさに水を差された気分だ。セーラー服が紺《こん》というよりロイヤルブルーに近い色で、スカーフと襟《えり》のラインがえんじ色なのも葬式には派手なようで気になる。

パーキングエリア手前の減速で目を覚ました希和子は、漆黒の喪服に身を包む姉の後ろ姿を見るともなく見た。真珠のネックレスの留め金が花の形になっていることに気づく。成人の記念という名目で買ってもらったばかりのものだ。二歳しか離れていないのに、装いには大人と子供ほどの違いがある。シートベルトを外す希和子の目尻に浮かんでいた涙は、大あくびのせいなのか羨《うらや》ましさによるものなのか本人にもわからなかった。

それでも売店で買ったフランクフルトを食べ終えると喪服へのこだわりは薄まって、代わりに緊張感に包まれだした。あと少しで死体と対面するのだ。生まれて初めて見る死体——「ねえ、お祖父《じい》ちゃんの死体ってさ」姉に話しかける。十五分苦しんだ祖父の死に顔が苦痛に歪《ゆが》んでいたらどうしよう、という不安を分け合いたかった。

「〝死体〟って……。せめて遺体って言ってよ」

姉にぴしゃりと言われ、希和子は口をつぐんだ。そういえば姉は、中学時代の担任の通夜ですでにそれを見ているのだ。

希和子は二回目のトイレに行き、冷たい水でゆっくり手を洗って心を落ち着かせた。祖父とは年に一度ぐらいしか会わないし、いつもむっつり黙っていて可愛がられた記憶もない。悲しみは感じていなかった。

常磐《じようばん》自動車道を降り、三十分ほど走ると母の実家である。戦後すぐの頃まで醬油《しようゆ》を造っていたという家の敷地は広い。母屋《おもや》のほかに、土蔵と車庫が点在している。そうそう、土蔵の裏に井戸もあった、と希和子は記憶をたぐる。小学校の春休み、姉と二人だけで母の実家に泊まったことがあった。四月一日のエイプリルフールに姉が母に電話を掛け、「希和子が井戸に落ちた」と嘘をついたことが懐かしい。電話機の前で腰を抜かしたという母は、のちのちまで「いかにも希和子なら落ちそうだから」と恨み言を言っていた。

日の高いうちに実家に着く。まだ人は集まっていないかと思いきや、母屋には割烹着《かつぽうぎ》姿の女性があふれ返っていて三人とも圧倒される。どうやら近所のおばさんたちが手伝いに来ているらしく、割烹着の下はみな普段着だ。伯父が三人に気づいて奥の和室に通してくれる。希和子はあまりの賑《にぎ》やかさに気を取られ、無防備のまま布団に横たわる祖父と対面した。するとその顔に思いがけずおたふく風邪のようにタオルが巻かれていて、希和子は「えっ？」と息を飲んだ。しかし隣にいる姉が顔を覆《おお》って「わっ」と泣き出したので、すぐにつられて号泣した。一度泣きだしたら涙が止まらなくなり、希和子は布団の脇に正座してしばらく嗚咽《おえつ》した。なぜこんなに泣けるのか自分でもわからなかった。

涙がおさまったところであらためて祖父の顔を見る。苦悶《くもん》の跡はなく無の表情である。だからと言って眠っているようではなく、ちゃんと死んでいるように見えるのは顔の周りに巻かれたタオルのせいかもしれなかった。

部屋を見まわすと、いつの間にか父も姉もいなくなっている。立ち上がり、居間のほうに向かってそっと歩き出した。途中で喪服や割烹着の人とすれ違うが、みな一様に不思議そうな顔をして希和子のことをじろじろ見る。制服が派手だからだろうかと、希和子はえんじ色のスカーフを握りしめる。

居間に人が溜まっていて、弔問客におばさんたちがお茶を出していた。

父と姉がどこかに座っているだろうと目をこらすが、いないようだ。希和子と目が合った人はみな不審そうに顔を覗き込む。やはり派手な制服のせいだ。いたたまれなくなって祖父の寝ている部屋に戻ろうとしたとき、

「ここ空《あ》いてるから座って」

と腕をつかまれた。

振り返ると、若い女性だった。エプロンはしているが、他のおばさんたちと違って喪服を着ている。髪をゆるくアップにして、黒ずくめなのにどこか派手な雰囲気の人だ。

促《うなが》されるまま座卓の隅につく。女性がお茶を出してくれた。ありがとうございます、と礼を言うと、「知子《ともこ》おばさんの、お嬢さん?」と訊かれた。母の知り合いなのだろうか、茶を啜《すす》りながら頷くと、

「高校生?」

制服を見ながら首を傾げた。

「いえ、先週卒業しました」

「ああ、そうなのね」

希和子の不満を見透かしたように華やかに笑い、その笑顔のまま尋ねてきた。

「スキー、どこに行ったの?」

母はそんなことまで話したのだろうか、やはり母と近しい人なのだと希和子は安心した。

「白樺湖《しらかばこ》です」

「あら、東京からだとわりにかかるでしょう」

「はあ、でもバスでは寝てたから……」

「初めて? すぐ滑れるようになった? 私、学生のとき北陸のほうに住んでたからけっこうやったのよ。検定の二級も持ってるの」

「ボーゲンで止まれるようにはなりました。三日目にやっとリフトにも乗れて」

「えっ、三日目にリフト乗ったの？　初日と二日目はどうしてたの？」

「カニみたいに歩いて斜面を登ってました。それから滑って、止まれないからわざと転んで」

「……辛抱強いのね」

「友達は初日からリフトに乗ってたんですけど、私は怖くて。でもあれラクチンですね。リフトに乗れるようになったら、スキー楽しいなってわかりました」

「ふふ、楽しいのはリフトだったみたいね」

希和子はそこで、女性の顔立ちがきれいなことに気づいた。黒目がぬらぬらと光って、紅《べに》のない唇はぷっくりしている。

「ところで、やっぱり、あれ？　原田知世《はらだともよ》の影響？　あの、映画の」

「ああ、はい。〝私をスキーに〟」

「あれ見ると行きたくなるわよね。じゃあやっぱり、ウェアは白のワンピース？」

「あ、いえ、黒と紫のワンピースです」

そこへ新たな弔問客が数人やってきて、割烹着のおばさんのひとりが女性に「カナさん」と声を掛けた。

「いけない、話し込んじゃった」カナさんはしなやかな動作で立ち上がると、「でも正解よ。あなたには白より、黒や紫のほうが似合う」と外国映画の吹き替えのような艶《なま》めかしい口調で言い、台所のほうに去っていった。

入れ代わりに居間に入ってきたのが母だった。母はやはり喪服にエプロンの姿で、突っ立ったまま怪訝《けげん》な顔で希和子のことを凝視し、早足で近づいてきた。

「希和子、あんた、その顔なんなの？」

「え、顔？」だいぶ泣きはらしているのだろうかと希和子は目をこする。

「ちょっとは気をつけなかったの？　泥棒みたいになってるじゃないの」

「泥棒？」まさか髭《ひげ》でも生えたのだろうかと洗面所に行き、地元のタクシー会社の社名の入った鏡を覗き込む。

「あ」

薄暗がりでもわかるくらい、はっきりゴーグル焼けしている。スキー場にいるときから赤くほてっていることには気づいていたが、ゴーグル跡は目立っていなかったし、帰宅したあと父も姉も何も言わなかった。どうやらこの数時間のうちに色素沈着したらしい。

顔をうつむけて居間に戻ると、母が「日焼け止めを持たせなかった私も迂闊《うかつ》だったけど、まさかあんなに焼けるなんて」といつになく大げさな手振りで話していて、チェックや花柄の割烹着を着たおばさんたちを笑わせている。ふだんより垢《あか》抜けて見える母が苦笑いながらも笑みを浮かべていることに安堵《あんど》し、もといた席に座った。

「あらまあ、ほんと、タヌキみたいになって」

「タヌキじゃなくて、あれでしょ、逆パンダっていうんだよ。こないだテレビで言ってたもの」

今まで希和子をじろじろ見ていた人たちが囃《はや》し立てる。希和子はかしましい輪の中でどう振舞っていいかわからず、周りの笑いに合わせてニヤニヤする。そこへさっきのカナさんがお盆を捧げて入ってきた。ハイネックの喪服は流行《はや》りのボディコンのように、身体の線にぴったりと沿っている。エプロンをつけていても胸やお尻に厚みがあるのがわかる。後ろを向くと、エプロンの腰ひものあたりは華奢《きゃしゃ》な感じだ。肌色のストッキングを穿《は》いた脚は真っ白で柔らかそう。

希和子は真顔に戻ってカナさんに見入った。カナさんは空《あ》いた湯呑を持って居間を出ていく際、振り返って希和子に微笑みかけた。急にスキーの話を持ち出されたわけがわかって希和子は頰を赤らめたが、焼けているおかげで周りには気取《けど》られなかった。

あたりが急に慌ただしくなった。大柄なおじさんたちが棺《ひつぎ》やらなにやらを奥に運び込んでいく。よく見るとその中に父も混ざっている。台所を覗くと、姉が洗った湯呑を布巾で拭いている。奥の和室にはあっという間に祭壇が出来上がり、祖父は棺に納まった。おたふく風邪のようなタオルはなくなり、代わりに白い三角の布が冗談のように頭に巻かれている。後ろではおじさんたちが「土葬と火葬、どちらにするか」と真剣に話し込んでいる。

あとで棺を覗くと、三角の布は取り去られていた。通夜の間、なぜだか祖父がお年玉を渡すときの皺《しわ》だらけの手がやたらと思い出され、希和子はまた泣いた。通夜が終わるとおばさんたちが作ったあんころ餅や野菜の煮物などを食べ、祭壇がある部屋の隣の和室に敷き詰められた布団に大勢で寝た。カナさんも泊まっているかと見回したが、遠方からではないらしくその姿はなかった。

翌日の葬儀も通夜と同じように進み、みなで火葬場に向かう（土葬にはならなかったらしい）。門の外に集まった近所の子供たちに、葬列の先頭近くにいる母が小銭を投げつける。子供たちはみな研ぎ澄まされたような顔をして、いっせいに百円玉や五百円玉を拾っていく。ここら辺ではお馴染みの風習なのだろうが、当たり前に硬貨をばらまく母の姿は希和子の目に知らない女のように映った。

火葬場から戻ってまたお経をあげ、ようやく散会となる。クレスタに四人乗って実家を出たときにはもうすっかり夜になっていた。

高速に乗ったあたりで母が、

「万由子《まゆこ》、買った喪服って、そのワンピースだけなの？」

後ろの姉を振り返って尋ねた。

「あ、うん。これがわりに安かったから」

姉の喪服は、裾《すそ》だけが広がったすとんとしたワンピース型である。

「一人で買いに行かせたから仕方ないけど、本当はジャケットがついてたほうがいいのよ。あとストッキングも、そういうタイツみたいな厚いのじゃなくて、肌が透けるぐらい薄いやつのほうがいいの」

「ふうん、今度からそうする」

二人のやりとりを聞いて、希和子はカナさんの白い脚を思い浮かべた。カナさんの喪服もワンピースだったけれど、通夜や葬儀のときは上にジャケットを着ていたのだろうか。

希和子は、母に尋ねてみる。

「あの、髪をアップにしたきれいな人、誰？」

「ああ――、カナさんのこと？　静子《しずこ》さんの妹の良子《りょうこ》さんの娘さんよ」

母は早口で答える。静子さんというのは母の兄の奥さんだ。その妹の娘ということは、親戚ではあるが、希和子と血のつながりはない。カナさんの厚みのあるグラマーな身体を思い出して、希和子は納得した。母も姉も希和子も、三人揃って骨っぽく薄い身体つきをしている。ベランダに干されるブラジャーは三つともAカップだ。

「そういえば、ひとり美女がいたなあ。それがそのカナさんか」

父が割って入ってくる。ご機嫌な調子に、車内に白けた空気が漂う。

「あの人、いくつぐらいなの？　なにやってる人？」今度は姉が母に訊く。

「二十八とか言ってたかしら。地元のどこかで勤めてると思うけど……」母は、いくらか硬い声で答える。

「結婚してるの？」

「ううん、まだ独身――」母はそこでいったん黙って窓の外に目をやってから、少し声を低くして言葉を続けた。「――あの人ね、以前、包丁で人を刺して捕まってるのよ」

「えっ」母以外の三人が声を揃えた。

「学生のころ、付き合ってた教授のことを刺したのよ。いや、刺されたのは教授の奥さんのほうだったかしら……。どっちにしても大した傷じゃなくて、たぶん刑務所も入ってないか、入ったとしてもごく短い間だと思うけど」

「えーっ、それって、不倫ってこと？　大学ってそういう場合退学になるの？」姉が弾んだ声で矢つぎばやに訊く。

「知らないわよ。退学かどうかわからないけど、続けてられないでしょう、ふつう」母はハイチュウの包み紙を開きながら続けた。「そんな話がある人だから、今回は顔を出さないと思ってたけど……。ま、あなたたち、静子さんの前では知らないふりしてよね」

カナさんの話題はそこで終わった。

希和子はパーキングでアメリカンドッグを食べた。それから眠ろうとしたが、カナさんとの会話が頭の中で渦巻いて、なかなか寝付けなかった。カナさんは、たしか、学生のころ北陸のほうにいたと言っていた。スキー検定の二級を持っているとも言っていた。当然、事件の前に取得したのだろう。刑務所に入ったかもしれないということは、二十歳以降に事件を起こしたということか。カナさんは希和子とスキーの話をしながら、教授のことを思い出したりしなかったのだろうか。そんな揺れた様子はまったく見られなかったが――

希和子の意識はだんだん遠のいていった。車の走行音に包まれながら、ああ、そういえば井戸を見るのを忘れた、ということが脳裏《のうり》を掠《かす》め、それから眠りに落ちた。

祖父の葬儀からおよそ十年経ち、二十代後半になった希和子は、憮然《ぶぜん》として鏡の中の自分を眺めていた。久しぶりに喪服を着てみたのだが、まるで借り物のような違和感がある。

太ったわけではない。ワンピースは少しも腰に引っかかることなく着られたし、ジャケットの肩や袖口もきつくない。なのに、なんだか中身がぎちぎちに詰まっているように見える。二年前はもっとすとんと裾が落ちていたのに。

どこがおかしいのだろう、と横を向いたり後ろ姿を映したりしているうち、どこもおかしくないことに気づいた。ただ、似合っていないだけなのだ。

よくよく見たら、ボレロ型の短いジャケットも、ワンピースの胸の下にある切り替えも、ボレロのホックを隠すように付けられた小さなリボンも、どれも自分には似合っていない。なぜこんな喪服を選んでしまったのだろう。希和子は首を傾げる。

二年前、職場の上司の奥さんが亡くなったときに買った喪服である。

通夜の手伝いに行くことになり、希和子は会社帰り池袋《いけぶくろ》の百貨店に寄った。社会人になって数年が経ち、好きな喪服を選べるぐらいの貯えはあった。希和子の頭には、祖父の葬式のときのカナさんの喪服のイメージがあった。ああいう、ハイネックで、ラインがぴったりして、こなれた感じの喪服が欲しい。勇んでブラックフォーマル売り場に乗り込んだが、数多《あまた》のフォーマルウェアのなかに望み通りのものは一着もなかった。

「あの、ハイネックで、細身のものが欲しいんですけれど」

ベテランとおぼしき店員に訴えると、店員は手に持っていたメジャーを胸ポケットに押し込み、おごそかに二、三回うなずいた。

「喪服は、ゆったりしたラインのものが多いんですよ。そうそう買い替えるものじゃありませんから、多少の体形の変化にも対応できるようにね。――ハイネックのタイプならございますけれど、これはいかがでしょう」

そう言ってハンガーラックから取り出した喪服は、ハイネックの下から裾に向けてドレープが広がり、透ける素材の袖がふんわり膨らんだ大仰なものだった。セットのジャケットもコートのように長い。希和子が眉間に皺を寄せると、店員はすかさず別のラックから数着の喪服を抜き出した。

「お若いかたに人気なのはこのタイプです」

勧められるまま試着したAラインのワンピースとボレロのアンサンブルは、見た瞬間は可愛すぎると思ったが着てみると満更でもなかった。値段が手ごろということもあり、カナさんの喪服のことは忘れてすぐそれに決めた。帰宅して母に見せると、「あら、いいの選んだじゃない」と褒められた。

でも、こうして久しぶりに着てみると、買い替えたいくらい似合っていない。しかし傷んでいるわけでもサイズが合わないわけでもなく、さらに家を出る時刻は迫っていて、今このタイミングで買い替えるというのは現実的でなかった。

希和子はうかない顔で白のクレスタの助手席に乗り込んだ。母は昨日から実家に詰めていて、結婚して盛岡《もりおか》にいる姉は電車で直接向かうという。

亡くなったのは母の兄、つまり希和子の伯父である。

重い病でここ何年か入退院を繰り返しているというのは聞いていた。還暦を過ぎたばかりの早すぎる死に、母は祖父のときよりだいぶ憔悴《しょうすい》して見えた。

今回も、車は完璧に洗車されている。三郷《みさと》の料金所でもたついた以外高速は空《す》いていて、父は追い越し車線でときおり鼻歌を漏らした。

祖父のときと同じパーキングエリアで休憩する。

希和子がバニラシェイクを買って車に戻ると、父はまだ戻っておらず、代わりにヤンキー風の男二人がクレスタに張り付いていた。「すげえ出っ歯」などと言いながら、フロントからリアのほうまでじろじろ眺めまわしている。希和子は知らん顔をして通り過ぎ、観光バスの陰に立って男たちがいなくなるのを待った。父が近づいてきたのをしおに男たちは立ち去り、希和子も車に乗り込んだ。古い車のわりに綻《ほころ》びもないシートに腰を沈め、シートベルトを締めてシェイクを吸った。

希和子は学生のとき、家のクレスタがいわゆる「族車《ぞくしゃ》」であることを知った。フロントのバンパーの下からちりとりのようなものが突き出ていることは以前から気づいていたし、リアウィングが他の車のものに比べだいぶ大きいこともわかっていた。でも、クレスタとはそういうものなのだろうと受け入れていた。友達とドライブに行ったとき、ファミレスの駐車場に同じようなバンパーとリアウィングのシーマが停まっていて、それを見た友人たちは、「すごいカスタム」「暴走族かな」などと騒いで笑っていた。希和子はこのとき初めて家の車が装飾されたものであることを知ったのだった。前に突き出たバンパーのスポイラーを出っ歯と呼ぶことも。

父はこのクレスタを、だいぶ前に知人から格安で譲ってもらった。カスタムを施《ほどこ》したのは知人で、譲られた時点ですでに族車仕様だった。母は「なんだか派手な車ね」と驚いてはいたが、車に詳しくないせいかそれ以上何も言わなかった。父はまったく車の外観など気にしていないのか、気になってはいるものの部品を外すのが面倒くさいのか、あるいは外すのにお金を掛けたくないのか、いずれかの理由でそのままにしているのだろう。

そもそも、族車は父に似合っていた。

父は一見して安っぽい優男で、ごてごてした派手なものを好みそうな風貌である。実際はどちらかというと地味好みなのだが、彫りが深くやや貧乏くさい顔立ちのせいか、はたまたひょろ長い手足のせいか、何を着ていてもチンピラっぽく見えてしまう。クレスタの出っ歯や巨大リアウィングはごく自然に父に馴染んでいた。

希和子は父のことが好きだった。うるさいことを言わないから気が楽だし、情緒が安定しているところも信用できる。少なくとも母よりは父とのほうが気が合った。でも希和子はこのごろ、父を低く見ている自分に気づいていた。

父は、希和子が子供のころは計測器メーカーの技術者だったが、希和子が中学生のとき計測器の販売店に出向し、高校生のころ販売店の取り引き先の町工場に転職した。

はじめから町工場なら何とも思わないものを、希和子には、父の零落をまざまざと目撃してきた感がある。勤め先が変わるにつれ、父は何物にも執着しなくなり、年齢を重ねる以上のスピードで影が薄くなっていった。希和子が社会に出て出会った周囲のどの人たちより、父は飄《ひょう》飄《ひょう》としていた。むかしは父のその軽さを好ましく思っていたが、ちかごろは哀れっぽく映るようになっていた。

中堅の音響メーカーの営業部にいる希和子は、ひたすら仕事に打ち込んでいる。就職するまで自分はのんびり屋だと思っていたが、いざ組織に属すると負けず嫌いであることを発見した。「同期トップ」とか「歴代女性営業ナンバーワン」といった言葉が好きで、週末も業務外で家電量販店に顔を出したりしている。そのせいか学生時代からの恋人にはフラれてしまったが、今は恋より仕事だと思っている。

希和子は、父のようになりたくないから自分は頑張っているのかもしれない、と思うことがある。そんなときの希和子は父を見下げている。

いや、父の代わりに自分は頑張っているのだ、父に喜んでほしくて輝こうとしているのだ、と思うこともある。そう思っているときの希和子の父を見る目は温かい。

運転席の父を横目で盗み見する。高速を降りてから鼻歌はやみ、あくびをかみ殺した後なのか目が潤んで可愛い顔になっている。「お姉ちゃんはまだ着いてないかな」希和子が問うと、「そうだな、盛岡は遠いからな」と答えて大あくびをした。

はたして姉はとっくに到着していた。しかし実家は閑散とし、地元のおばさんたちが押しかけたりもしておらず、母と、姉と、近所に住む祖父の弟の一家しかいない。奥の和室に祭壇なども設《しつら》えられていない。通夜も葬式も、車で二十分ほどのところに新しくできた斎場で行うのだ。伯父の遺体も伯母ももうそちらに移動している。

希和子も、以前のように遺体に緊張したりはしていない。心中ひそかに、あのカナさんも来ているだろうかと色めいていた。

皆で車に乗って斎場に向かう。姉はマルイで買った黒のワンピースではなく、波のような地模様の入ったアンサンブルを着ている。

通夜の開始時刻までまだ間があるため、会場に人はまばらだった。お茶くみも通夜振る舞いの用意も業者がやってくれる。希和子は控室で係の人が出してくれたお茶を啜りながら、かつて土葬か火葬かを話し合っていたおじさんたちをなつかしく思い出した。

そこへとつぜん光が飛び込んできたかのように、カナさんが現れた。入口からちょっと顔を出したあと、すべるように入ってきた。祖父のときと同じハイネックのワンピースを着て、同じように髪をアップにしている。でも、以前とは微妙に違っていることは一目《ひとめ》でわかった。むかしは髪を風呂上がりのようにしどけなくまとめていたが、今回はきりっとした夜会巻きである。身体は厚みを増し、よりグラマーになっていた。

カナさんは母を見つけて、こちらへ歩み寄ってきた。希和子は背筋を伸ばして迎えるが、母と姉は自然にしている。父はにわかにネクタイを締め直したり、ワイシャツの袖口を引っ張ったりしている。カナさんが綺麗だからか、あるいはカナさんの刃傷沙汰《にんじょうざた》の話を思い出したのかもしれない。

「知子おばさん、ごぶさたしてます」

腰をかがめて母に声を掛ける。カナさんは母より二十歳ぐらい年下のはずだが、母に負けないくらい中年女の所作が身について、親戚付き合いに慣れた様子である。この辺りは都会より近所付き合いが多いからだろうか。希和子は音響メーカーの営業としては立派に務めている自負があるが、とてもカナさんのように首を傾げたり腰をかがめたりしながら、当たり障《さわ》りのない会話をする自信はない。

「征夫《まさお》おじさん、まだお若いのに、ねえ」

カナさんが声をひそめて言う。故人の妹である母を慰《なぐさ》める姿も堂に入っている。こちらにも何か話しかけてくれるかと希和子は母との会話が終わるのを待ったが、カナさんは「気を落とさずに」と母に言ったあと他の三人を均等に見まわし、「じゃあ、またのちほど」としめやかに頭《こうべ》を垂れて控室を出て行った。

そのうち斎場のバスでどんどん参列者が運ばれてきて、通夜では驚くほど多くの参列者がお焼香をした。たまに泣いている人がいると、希和子ももらい泣きした。

一般の参列者があらかた帰ったのち、親族で寿司や天ぷらを食べる。母はビール瓶を持って親戚たちに挨拶して回っている。カナさんも、席を移動しながらいろんな人と少しずつ話をしている。

希和子は好物のイクラの軍艦巻きばかりを選んで食べ、合間にカナさんを盗み見た。もともとボディコン風だった喪服はますますぴったりになり、ブラジャーのホックの形が背中にくっきり浮き出ている。首の後ろや肩甲骨まわりにもみっしりと肉がついている。この十年近くの間、希和子はたびたびカナさんを思い出していたが、思い返すたび記憶が勝手に改竄《かいざん》されるのか、希和子の頭の中のカナさんは肉欲に溺《おぼ》れた女囚みたいな毒々しいイメージになっていた。でも、こうして田舎のおじさんたちと喋っているカナさんは、ちょっと綺麗なただの田舎のおねえさんである。希和子はイクラをあらかた食べ尽くすと、海老の握りに箸をのばした。

「ねえ、あなた」

海老の尻尾を醤油皿に積み上げているとき、カナさんに話しかけられた。いつの間にか隣の椅子に浅く腰かけている。父と姉は別の親戚と喋っていた。

「はい?」

平静を装って希和子が会釈すると、カナさんは自分の口角の横を指さして言った。

「ついてるわ、海苔《のり》」

「えっ」

希和子は親指の爪で口の横を拭《ぬぐ》う。カナさんは「とれたわ」と頷いたあと、

「かっぱ巻き食べたの? 私も好きよ、かっぱ巻き」

と小首を傾げて微笑んだ。欧米の映画女優みたいな仕草と喋り方だが、言っている内容がかっぱ巻きなので希和子は笑いそうになった。つい悪乗りして、

「いいえ、食べたのはイクラの軍艦巻きです」

こちらも映画女優のような抑揚をつけ、鼻の付け根に皺を寄せて答えた。しかしカナさんはそれには反応せず、

「まだスキーやってるの?」

唐突に尋ねてきた。覚えていたのか、と希和子は驚いた。今日の希和子はゴーグル焼けしていないし、きっちりファンデーションを塗りこんでいるのに。

「もうやってません。大学のころはやってましたけど」

「うまくなった？」

「ええ、パラレルターンまでは、なんとか」

「そう。たしか、カニ歩きできるようになるまでに一週間もかかったのよね？」

そこまで下手ではなかった、と思いつつ、希和子自身の記憶も曖昧《あいまい》なので適当な相槌《あいづち》を打つと、カナさんが薔薇《ばら》のように笑ったので目が釘付《くぎづ》けになった。間近で見るカナさんはちょっと綺麗なただの田舎のおねえさんなどではなく、肌が発光するように白くて、唇の間から覗く口腔《こう》はさらさらした桜色である。見惚《みと》れていると、カナさんは急に真顔になり希和子の全身を上から下まで舐めるように検分した。

「今は……、ＯＬさん？」

「ええ、はい」反射的にそう返事したあと、希和子は言葉を足した。「ＯＬ、っていうか、営業やってます」

「ふうん、まあ、お勤めしてるのね」

「お勤めっていうか、営業です。担当があって、責任持ってやってます」つまらなそうなカナさんの口調に、希和子はちょっとムキになる。

「営業って、生保レディみたいな？」

女性に限定した呼称を繰り返すカナさんに希和子は苛《いら》ついてきた。自分は同期の男性社員にもけっして負けていないのだ。

「保険のおばさんとはぜんぜん違います」同じ営業として生保レディの大変さは十分理解しているのに、意に反して馬鹿にするような言い方をしてしまう。

「カナさん、は、どんなお仕事されてるんですか？」挑戦するように訊き返す。

「仕事は……、いろいろよ。長続きしたことないの。ホテルのレストランのウエイトレスとか、小児科の受付とか、いろんなアルバイトを転々としてる。今は駅ビルの和菓子屋の売り子。でもこれもたぶん、一年も続かないと思うわ」

「……わざわざ北陸まで行って勉強したのに、ちゃんと就職しなかったんですか？」

そこでカナさんの黒目が激しく揺れたので、希和子は瞬時に言ったことを後悔した。カナさんから目を逸らして口をつぐむ。カナさんはしばらくうつむいてから、はっと息をついて、希和子にふたたび笑みを向けた。

「いやだ、知子おばさんから聞いてるのね」

そう言って立ち上がり、希和子の肩にそっと手をやって別の席に向かう。

「あっ……」

希和子は呼び止めようとしたが、いえ、北陸のことは以前あなたから直接聞いたんです、母から聞いたのは事件のことだけです、とさらに余計なことを言ってしまいそうで、黙ってビールを喉に流し込んだ。

それから、カナさんは何度も席を移り、父や姉とも話をしていた。特に姉とは話が弾んでいるようだった。姉の地模様のある喪服は見た瞬間は年寄りっぽく映ったのだが、カナさんと談笑する姉を見ていると、とても似合っているように思えた。

希和子は、この喪服がいけないのだ、と、ボレロについたリボンを憎々しく見下ろした。この似合わない服――。こんなものを着ているから、カナさんは希和子を安く見積もったのだ。カナさんは、喪服も髪型も自分に何が似合うか熟知している人だ。そんなカナさんから見たら、ただ無難なだけのボレロのアンサンブルを着ている自分は、魅力の乏《とぼ》しい、平凡な人間に映ったことだろう。そう、何に対してもこだわりを持たない父のような、つまらない人間に――。だからカナさんは、希和子の仕事の話にも興味を持ってくれなかったのだ。

希和子は中途半端に中身が残ったビール瓶を片っ端から空けていったので、母の実家に戻るころにはべろべろに酔っ払ってしまった。

翌日の葬儀にももちろんカナさんは来ていたが、希和子は目を合わさなかった。

夕方には一連の儀式が終わり、暗くなったころみなでクレスタに乗り込んだ。姉は最寄りの常磐線の駅で降りた。

希和子は後部座席で目をつむるが、カナさんの動揺した顔がまな裏にちらついて、どうにも眠れなかった。高速の外壁の上に覗いている紳士服チェーンの看板を眺めながら、この喪服のせいで、後味のよくない遠出になってしまったな――と、ため息をついて車窓を曇《くも》らせた。しかし、よくない遠出はこれで終わりにはならなかった。

首都高を降り家の近くまで帰ってきたところで、母の要求によりスーパーに寄った。駐車場に車を停めるとき、父はいつもより苦労して何度も切り返したすえ、アクセルを踏み込み過ぎて後輪を縁石に乗り上げてしまったのだ。

底がこすれるような変な音がしたが、母や希和子には大した衝撃とは思えなかった。父だけが青ざめて車の下を何度も覗いていたが、ちゃんと動くのでそのまま家に帰った。

翌日、父は車を修理工場に持って行った。

そんな大げさな、と母も希和子もさして関心もなく見送ったが、父は数時間後がっくりうなだれて帰ってきた。

かすり傷程度だろうと思われたクレスタは、どうやら取り返しのつかない箇所を破損していたようで、あえなく廃車となってしまったのであった。

勤続十年を迎えようというとき、希和子は新卒から勤めた音響メーカーを辞めた。厳密に言うと、辞めさせられた。

順調な営業人生を送っていたが、大幅な担当替えがあったあと急に成績が伸びなくなった。単に今までが顧客に恵まれていただけなのかもしれない。成績の低下を受け入れることができなかった希和子は、苦し紛れに担当の量販店で自社製品を買い込んで新品のままオークションサイトで売り払うという、いわゆる〝自爆営業〟に手を染めるようになった。

給料の大半を自社製品の購入につぎこむ無謀な生活をしばらく続けたが、顧客である量販店に気づかれ、結局会社にもバレてしまった。希和子が休日に自社製品を買っているのを店長がたまたま目撃し、不審に思ってクレジットカードの購入履歴を調べたらしい。その店長は、希和子の上司と古くから付き合いがあった。「おたくの営業、うちの店でアンプやスピーカーを何台も買い込んでるよ」と、上司に告げ口、いや、注進したのである。さらに同じ時期、各営業部員に割り当てられる販促グッズを希和子が後輩からがめて、自分の営業先に流用していたことも発覚した。上司は希和子を会議室に呼び出し、やんわり自主退職を促した。希和子は、自爆営業が社内で禁止されていることはわかっていたが、辞めさせられるほど悪いこととは思っていなかったので抵抗した。しかし、後輩から販促グッズを掠め取った件だけでも懲戒解雇にできるのだと諭され、しぶしぶ退職願を書いた。退職金は所定の額がきちんと支給された。

それからしばらくは実家で怠惰《たいだ》に過ごした。辞めたことを告げると母は尖った声で理由を問い詰めたが、希和子があまりにふさぎ込んでいるのでやがて放っておいてくれるようになった。失業保険の給付期間が終わり、希和子は派遣登録をして事務仕事を始めた。営業以外なら何の職種でもいいと思った。派遣されたのは大手の保険会社で、仕事そのものは簡単だったが、人がたくさんいる広いオフィスの居心地は悪かった。希和子はこの職場ではまだ何も悪いことをしていないのだが、なぜか周囲から疑いの目で見られている気がして胃が痛くなる。ひどいときは吐いてしまうこともあった。結局派遣は三ヵ月で辞め、別の仕事を探し始めた。

できるだけ従業員が少ないところで働きたいと思った。勤務場所も、狭ければ狭いほどいい。第一希望はボックス型の甘栗売り場だった。しかしあいにく求人がなく、第二希望の駅の売店も店の数が減っていて募集がない。最終的に宝くじ売り場で妥協した。

面接に行くと、福本《ふくもと》という希和子の苗字が「縁起がいいね」と気に入られ、パートとして採用された。事務所での研修を三日間受け、その後銀行の支店の前にあるボックス型の売り場に配属された。一ヵ月のロープレ研修を経て、希和子はそのまま働き続けた。パート仲間はさっぱりした気性の人が多くて気が楽だし、お客さんの悲喜こもごもの様子も興味深かった。

パート生活が三年目を迎えたころ、母が「どこか別のところに正社員で就職したら？」と口を出すようになってきた。希和子はここへ来て初めて独立することを思いつき、実家と職場の中間にあるワンルームマンションを借りた。

狭いうえに日当たりが悪く、大通り沿いなので車の音や振動も響く。ただ意外と造りがいいのか、周りの部屋の生活音はほとんど聞こえない。そんなところが気に入って、希和子はそれから何度も契約更新を重ね、狭い宝くじ売り場とマンションを往復する日々を送っている。休日は公園で本を読んだり、近所の寄席《よせ》に足を運んだりするのが楽しみで、この生活に満足している。かつての自分がなぜ営業成績にあれほど囚《とら》われていたのか、もはや思い出せない。単調な生活をくり返しているうち、希和子は四十歳を超えていた。

「じゃあ、明日から二日間、申し訳ないけどよろしくね」

希和子は、隣の関谷《せきや》さんに頭を下げてエプロンを外す。

「まかせといて。お互い様だから」

関谷さんはむっちりした指でＯＫの形をつくり、窓口に向き直る。関谷さんは希和子よりいくつか年下で、パートに入ったのも希和子より何年かあとだが、ともに古参となった今では敬語も使わない気楽な仲である。

　宝くじ売り場の閉店まであと三十分あるが、この日希和子は買い物に行くため早上がりした。さらに明日と明後日は休みをもらっている。明後日はもともと休みの予定だったが、明日は関谷さんにシフトを替わってもらった。関谷さんには中学生と小学生の子供がおり、習い事の都合などで急に休みをとることが年に数回ある。そんなときは特段予定のない希和子が代わりに勤務を引き受けることが多い。週末にもかかわらず今回関谷さんが代勤を請け負ってくれたのは、ふだんの恩返しという意味合いもあるのだろう。

　隣町の百貨店に向かう途中、目についた若者向けの洋品店に入ってみた。ダークな色合いの服が集まったラックを物色すると、光沢のないポリエステル素材の黒の丸首ブラウスが下がっている。二九八〇円で、MサイズとLサイズが一着ずつ。希和子は迷わずLを持ってレジに向かった。ふだんはMサイズを着ているが、若い子向けのMは大人のMより細身だろうと見込んでのことである。洋品店を出たあと本屋に寄ってノンフィクションの棚から二冊を見つくろい、スーパーで安くなっていたブリの切り身を買って家に帰った。

　ブリはぶつ切りにして、シイタケや適当な野菜と炒《いた》め合わせてポン酢をかける。これをつまみに本を読みながら缶ビールを開け、ご飯を解凍してキムチと焼きのりで食べる。皿を洗って風呂に入ったあと、希和子は黒のブラウスを袋から出してアイロンをかけた。

　父から連絡があったのは昨日の夜だ。母の実家に住む伯母が亡くなったという。母の兄である征夫おじさんの奥さんだ。肝臓を患《わずら》っていたらしい。

本来なら父と母とで行くところだが、あいにく母はヘルニアの手術をして入院中で、父と希和子の二人で行くようにと指示があったらしい。義理の伯母だし、出席するのは父一人でもいいのではないかと希和子は思ったが、近くに住んでいるわりに疎遠にしているので、たまには娘らしいこともしようと思って付き合うことにした。

大昔に買った喪服が実家にあるはずだが、希和子はもう何年もスカートを穿《は》いておらず、今さらひらひらしたものを着る気などない。それに四十代になって体重が数キロ増えたから、着られたとしてもきっと窮屈《きゅうくつ》になっているだろう。

手持ちの黒のジャケットとパンツを喪服代わりにすることを思いつき、ブラウスだけ買い足そうと買い物に出たのである。手ごろなものを見つけられたのはラッキーだった。

通夜当日、天気予報はこの秋いちばんの冷え込みを告げていた。希和子はパンツの下に黒い膝下ストッキングを履くつもりでいたが、厚めの靴下に変更した。母が見たら文句を言いそうだが、いないからいいだろう。

早めに実家に着くと、父はもう喪服をきっちり着込んでいた。希和子は正月以来の父の姿をあらためて眺める。すっかりグレイヘアになったものの、姿勢がいいせいか七十近い実年齢よりはずっと若く見える。そればかりか、昔の軽薄なバタ臭さがいい具合にすがれて、渋味が滲《にじ》み出している。中身は相変わらず無欲恬淡《てんたん》だが、その淡々とした性格のおかげで老けないのかもしれない。見た目では母のほうが年上に見える。

父は、青空駐車場から家の前にライトエースを移動させた。クレスタが廃車になったあと中古車店で購入したものだ。マニュアルのコラムシフトで、パワステもないせいか格安だったらしい。

クレスタと比べるとだいぶシート位置が高いが、パンツ姿の希和子は軽々と助手席に乗り込んだ。首都高を抜けて常磐自動車道に入ると、父はハンドルの根元から突き出た細長いレバーを慣れた手つきで上下させ、じわじわと速度を上げていく。しかし追い越し車線には出ず、真ん中の車線を機嫌良さそうに走り続ける。先端になぜか水中花のついたシフトレバーを、族車のときと同じように何の戸惑いもなく受け入れている。

母の実家には寄らず、直接斎場に行った。

希和子は控室に入ると、カナさんがいないか見回した。今回亡くなった伯母さんの妹の娘さんだから、今日も間違いなく来ているだろう。前回の葬儀のとき、お清めの席で気まずくなったことを思い出していた。しかし、アップヘアにボディコン風のワンピースを着ている人はまだいない。

トイレに行った帰り、先に記帳を済ませるよう斎場の人に声を掛けられ受付に行った。芳名帳にはもう数名の名前が記されていて、いつの間にか父の名もある。「福本希和子」と書き入れた。隣には、達筆ではないが大らかな筆致で「宝田佳那《たからだかな》」と書かれている。

前の行と文字の大きさを合わせようと隣の名前を見ながら、希和子は筆ペンをとり、あのカナさんだ、と、ピンときた。もう着いているのか、とペンを置くと、

「あら、知子さんの娘さん」

今まで黙って立っていた受付の人に声を掛けられた。

見上げると、色白のぽっちゃりした女性が天女《てんにょ》のように微笑んでいる。希和子は、失礼を構わずまじまじと見つめた。カナさんだ。輪郭がたるんではいるが、相変わらず綺麗だ。でも同時に、別人のようでもある。希和子が受付に歩み寄ったときからカナさんはここに立っていたのに、希和子が気づかなかったのは、おそらく髪が短くなっていたせいだろう。

バレーボール部の中学生のような短髪である。前髪もひたいの半分がやっと隠れるほどの短さだ。それでも髪質が柔らかいせいだろうか、中性的な感じにはなっていない。明るめに染めた細い髪が、顔の周りでほわほわと躍っている。ああ、この人はこういうふうに年を取ったのか、と希和子は息をのむ。

「髪、ずいぶん短くしたのね」

そう口を開いたのはカナさんのほうである。希和子の髪も、今はカナさんに負けないくらい短い。

「そちらも」

希和子が答えると、カナさんは「ふふっ」と首をすくめて襟足《えりあし》に手をやった。さすがにもう、あのハイネックのワンピースは着ていない。今着ている喪服は、首元がUの字に広く開いたワンピースで、ニット素材なのかやはり身体にぴったりとフィットしている。フォーマル用ではなさそうだ。Uネックから覗く白い胸元は若いころだったら際どく映ったかもしれないが、今のカナさんの弛《たる》みつつある皮膚は柔和な表情だった。

言葉を交わしたのはそれだけで、通夜振る舞いの席でもカナさんと話す機会はなかった。カナさんは以前のようにはまめまめしくお酌に回ったりはせず、年配の女性たちの輪に混ざり、にこにこして相槌を打つ。話が途切れたタイミングでそっとお箸でかっぱ巻きをつまみ、手で隠すようにして口の中に放り込んでいた。

翌日の葬式やお骨上《こつあ》げのときにもカナさんと話す機会はなかったが、火葬場から出るとき、思いがけずカナさんが我が家の車に同乗することになった。カナさんが乗って来た車が何らかの事情で他の人を乗せ、先に出発してしまったらしい。カナさんの家まで送ることになり、父は駐車場に駆けて行った。

カナさんと二人、火葬場の車寄せでライトエースを待った。

しばらく二人とも黙って風に吹かれていたが、ふいにカナさんが「私、あなたに最初に会ったときのことよく覚えてるわ」と言ってきた。希和子は慌てて二十年以上前の祖父の葬儀の記憶をたぐり寄せた。

「……スキー焼けしてたからですか?」希和子は前を向いたまま尋ねる。

「そうそう、あれはひどかったわね」カナさんはプーッと吹き出し、「それもだけど、なんかね、たたずまいっていうのかしら、強烈に印象に残ってるのよね」などと言う。

希和子は意外に思い、カナさんの次の言葉を待った。

「セーラー服着てたでしょう、あなた」

「ああ、はい。たしか卒業した年の春休みで」

「そうそう。それでね、あなたちょっと不満そうだったのよ、お通夜に制服で来てるのが。卒業したのに、なんで私は制服なんか着なくちゃならないの、みたいに、不愉快そうに見えたの。それで、顔があのゴーグル焼けでしょう？　なのにあなたったらちっとも恥ずかしそうじゃなくて、ただむっつりしてて、それがなんかね、反骨心みたいなのが透けて見えて、無性に気になったの。それで話しかけたってわけ」

「……ゴーグル焼けは、たしか途中まで、自分では気づいてなかったんですよ」

「ふふ、それでね、その、不満を身体いっぱいに表明してる感じがね、とっても可愛かったのよ。だって実際若くて、可愛いんですもの。セーラー服なんて若いうちしか似合わないのに、それが着られる自分の価値にちっとも気づいてなくて、話しかけてもなんだかぶっきらぼうで、でも、そんなとこが、なんだかすごく魅力的だったのよ」

反応のしようがなく、希和子はうつむいて鼻先をこする。

「この前の、征夫おじさんのときだったかしら？　あのときあなた見て、ああ、きれいになったな、って思ったけど、正直そのときの印象はあまり残ってないの。でも――」

カナさんはそこで、希和子の喪服もどきの日常着に目を走らせた。

「今回久しぶりに会ったら、あなたすごく良くなってるわ。どこがってうまく言えないけど、高校生のときの感じが戻ったみたい」

希和子はカナさんが自分を褒めていることはわかったが、どこを褒められているのかはわからなかった。ただカナさんがこちらを凝《じ》っと見つめるので頬が赤くなった。

そこへライトエースがやってきた。父が助手席に荷物を置いていたので、二人で後部座席に並んだ。

「浩哉《ひろや》おじさんは、お仕事は？」カナさんが快活な口調で父に尋ねる。

「はあ、定年は過ぎたんですけど、嘱託でまだ続けてます」父は照れ臭そうに答える。

「希和子さんは？」横を向いて今度はこちらに尋ねてくる。

「はあ、宝くじ売り場でパートやってます」

希和子が答えると、カナさんは「えっ？」と身を乗り出してきた。宝くじ売り場で働いている、と聞くと、いろいろ質問したがる人は多い。一等出たことある？　とか、当たりくじくすねたりできないの？　とか。

「宝くじ売り場って、窓口に座ってるの？」

「ええ、売り子です」素っ気なく答えると、カナさんは顔を輝かせた。

「奇遇ねえ、私も宝くじ売り場で働いてるのよ。つくばエクスプレス沿線の駅前で、もう五年ぐらいやってるの」

「えっ？　それはすごい奇遇ですね」

「けっこう高額当選の出る売り場でね、ちゃんとお得意さんもいるの」

「私のとこは、十万円ぐらいはちょこちょこあって。必ず私の窓口で買うって人もいます」

「自分が手渡したなかに当たりがあると、結構うれしいもんよね」

「そうなんですよね」

「あっ、ここです。その白っぽい塀の家」

カナさんの家に着いた。田舎らしく敷地の広い、立派な石塀に囲われた家である。母屋のほかに車庫と納屋があり、納屋の後ろには竹林が広がっている。

「ありがとうございます、乗せていただいて」

カナさんはそう言って車を降り、いったんドアを閉めたがすぐまた開けて、上半身をねじ入れてきた。

「あの、渡したい物があるから一緒に来てくださる?」

そう言われて希和子が腰を浮かすと、

「いえ、あなたじゃなくて。重たいから、浩哉おじさん、ちょっと一緒に来て」

有無を言わさぬ口調に父は一瞬でシートベルトを外し、運転席からすべり降りた。

カナさんの家の敷地に入っていく二人を、希和子は窓越しに見送る。先をいくカナさんは豊かなお尻をぷりぷりさせ、父は下男のようについていく。二人の姿が納屋の裏に消えた数分後、大きくはないが重たげな段ボール箱を抱えた父が戻ってきた。

「何それ、ずいぶん重たそうだけど」

「栗だって」

父が助手席の荷物の脇に箱を並べる。覗き込むと、イガが剝《む》かれた栗がぎっしり詰まっている。カナさんは納屋の横に立って、こちらに向かって手を振っている。

父も希和子もカナさんに手を振り返す。車が動き出したとき、カナさんの家の「宝田」という大きな表札が目に入り、希和子は「あっ」と声を上げた。

「どうした？」父が尋ねる。希和子は「ううん、何でもない」と答え、首を後ろに向けて門柱を見送った。

最近職場の社員さんから聞いた、「伝説の売り子」の話を思い出していた。

つくばエクスプレス沿線の売り場でここ何年か高額当選が頻発していて、その窓口に座っているのが、〝宝船〟だか〝宝箱〟みたいないかにも当たりが出そうな苗字のパートさんだという。本人の福々しい見た目もあって地元で評判を呼び、その人が出勤しているときだけ行列ができるらしい。関東の宝くじ業界では伝説の存在になりつつあるとか。

あのパートさんの名前は、宝船でも宝箱でもなく、宝田だったのか。宝田佳那。カナさんが伝説の売り子だった。

最初の赤信号で停まったとき、父は助手席の段ボールを見下ろした。そして、

「すぐ近くに栗畑持ってるんだって」

ネクタイをゆるめながらたいして興味もなさそうに言った。

「栗、茹《ゆ》でてあげたらお父さん食べる？」

「いや、全部お前が持ってってくれていいよ。俺は栗はあんまり――」

「でも、お父さんそれ食べたら、何かいいことあるかもよ？」

「なんだそら」

そんな会話のあと、希和子は後部座席でぐっすり寝入った。父に起こされたときにはもう車は希和子のマンションの前に着いていた。栗のことはすっかり忘れ、自分の荷物だけ持ってお礼を言って降りた。

しばらくカナさんに会うこともないだろうと思っていたが、栗をもらったときからわずか一年半後にまた会うことになった。あのときベリーショートだったカナさんは、ふたたび髪を伸ばし、ゆったりしたアップヘアで現れた。喪服は夏用の、半袖のワンピースだった。

今度は母の田舎ではなく、東京での通夜である。

初めて東京で見るカナさんは、いつもより少し野暮《やぼ》ったいような気がしたけど、それでもやっぱり綺麗だった。

「まさか、こんな急に」

葬祭場の入り口で希和子にばったり会うなりカナさんは涙ぐんだ。

亡くなったのは希和子の母である。

一年半前のヘルニアの手術は成功し、退院後は活動的に過ごしていた。それがほんの一ヵ月前電話を掛けてきて、「最近妙に頭が痛むから、急にぽっくり逝《い》くなんてことがあるかもしれないわ」と珍しく弱音を吐いていたかと思ったら、悪い予感が的中し、くも膜下出血であっさり亡くなってしまった。

父はさすがに気を落としていた。今日も喪主でありながらぼさぼさの髪をし、喪服の着方もだらしない。でも、注意してくれる母はもういない。

希和子は、今回は和装の喪服を着ている。希和子自身の持ちものではなく、母の黒無地である。

姉が自分の黒無地を持参していて、あんたも着物にしなさいよ、と言ってきたのだ。持っていないと言うと、お母さんの着ればいいじゃない、背格好も同じくらいだし、などと言う。母の葬式に母本人の着物で列席するのは妙なような気がして抵抗したが、姉はかまわず仕度を進め、希和子は結局着付けられてしまった。でも、やっぱりやめればよかったかもしれない。

「そんな格好してると、知子おばさんに似てるね」

カナさんは黒無地姿の希和子を潤んだ目で見て、鼻をすすりながら控室に入っていく。希和子もつられて涙ぐみ、それからその場にうずくまってむせび泣いた。

母の喪服を身に着けてから、どうにも感情が不安定なのである。

突然の死なのでむろん衝撃は大きかった。正直まだ現実として受け止めきれていないところはある。でも、悲しみはさほど感じていなかった。母と希和子は、あまり心の通うことのない母娘《おやこ》だった。だから悲しくないのだと思っていた。でも母の着物を着てから、心が通わないまま終わってしまったことが無性に虚《むな》しく思えてきた。

通夜でも葬式でも、母と仲の良かった姉よりも希和子のほうがたくさん泣いた。希和子は母に見捨てられたような気分になっていた。まるで自分が子供に還《かえ》って、その小ささのまま母に置いていかれたような、寄る辺ない不安感に覆われていた。棺に釘が打たれるときは、これでもう母と分かり合える機会は永久に失われるのだと絶望して取り乱した。

カナさんは通夜のあとどこかに泊まったのか、葬式にも参列してくれていた。悲嘆にくれる希和子の肩を抱いて、二の腕をさすりながら「いい子ね」と映画の吹き替えのような声で囁《ささや》いた。葬儀でしか会うことのない美しい女性の肉体の温もりが伝わり、希和子の混乱は、ようやくわずかに鎮まった。


父が一人で住んでいた家にカナさんが引っ越してきたのは、母の一周忌を終えた数ヵ月後のことである。一緒に住むことになった、と父から報告があったとき、希和子は、

「いつからそういうことに？」

と、真正面から尋ねた。父は「まあ、ちょっと前からだよ」とだけ答えて鼻先をこすった。刺されないようにね、と冗談を言おうとしたが、やめておいた。

一周忌のときに気持ちが通じ合うような何かが起こったのだろうか。それとも――あの、二人で栗を取りにカナさんの家の納屋の裏に回ったときに、既《すで》に何かきざすものがあったのかもしれない、と希和子は思う。

話を聞いた姉は「お母さんが可哀想」とさかんに憤《いきどお》っていたが、希和子は父に相手ができたことにほっとしていたし、母がもし生きているのなら可哀想だが、もう死んでいるのだからべつに可哀想とは思わなかった。

父は相変わらず嘱託の仕事を続け、カナさんは「伝説の売り子」から足を洗って家で過ごし、

毎日父に弁当を持たせ、昼間は一人でカーテンやらテーブルクロスやらを持参したミシンで縫っているらしい。希和子はときどき夕食に呼ばれて出向くが、カナさんの料理は豪快で美味しい。たまに手羽元が生煮えだったり牛蒡《ごぼう》の薄切りがつながっていることはあるが、具沢山で、スパイスが効いていて、甘味のつけ方にためらいがない。

希和子はというと、このごろは宝くじ売り場のシフトを減らし、近所の電器屋へ手伝いに行っている。

電器屋のおじいさんは宝くじ売り場の常連で、売り場が空いていると必ず立ち話をしていく気さくな人である。長年接客している間にだいぶ親しくなっていた。そのおじいさんが脚を痛めて週二回リハビリに通うことになったという話を聞き、ひとりで店をやっているおじいさんの代わりに、希和子が店番を引き受けることになったのである。

今日の希和子は宝くじも電器屋の仕事も休みで、一人で実家にいる。ガス点検が入る日なのだが父もカナさんも用事が入って立ち会えないとのことで、希和子が留守番を頼まれたのだ。

予定の時間より早めに着いたので、希和子は電子レンジの取扱説明書を広げる。電器屋に置いてあるものを借りてきた。

町の電器屋は大型量販店や通販に圧《お》されてはいるものの、地元のお年寄りを中心にまだ需要はある。商品を購入したお年寄りが使い方がわからないと質問しにくることがあるので、すぐ答えられるよう希和子は取説《とりせつ》を読み込む癖がついた。ちょっとした家電の修理や取り付けなどもできればなおいいので、暇を見て少しずつ独学で覚えている。

電器屋には夕方になると近所の子供たちもやってくる。電池だのちょっとした部品だのを買いにくるのだが、ついでに店先に座り込んで、持参したポケットゲームで遊んでいったりする。何も買わず遊んでいくだけの子もいて、店番はなんだかんだと忙しい。

ガス点検の人がやって来たので希和子は玄関に出た。点検中、小雨《こさめ》がぱらついてきたのでベランダに干してある洗濯物を室内に移した。それから点検の人を見送り、取説の続きを読み始めた。

ふと、洗濯物を取り込みにいったときの、部屋の様子を思い出した。

ベランダがあるのは、かつての希和子の部屋で、現在は物置になっている。その中に、見覚えのないワードローブが置いてあった。おそらくカナさんが持ちこんだものだろう。

希和子は、取説を閉じて、ふたたび二階に上がった。

組み立て式とおぼしき白いワードローブの扉を、そっと開く。案の定、カナさんの洋服が並んでいる。意外と服の数は少なく、ゆとりをもってハンガーにかけられている。

ふだんのカナさんは、白や黒や青といったはっきりした色のシンプルな服を着ている。柔らかそうなカットソーにストレッチの利いた細身のスカートを穿いていることが多い。いずれもとても似合っている。希和子は慎重な手つきでハンガーに掛かった服のタグを見てみるが、知らないメーカーである。もっとも服のブランドなどほとんど知らないのだが。

ワードローブのいちばん端に、希和子が探しているものはあった。

ハイネックの、黒のワンピースである。

ハンガーごと取り出してみる。だいぶ型崩れして、生地もところどころ透けるほど薄くなっている。さすがにもう着ることはできないだろう。でもよほど気に入っているのか、手入れが行き届いて毛玉や埃は一つもついていない。

かつてカナさんのグラマーな身体が納まっていたワンピースをしげしげと見て、希和子は、もう自分はカナさんに憧れていないことに気がついた。カナさんは、もう、ただの父のパートナーであり、継母になるかもしれないという人でしかない。

電器屋を手伝うことになったとき、はじめ、希和子は怖かった。営業をやっていた若いころの、家電量販店に出入りしていた記憶がよみがえって、つらくなるかと思ったのだ。でも、大丈夫だった。あまりに時が経っていたし、街の電器屋には、希和子のかつての営業先を想起させるところはべつになかった。電器屋のおじいさんは必要最低限のことだけ希和子に教え、あとはただ店に座っていてくれればよいという鷹揚《おうよう》な態度だったし、店にやってくるお年寄りたちはきわめてカジュアルに、まるで家族に対するかのように希和子に接した。せんべいや漬け物を差し入れてくれたりもする。そして遊びにやってくる子供たちは、はじめは希和子を警戒して「いつものおじいさんは？」と店内を見まわしていたものの、今はすっかり慣れて「おばさん、遊びに来たよ」と気軽に声を掛けてくる。希和子がショートヘアでいつもだぼっとした服装をしているせいか、たまに「おじさん」と話し掛けてくる子供もいるが、希和子は、もう自分がおばさんだろうがおじさんだろうが、この頃ではどっちでもよくなっている。ただ小さい人たちの賑やかな声が耳に心地よく、いつまでも聞いていたいだけだ。

カナさんの黒いワンピースの内側についたタグは、長い年月にさらされて真っ白になっている。メーカー名も、サイズも、洗濯表示も何ひとつ残っていない。希和子は自分もこんなふうに漂白されてきたのかと縁のほぐれたタグをつまみ、それはつまり自分がかつて軽く見たこともある父親に似てきているのかと鼻から微かな笑いを漏らした。そしてワンピースを皺にならないよう元の位置に戻し、静かにワードローブを閉じた。

祀《まつ》りの生きもの

高山羽根子

高山羽根子（たかやま・はねこ）

1975年富山県生まれ。2010年「うどん　キツネつきの」で第1回創元SF短編賞佳作入選。14年、同作を表題作とした作品集でデビュー。16年「太陽の側の島」で第2回林芙美子文学賞大賞を、20年「首里の馬」で第163回芥川龍之介賞を受賞。主な著書に『暗闇にレンズ』『パレードのシステム』がある。

おおかた酒を飲むとかいった目論見《もくろみ》でもあったんだろう、三、四回に一度くらい父が車を出すのを渋《しぶ》ったので、そんなときは父と母と弟、みんなで駅に向かい、電車を二度乗り換えて着いたJRの駅から出るバスに乗って行くというのがきまりだった。車のときは幹線道路を使ったけれど、路線バスの順路は商店街やちょっとした集会所のある細い道が多く、車よりずっと大きいバスが狭い道をのろのろ進むのはなんだか楽しかった。

祖母の家の最寄りの停留所に着く途中でその神社の前を通る。窓から見えるいつも代わり映えしない通りの景色の中で、この時期だけ歩道と車道の間の植えこみの上、街路樹をつないで、ピンクと白に塗り分けられた提灯《ちょうちん》が並んでぶらさがっている。その風景というのが、まあその季節なりの特徴ではあった。

テレビさえない父方の祖母の家に行くのは年に三度で、そのうち、いちばん楽しみにしていたのはこのおまつりのときだったと思う。私たちは正月とお盆のほか、秋に行われるおまつりの時期に祖母の家を訪れていた。おまつりといったって神輿《みこし》も出ないし、名前もついていない、その地域に残るちょっとした縁日《えんにち》といった程度のものだったかもしれない。ただ、限られた境《けい》内《だい》の敷地であるはずなのに、どういうわけかあのときはいろんな露店がたくさん出ていた。だからその日にはなんとなく親族やその子どもが祖母の家に集まってくるのが決まりになっていた。

祖母の家に着いたらまず仏壇の祖父、というか祖父より前にいたらしきご先祖全体に線香をあげる。写真や位牌《いはい》はいくつかあったけれど、それらのうち私が直接会った記憶があるのは祖父だけで、あとはかろうじて、ものすごく幼いころに会ったはずだと両親が言っていた祖父の兄くらいだった。

仏間でおやつを食べながら麦茶を飲んでいると、ほかのふた組の親戚が来る。どちらも、私たちよりはここから多少近いところに住んでいて、それぞれひとりとふたりの子ども、つまり私のいとこにあたる子たちがいた。私と弟、いとこたち、その日集まった家の子どもたちは、全員揃《そろ》いしだい祖母からひとり千円ずつもらって、みんなで神社まで歩いておまつりにいった。

千円札を渡されるときに祖母から、

「生きものと食べもの以外なら、なんでも買っておいで」

と言って聞かされるのが決まりだった。今になって思えば、あの言葉はアレルギーを持つ弟や胃腸の弱い私、そうして本家のほうはともかく、金魚を飼うことさえ厳しい集合住宅に暮らしていたもうひとりのほうのいとこの事情を気づかってのことだったのかもしれない。

ただそんなことを言ったって当時、露店のほとんどは食べものを扱っていたし、おまつりの露店で生きものを売っていることが、今よりもあきらかに多かった。金魚や亀を水の中からすくう遊び、ウナギ釣り、ピンクやグリーンに塗り分けられたウサギやヒヨコ、鈴虫やカブトムシ。文鳥《ぶんちょう》の露店ではよくしつけられた文鳥が客寄せの看板鳥になっていて、足し算やクイズの答えを、どういう仕掛けがあるのか選択肢の数字をつついて正解する芸をして見せている。つまりこの鳥は賢いのでしつければこんなふうになりますよ、というデモンストレーション役を演じていた。ただその看板鳥は売りものではなくて、数百円で売られていたのは、宇宙から来たエイリアンじみた見た目をした生まれたてのヒナのほうだった。

食べものと生きものを選択肢から外すと、縁日で楽しめるのは射的《しゃてき》と輪投げ、水に浮かんだ蛍光色のスーパーボールすくい、くじ引き、雑誌の付録のばら売りくらいだった。そのうち射的、輪投げ、くじ引きの類《たぐい》は商品の多くが駄菓子《だがし》だったこともあって、結局のところ毎年利用できる露店はとても限られていた。私は、たいていは針金を曲げて作った細工品《さいくひん》や、端についた金属のボールでバランスを取って揺れる、イルカや馬の形をした置物、知恵の輪、鳥の形の笛、手品のタネ、棒に紙が巻いてあって振ると伸びるおもちゃ、穴に鉛筆を差して動かすと花模様が描ける定規《じょうぎ》といったものを買っていた。

ただ私たちの中で、食べものを買うなという言いつけは、ばれない程度に破られていた。焼きそばだとかたこ焼きなんかは帰ってからご飯が食べられなくなるし、それを買うと千円の予算を半分にしてしまうので手を出すことはなかったけれど、あんず飴《あめ》やソース煎餅《せんべい》、綿飴といったようなものは、なんとなく自分たちの判断で買って食べていた。神社から祖母の家に帰るまでに食べきってしまうぶんには、その程度のルール違反はお目こぼしで許されていたんだろう。

おまつりの期間、ふだんはだだっ広いだけの神社の敷地に、立ち並ぶ露店によって独自の人の流れが作られ、結果、ちょっとばかり複雑な迷路ができあがっている。おまつりが終われば、その雑多で賑《にぎ》やかな迷路はすっかり姿を消すのだけれど、露店は似た造りで似た強さの白熱電球の光をたたえているため、どう歩けばすべてを見て回れるのかわからず、小さい子はしばしば迷って泣き、一度気になっていた店がどういうわけかもう二度と見つからない、なんていうこともしょっちゅう起こっていた。

単管パイプでシンプルに組まれた屋台には、それぞれはっきりした原色のタープ屋根が掛かっている。前面に垂れたのれんにはポップな太い文字でそれぞれ『金魚すくい』『チョコバナナ』といったようにその店で売られているものが書かれていて、中には『数字合わせ』や『ドラゴンポテト』あるいは『ハワイアンスイーツ』なんていう、それだけでは具体的になにを商品にしているのかわかりにくく、でもインパクトだけは強い言葉を看板に掲《かか》げることによって客の注意をひこうとしているんだろうと思えるものもたくさんあった。こういうものたちは、近づいてみればなんのことはない、単なるくじ引きだとか、長いだけのポテトフライだとか、何色ものシロップのかかったかき氷だったりするのだけれど。

だからあのとき、あの露店も同じように名前だけが立派でその中身はなんでもない商品を扱う店のひとつだと思えた。トロピカルな虹色に塗り分けられた文字の『南洋の妖精』という看板は、当時の私には正確に読めていたかどうか。あれは、生きものの正式名称ではなく、また広く知られている俗称ですらなくて、その店で勝手につけた、ふたつ名みたいなものだったのだろう。だからたぶん、その生きものが正確にはどういう種類のものだったのかを今、検索して突き止めることはとても難しい。

タープ屋根の下、パイプに渡された木の板の棚に並んでいたのは、ずんぐりとした円筒形の広口ガラスビンだった。ビンのフタはプラスチックで、赤、青、オレンジなどさまざまな色をしていて、フタの真ん中に取っ手がついていた。

『ひとビン　八〇〇円』『餌《えさ》つき』

という札《ふだ》が棚に下がっていて、そのそばに座っている、髪の毛を金色に脱色したお姉さんが携帯電話の画面に集中しながら、

「どれも、同じ種類のものが入ってるよ、フタの色がちがうだけ。つがいで入ってる」

と、並ぶビンをじっと見ている私に向かって、たぶん決められているだけの説明を抑揚《よくよう》なく言った。

「つがい?」

たずね返す私に、

「ああ、えっと、オスとメスのペア、カップル。うーん、夫婦?　ってこと」

お姉さんは携帯を閉じてポケットにしまうと、私のほうを向いて答えた。私はさらに、

「つがいだといいの?」

とたずねる。

「うーん、わかんないけど、一匹だけだったらさみしいし、それが死んじゃったらおしまいだし。それに、そうやって入れとくと卵とか産むんじゃない？　いや、わかんないけど」

お姉さんはすでにちょっとめんどうくさそうだった。おまつりの露店で働く人は、こういうふうに子どもの接客をめんどうがることがしょっちゅうあった。子どもたちはこういう変わったものは興味深く見ていろいろ質問するけれど、それなりに高価格なこともあって、たいてい見るだけ、説明を聞くだけで買わないからなのかもしれない。たしかに、私がもしこれを買うために八百円という金額を出してしまったら、残るお金は二百円になって、ほかのことがほとんどなにもできなくなってしまう。思えばヒヨコやクワガタでさえ五百円だった中『南洋の妖精』は、このおまつりで売られているものの中でも飛びぬけて高価だった。

私はしばらく、そのビンが並んでいるところをじっと見ていた。もうだいぶ日は暮れかかり、発電機のトトトト、という音が響いていて、露店のタープの下に並んでぶら下がった白熱灯の光に照らされながらてらてら反射するビンに目を凝《こ》らしてみても、中にいるだろう生きものはよく見えなかったし、ああ触《さわ》っちゃダメダメ、近づかないで、デリケートだから、弱っちゃうんだとお姉さんに言われるので、手に取ることはもちろん、近づくことさえできなかった。こんな、ビンを棚から手に取って見るだけで弱ってしまうような生きものを歩いて持ち運び、さらにバスと電車で家にまで無事に持って帰ることができるんだろうかと不安に思わなくもなかった。そもそも生きものを買って帰ることは祖母に禁止されていたわけだし。

「ひとつください」

椅子に座ったまま、また携帯を開いていたお姉さんは、ちょっとびっくりしたみたいに私を見て、そう、どれがいいか、好きなの選んでいいよ、と言いながら棚の下から出した缶を開け、茶色の封筒と小さいアルミの包みをひとつずつ出してきた。

「どれでもいいの」

「いいよ、まあ、ビンの中身はぜんぶ同じなんだけど。これはエサの袋ね。耳かきとか、つま楊枝《ようじ》とか、まあそういうので掬《すく》ってちょっとだけパラパラあげればいい、んだって。週に一回くらいでいい、らしいよ」

お姉さんは、封筒に入った紙束のうちから一枚を取り出して、中の文字を読みながら私にちょっとだけ説明し、それを四つに折りたたんで、

「残りは家の大人にでも読んでもらって」

と、アルミの袋といっしょに私の選んだ緑のフタのビンの首の部分に器用に輪ゴムで留《と》めてから、

「はい」

と渡してきた。袋にも入っていない状態で不安だったけれど、持ち手があるからいいのか、と思い直す。私は首に下げた財布から千円札を出して、ビンを受け取って、

「このエサが無くなっちゃったら、どこで買えばいいですか」

ときいた。餌のアルミ袋は、粉末の胃薬とかインスタントラーメンについているスープの袋くらいの大きさで、いくら週一で耳かきひとさじずつとはいえ、とても心もとなく感じた。お

姉さんは、

「えーと……」

と、明らかにめんどうくさそうに言い淀《よど》んだ。まちがいなく、どうせこの餌をあげきるまで生きないから大丈夫、とでも言いたそうな雰囲気だった。けれど、

「メダカの餌とか、パンくずでも平気なんじゃないかな」

と答えて、缶の中に乱雑にはいった小銭の中から百円玉を二枚さぐって拾い上げ、渡してくれた。

――おばあちゃんの一周忌から半年経って、遺産整理で家の土地を売却することになりました。大きなものや貴重品はあらかた整理が済んでいて、家は十月になったら業者が入って最終的な解体が始まるので、各自適当に形見分《かたみわ》けを兼《か》ねてあの家にお別れを言いに行くようにしてください。合いカギは本家と芳江《よしえ》おばちゃん、和幸《かずゆき》さん、川崎《かわさき》にいる大野《おおの》のおじさんのところに預けてあるから、各自行けるときにそれぞれのカギを借りてください。この内容は、各家、届いていないだろう親族に転送、協力願います――

という文章が、家族のグループラインで父から転送されてきたのは先週のことだった。和幸というのは父のことだ。私は父への返信で、次の土曜日の午前中に実家へカギを受け取りに行きますと送った。すぐに、了解という文字の入ったスタンプと、その日は早朝から二泊で母と奥入瀬《おいらせ》に行くので、下駄箱《げたばこ》の上に祖母の家のカギを置いておきます、と返信がきた。

返信を読んでいる途中に、せっかくだから縁日でも覗いてきたらいい、とも届いた。

そこで私は、ああ、そういえばもうそんな時期なのかと思い出した。祖母は長く入院していたし、葬式は祖母の家よりももうちょっと駅に近い会館で行われたから、私があの家に入るのはかなり久しぶりのことだった。あのおまつりにだって、もう何年行っていないだろうか。

毎年のおまつりに行かなくなったのは、たしか六年生のときのことだったと思う。だから最後に行ったのは五年生のころになる。あのときは父親が、当たり前のように今年も行くだろ、と言ったら母が、那奈《なな》はもう受験だし今年から塾が週末まで入ってるからと言って、弟も、じゃあぼくも別にいいかなと言い出して、それから行かなくなった。正月やお盆はその後も変わらず行っていた祖母の家への、おまつりの時期の訪問だけはその年からなくなった。

あれは小学校の低学年のときだったろうか。あの日、私は祖母の言いつけを初めて破って、ビンに入った生きものを買って帰った。いとこや弟に心配されながらビンを抱えて神社から祖母の家に歩いて戻る日暮れどき、ものすごくどきどきしていたのを鮮明に覚えている。

あのとき祖母は、私の持っていたビンをちらっと見て、多少顔をしかめたかもしれない。でも、たぶんそれだけだった。私の買って帰ってきたものは、祖母に生きものとしてカウントされなかったらしい。ひょっとすると祖母は当時からあまり目が良くなかったから、水の中にいるその生きもののことはよく見えなくて、当時流行《はや》っていたマリモみたいな、動物とも思えない生きものの未満のものだとでも思ったのかもしれない。祖母にも叔母にも、那奈ちゃんはまたなんか変わったもんを買ってきて、とかなんとか言われただけで済み、なんだか拍子抜けしてしまったことを覚えている。あの日も、酔っぱらってうとうとしていた父の目が覚めたタイミングで私の家族は来たときと同じバスと電車を乗りついで家に帰った。

ビンは日の光が良く当たる場所に、というアドバイスに従って、勉強机の端にある棚に並べた針金細工や鳥の形の笛、金属ボールでバランスをとる置物の横に置いた。そういった飼い方のアドバイスは、お姉さんがつけてくれた紙に書いてあった。何度もコピーを繰り返してかすれてゆがんだ細かい文字をなんとか読むと、基本的にこの生きものは、きちんと生育環境の調整さえしてあげれば、自分の排せつ物をうまく分解して餌とし、人間の手を煩《わずら》わせることなく生き続けるらしかった。そのためには水道水を使わないだとか、夏場の直射日光を避けながら、それでも暖かくよく日の入る場所に置くだとか、水の交換自体はあまりしない方がよく、見た目は汚れているほうが水質は安定しているだとか、どうしてもにおいが気になるようなときにだけ半分弱ほどずつ取り換えるとよいとかいうことが書いてあった。

ただ、肝心の『南洋の妖精』とやらの本体は、なにやらゆらゆらと半透明な爪の先ほどのものが見えるような見えないような――いや、それが本当にその生きものなのかどうかさえよくわからないけれど――というくらいの曖昧《あいまい》な姿をしていた。

だまされたのだろうか、という気持ちが、なんだかずっと頭の中にあった。もともとああいうおまつりの露店は、どこかそういう子どもだましっぽいところがあった。手品のタネにはお店の人が使っていたものよりも明らかにちゃちな布きれやボールが入っていたし、くじ引きにはあたりが入っていないのが暗黙の了解になっているということも噂されていた。苦情を入れに行こうにも、おまつりの日が過ぎれば境内はさっぱり更地《さらち》になってしまうのだから、どうしようもなかった。

今回、私はひとりで自分の今暮らしているアパートから実家に立ち寄り、子どものころとは別のルートで祖母の家まで来た。当時、父の運転する車だったり、あるいは電車とバスを乗り継《つ》いだりで訪れていた祖母の家は、山手線《やまのて》から地下鉄に乗り換えた駅からは七分ほど歩くとたどり着く場所にあった。以前の曖昧な感覚をもとに、記憶の中であちこち伸び縮みしていた祖母の家までの距離や、神社の位置なんていうものが、いざ大人になってから訪れてみると、いともあっさり、東京の中のこのあたりに確実に位置していて、いくつもの経路を使って行くことができるという、鮮明な地図上のマークとして表示されてしまっているのだった。

祖母の家の扉にカギを差し込むというのも、初めての行為だった。引き戸の玄関は、軋《きし》みもなくするすると開く。この扉を自分で解錠し、開けたことは今まであっただろうか。父の、あるいは弟を抱き上げた母の後について、内側から扉が開けられるのをただ見ていただけだったかもしれない。久しぶりの祖母の家、しかも無人のそこに、ひとりで入るというのはなんだか後ろめたい気持ちがして、どういうわけかやたらに緊張した。玄関を入るとき、だれもいないことは明らかであるはずなのに、こんにちは、お邪魔します、と小声で言う。靴を脱いであがったところに、不動産業者や解体業者の人のために用意されているのだろう、そろいの安っぽいスリッパが並んでいたけれど、埃《ほこり》ひとつない祖母の家にそんなものは必要ない気がしたので、そのまま上がって入っていく。

祖母の家は当時からたいして散らかっていなかった気がするけれど、今はあのとき以上にがらんとして感じられた。いちばん大きな部屋にあった立派な仏壇は、四十九日よりずっと前に本家のほうへ運び入れられていたみたいだった。当然そこには祖母の写真と位牌が並び加えられていた。

思えばあの仏壇はずいぶんと立派なものだった。たしか本家のほうにはそういったものがなかったので、なんで本家でもない祖母の家にと思って母にたずねてみたことがある。母にしても自分の生まれた家ではないので、そのあたりの細かいことはくわしくわからないけど、というふうな前置きをして、

「ああいうものの管理はお義母《かあ》さんがいちばん得意だから任せることになったんだってお父さんから聞いたことがあるよ。まあ、確かにきちんとしといてくれそうな感じはするからね」

と言っていた気がする。

この家は、私の父やその兄弟たちが生まれてから大人になるまで暮らしていたはずなのに、どういうわけか、小さな子どもたちが生まれて育ってきた場所にならよくできるだろう傷跡や、経年で生まれる家の傷《いた》みみたいなものがほとんどなかった。昔のものをすっかり捨ててしまっているからだろうか、あらゆる箇所にあるはずの祖母たちの思い出、家族の影、つまり痕跡《こんせき》といったものがほとんど見当たらないように思えた。たとえば決まった場所に貼っていたためにカレンダーの形に色が残っている壁紙や、畳《たたみ》についたちょっとした染み、シールを貼って剝《は》が

した柱の糊跡《のりあと》といったようなもの。そういった要素の不在は、ただ掃除をさぼらない働き者だったから、というだけでは説明がつかなかった。たしかに祖母はどちらかというと潔癖《けっぺき》なほうだということは以前からなんとなくわかっていた。けれど、改めて見るとやっぱり廊下も部屋もほんとうに綺麗《きれい》にしていた。家は確かに古くて、リフォームをされた気配もない。ただ古いということと汚いということは同義じゃない。立つ鳥がどうこうとかいう言葉を出すまでもなく、祖母はまるでここで結婚も子育てもしていなかったみたいなようすで居なくなった。

もともと片付いていただろう部屋やキッチンにしても、さらにものがなくなっているため、よけいに広く感じた。大型の家電はもうどこかに持っていかれてしまっているらしかった。台所には冷蔵庫が、脱衣所には洗濯機があっただろう場所に、それらを長い間受け止めていただろう床のわずかなへこみだけがうっすら残っていた。

驚いたのは、キッチンシンクの奥、出窓になっている棚のところに、おそらく二十センチもないくらいの小ぶりの水槽《すいそう》があったことだった。中にはまだたっぷり水が入っていた。水は深い緑の藻色《もいろ》をしていて濁り、エアレーションも循環型の濾過《ろか》装置もついているようすはない。だいぶん長く放置されていたんだろう。中をのぞいてみたけれど、生きものらしき影は見あたらなかった。

今の祖母の家の中で、この水槽だけが飛びぬけて異質だった。子どものころ、祖母のキッチンに足を踏み入れたことこそなかったものの、思い返してみても、ひとりで暮らしていた祖母がなにか生きものを飼っていたとはどうしても思えない。あらためて祖母の家の別の場所をあちこち探ったけれど、生きものを飼育していただろう形跡は見えなかった。祖母は小さな虫の類でさえひどく嫌っていて、ゴミをこまめにまとめたりする人だったため、晩年近くの祖母がいくらさみしいからって人間以外の生きものといっしょに暮らすことなんて考えにくかったし、もしここでメダカの一匹でも飼っていたのだとしたら、いったい祖母の心境にどんな変化があったんだろうか。

そんなようすで祖母の家はもうすっかり片付いていたので——いや、もともと小綺麗なのは知っていたのだけれど——私がなにか、ここから形見分けで持ち帰れそうなものはほとんどなかった。私自身、ここに金目《かねめ》のものを探しに来たわけでもなく、なんなら片づけ作業を手伝うくらいの覚悟はしていたものの、いろいろ持ち帰ろうなんていうことは思っていなかった。つまり、ものがすくないということよりも、すっかり片付いていることのほうに拍子抜けしたのかもしれない。勝手な想像だったのだけど、取り壊す家というのはどうせもうこれから誰も暮らさないのだから、こんなに片付いている必要なんてないだろうと考えていた。

今ここに衣類がほとんどないのは、たぶん元から使用していたものがあまり多くなかったからだろう。以前母が、祖母の入院のとき準備の手伝いに行って、

「まともなタオルもパジャマもなかった」

と、慌ててイオンで用意していたことを思い出した。寝間着も外出着も数枚ずつを洗い替えしながら暮らしていた祖母は、その年代の女性にはとても珍しいタイプだった気がする。着物などの盛装や貴金属類は、おそらくもうすでに誰かが持って行ったか処分したかで、ここには

なさそうだった。

居間に置かれている四角いちゃぶ台は、かつて私が幼いころこの家を訪れていたときにはすでにあったものだ。父親が幼いころにも使われていたものだろう。これにだって、暮らしていく中で不用意に生まれる傷はおろか、毎日清潔にしていても自然にできる塗料の変色といったものもほとんど見当たらなかった。

卓の前に座ってみて気がついた。このテーブルはちゃぶ台ではなくて、文机《ふづくえ》のように何かものを書くとき使う家具のようだった。視線を低くしてみると、天板のすぐ下に薄い抽斗《ひきだし》がついている。きっと今まで、ここに暮らしていた誰にも気がつかれていないままだったのかもしれない。堅くてなかなか引き出せなかったそれは、小刻みにゆすりながら引っ張り続けるとようやく十センチほどが開いた。

中には、信用金庫の箔押《はくお》しがされた手帳が入っていた。しばらくためらった後、私は手帳を開く。こんなにも小さなノートに細かく書きとめられた文字を見るだけで、あの几帳面《きちょうめん》な祖母がまだこの中で生きているような気がする。とはいえ肝心の中身にはどんな内容が書かれているのか、詳しいところはわからなかった。具体的な文章でつづられた日記というよりは、数字や記号の覚え書き、あるいはレシピのようなものに思えた。『砂糖大《だい》一、煮切り味醂《みりん》小一半、重湯《おもゆ》茶碗三割』などといった単語のほか、日付と気温、体温らしき数字や記号が並んでいる。

ぺらぺら見てみたが、ひょっとしたら乳幼児の子育てをしていた時期の覚え書きかもしれない。そうなると、私の父が子どものころ書かれた記録の可能性もある。読み進めていき、ふと手が止まった。

『この間のときよりずいぶん長く生きた』

この一文は、祖母のここまでの書きようのていねいさに比して、ずいぶんと走り書きっぽく勢いの良いものであることに、なんだか変な感じがした。感情的なその文字は、でも、けしてネガティブなものには感じられず、むしろ喜びが文字ににじみ表れているふうだった。そうして多少の違いはあれど、この手帳に書かれているほかの祖母が書いた文字と確かに同じものであると思えた。

私は祖母の家に泊まったことがなかった。正月も盆も、近い本家のほうに泊まることはあったけれど、すくなくとも私が物心ついてからは、私の家族も親族も、祖母の暮らすこの家に夜遅くまで滞在した記憶はなかった。

あの当時から祖母だけが暮らしていたこの家は、ひとりで暮らすにはいくぶんか広すぎるようではあったものの、家には布団なりタオルなり、私たち孫や親戚が滞在できるような準備はされていなかった。口下手だったり神経質だったりする祖母自身の性格を考えると、血が繋がっているとはいえ、子どもと接するのがあまり得意じゃなかったんだと思う。多くの人たちがわいわいした状態で家にいることに、ずいぶんくたびれてしまっていたんじゃないだろうか。私たちは正月でもなんでも、日が暮れる前には祖母の家から帰ることになっていた。そんな祖母が、私の父を含めた三人の子どもを育て上げたのはきっと大変なことだっただろうな、と、改めて思えた。

そんなことをしているうち、ふと、今日、この祖母の家に泊まるということが許されるものだろうかと思いついた。この家はまだ電気もつき、トイレや流しには水も通っているようだった。さすがに蛇口の水を飲んだりするのは気おくれしたけれど、まあ、この気候ならお風呂も一日くらいなら必要ないだろうし、コンビニエンスストアで必要なものを買ってくれば問題なく一泊ぐらいできそうだった。父も母も旅行中だし、今日じゅうにカギを戻さなければならない積極的な理由もない。念のため家族のグループラインにカギを返すのは日曜日になるかもしれません、と送るとしばらくして、まったく問題ないですと母から返信が来た。その後すぐ、雲のないきれいな空の広がるサービスエリアの写真が父から送られて来ていたので、無難なスタンプを返しておいた。

いったん祖母の家を出て、幹線道路沿いのコンビニエンスストアでペットボトルの水とサンドイッチを買って戻ってきた。

水というのはなぜか商品名にあちこちの地名が含まれていることが多かった。これはたぶん、その水が湧《わ》いている場所なのだろう。確か、海外のミネラルウォーターの多くも商品名が湧いている場所の地名だった気がする。ジュースやお茶にはそんなことはあまりない。だいいち、私はそこに書かれた南アルプスというのがどんな場所なのかをあまり知らなかったし、父が送ってきたサービスエリアの場所も、また、奥入瀬という場所も、日本のどのあたりにあるか、具体的にはぴんとこなかった。そういった場所も自分の中でいつか祖母の家みたいに、マップにしっかりと紐《ひも》づけられて把握されていくときが来るんだろうか。

私はしばらくの間スマートフォンで祖母の家のあちこちの写真を撮りながら、部屋の中に残っているものをひきつづき探った。相変わらず、知らない家に泥棒に入っているふうないたたまれない気分ではあったけれど、ずいぶん長い間うろうろした後、結局持ち帰ることができそうなものは、さっき見つけた手帳だけだった。

気がつくと日が暮れかかっていた。夕日が差し込んでくるこの家の景色の中にいるのは、私にとってははじめてのことだった。私の父親は、子どものころここで夜を過ごし朝を過ごし、こういう夕暮れどきも過ごしていたんだろう。その景色の中には、まだ若い、たぶん今の私と同じくらいの歳恰好をした、無口で掃除好きな祖母がいたんだろう。

テレビもなにもない、無音の祖母の家でもうやることもなくなってぼんやりしていると、日の暮れきった後になってうっすら笛の旋律《せんりつ》と、金属を打ち鳴らすようなリズムが聞こえているのに気づいた。ああ、そういえばおまつりをやっているんだと思い出した。あのころのおまつりではこんな音が流れていなかったけれど、ひょっとしたら日が暮れた後になってから流されるようになっているのかもしれない。私は靴を履いて玄関から出て、カギをかけ、あの神社に歩いて向かった。途中、何組かの家族連れとすれちがった。どの家族の子どもも、なにかを手にぶら下げていた。ヨーヨーとか蛍光スーパーボール、金魚の入ったビニール袋、綿飴の入った袋。どれもちょっとした光を発しているように見える人工的な鮮やかさがあって、おまつりの光をちょっとだけ切り取って、それぞれの家に持ち帰っているみたいな趣《おもむき》があった。

バス通りに面している鳥居をくぐり、神社に向かう階段を上っていると、いや、ここはこんなに短い数段の階段だっただろうかと変な感じがした。この感じは、おまつりの会場に入っていって、うろうろしているあいだじゅうずっと、ほかの多くのものに共通してただよい続けていた。ぶらさがっていたのはこんなちいさな提灯だったか、こんなに狭い境内だったか、露店の数はこんなにすくなかったか、ちいさかったか。単純に私が成長したせいだとは考えにくかった。私は小学校の高学年にもなるころにはすでに今の身長と変わらないくらいまで成長していたし、当然、数も数えることができた。だから階段の段数や物の大きさに関する印象のずれは、ひょっとすると、記憶の中に残っていたおまつりのインパクトによって拡大してしまっているせいなのかもしれなかった。

ただすくなくとも、この地域の子どもの数が減っているのは確かなようだった。よちよち歩きの幼児や、自転車をどこかに停めて待ち合わせた小学校高学年のグループ、それらは当時のほうが明らかに多かった。それは日本全体でも言えることではあるので、自然な風景なのかもしれない。そのためか、たとえば綿菓子だとかチョコバナナのような、子ども向けの露店は数を減らしているふうにも思えた。その代わり、たこ焼きや広島風お好み焼き、串おでん、イカ焼きなどといったお酒も扱う露店のほうは増えている印象で、その中に、射的やくじなどのちょっとした遊びの露店が交じっている。そのほかに、当時もそうだったろうけれど、流行を取り入れている露店もあった。トッポッキやタピオカなどといったものは飾りで〝映え〟が意識され、動画配信者が話題にしたことで人気が出たお菓子などもある。射的の景品も、私が子どものころならアイドルやJリーグの未許可非公式らしきうちわや生写真だったものが、今は人気アニメやゲーム、Ｋ－ＰＯＰのそれ。ただ、つくりは当時とまったく同じで、おそらく当時と同じ場所で生産されているんだろうと思われた。

そうしてこれはご時世的なものなのかもしれないけれど、生きものを売る露店はとても減っていた。金魚すくいこそあったものの、子どものときにあった仔《こ》ウサギやヒヨコ、ウナギ、竹のかごに入った鈴虫やカブトムシといったものはまったく見かけなかった。あれだけ多くの子どもが心を動かされていた数字や言葉のわかる文鳥さえ、どこにも見あたらない。かつてあれほどすし詰めの中で生かされ、売られていた鳥や虫、水槽のウナギ、色のついたウサギやヒヨコ、その露店の周囲に何重にもたかっていた子どもたちは、いったいどこに行ってしまったのか。おまつりの神社には、あのときのようないのちの密集がすっかりなくなってしまっていた。

当時もっとずっと時間をかけて一周していたはずの境内は、意識してのろのろ歩いたのに、ほんの五分もしないうちに回りきってしまった。境内の隅、時間によってなにか演芸のひとつでもやるのだろうステージのところに、子どもやお年寄りが腰を掛けて甘酒を飲んだり、あんず飴を食べたりしながら休んでいる。手持ち無沙汰《ぶさた》になっていた私も、そのステージの端っこに腰を掛けた。

「あんたこのへんの子」

子、ということばで私が声をかけられているのだということに気づかず、振り向くのが遅れてしまった。声の主は、たぶん祖母が生きていたら同じくらいの歳だろうと見える、小柄な女性だった。でも、その恰好は祖母とはまったく違っていて、祖母は一生のうちでこんな服を着たことなんてなかったんじゃないかと思えるような姿をしていた。灰色のスウェットのズボンに、桃色の、旅館のトイレなんかで見かけるビニールサンダル。紫のてらてらしたサテン地のスカジャンには、胸の部分にガメラの刺繍《ししゅう》がしてあった。片手にはチューハイのロング缶を持っている。私はほんのかすかに警戒した。きっとこの人がもうちょっと若い男性ならもっと警戒しただろう。でも、この年配の女性に力で勝てるとは言い切れないけれど、なにかあっても逃げることくらいならできそうだったし、なにより祖母の家は取り壊されてしまうので、もう個人情報のことを考える必要もない気がした。

「道むこうの角地の」

「あー、あそこか」

女性は祖母の姓を口にした。

「土地が売りに出されるって話だね」

「あ、ご存じなんですか」

「あれは、本家より古いし本家っぽいもんなあ。あそこが無くなると寂しくなるけどね、しかたない。誰もいなくなると、家ってのは荒れるからさ」

私は、祖母の家がそんなに古いものであることを改めて知った。女性は続ける。

「あのへんはもともとこの神社の土地なんだよ。だから家自体本家より立派なんだけどさ、本家とするには難しいわけ」

「なんでですか」

「いや、だって、神社の場所だからよ」

女性は私の横にふたりぶんくらいの距離を置いて座ると、手のひらに収まった四角い機械を口に近づけた。そこから短く出ている小さな吸い口から電子タバコを吸い、かすかな水蒸気を吐く。

「もう一年以上になるよなあ。あんたんとこの婆《ばあ》さんがくたばってから」

「おばあさんは、祖母の友だちですか……」

「おばあさんじゃない、お姉さんと呼びなさい」

私の祖母とほとんど同じ年代なのにお姉さんと呼ばせようとしてくるこの女性が、祖母のことはあたりまえみたいに婆さんと呼んだことにも、すこしびっくりしてしまった。

お姉さんは、このあたりの人たちの中ではわりと有名らしかった。私と話しているあいだじゅう、露店で働いている人たちや浴衣《ゆかた》姿の親子がお辞儀をしたり、声をかけてきたりしていた。その皆に、お姉さんは、確かにお姉さんと呼ばれていた。お姉さんお久しぶり、ああ、おまつりのお姉さんこんにちは、お姉ちゃん元気かい、そんなふうに声をかけてくる皆に対してお姉さんは、おう、とか、大きくなったなあ、とか、ちゃんと働いて稼げよ、みたいに応じていた。

「ここはずいぶん長いんですか」

「そりゃ、生まれた場所だからね」

お姉さんはそう言って、電子タバコと反対の手に持っていたチューハイの缶を持ちあげて口をつけ、数口あおり、それから、

「ずううーっと、いるよ」

と芝居がかった調子で、力を込めて長く言った。

「あ、じゃあ、このおまつりにもずっと昔から来ているんですか」

「まあね」

「そうしたら昔、ここで売られてた生きものについて知っていますか」

「あー、生きものかあ」

お姉さんはなんとなく面倒くさそうに言い淀んでから、

「ここ最近はまあ、そういうのは減ったよねえ。昔はさ、虫だって蛇《へび》だってなんだって売ってたんだよ。動物くじっていってね、一等は小さいサル。で、テキ屋のおっさんの肩に小さい白いサルが乗っかってんの。これがまた、よくしつけられててほんとうにかわいかったんだ。まあ、そんな大当りは絶対出ないことになってるんだけどね。たいていはメダカとかミドリガメとか、そんなもん」

「そんなものもあったんですか」

「昔はね」

「確かに私がちいさいころもいろんなものが売られてました。ほとんど買ったことはないんですけど。……いや、あの、私、一度だけここのおまつりで生きものを買ったことがあって、そのお店のことをご存じか、伺いたいんですけど」

お姉さんは、ひゃひゃひゃひゃ、と大きく高い声を立てて笑ってから、

「店なんてのは、毎年替わるもんなんだよ。決まった店を出すのは決まった人でいるんだけど、そういうのはもう、長くたこ焼き焼いてる人とかね、もうそこの場所にはその人っていうね、技術職。職人。そんで、それ以外の、こういう祭りに出すためのテキ屋ってのはさ、そのとき流行ってるものを売るからね。全国で、そういうやりかたみたいなのが共有されてるんだよ。テキ屋のノウハウってか、手順みたいなもの。生きものならどこから仕入れるかとかさ、こうやって人の目をひいて、電源はここにおいて光源はここでとかさ。で、働いてもらうのも、そのとき手があいてる中学んときの後輩とか、別にこういう仕事は履歴書とか資格とか必要ないから。店番の手伝いしたら小遣いやるみたいな感じで。まー、だから、その年になにが売られてたかなんてのは、いちいち覚えてないもんだよ。祭りをやってる地域の顔役とか元締めなんていう詳しい人たちも全部は把握してないんじゃないかなあ」

そう言ってから、

「そもそも、祭りで手に入る生きものとか食べものってのは、あんまり良くないもんだからね」

お姉さんはもう一度チューハイをあおって、

「神社にあるものってのはあんまり良くないんだって思ってんだよ、私はね。もちろん、これは個人的な見解なんだけど」

と言ってから、また続けた。

「そういう意味ではね、私と、あんたんとこの婆さんとは考えかたが似てたと思うね」

「似て……？」

あまりのことに、つい声に出してしまった。祖母とお姉さんは服装だけじゃなく、しゃべり方も表情もまったく似たところがなかった。たとえば同じ町内会で花見なんかをするにしても、ふたりはいちばん反対側に座っているだろうタイプだった。同じ国の同じ町にいて、同じ世代で、同じ性別である、というくらいの共通項しかなくて、印象で考えたら私と祖母よりもさらに離れた空間にいる種類の人物に思えた。

「どんなところがですか」

「だから、考えかただよ」

お姉さんは、わずかに私のほうを向いて言った。

「つまりね、神社の土地で手に入れた生きものってのは、その場所から離してなにもしないでいるとすぐ死んじまうってこと」

お姉さんの言葉に、私は祖母から毎年、千円札一枚と引き換えにくり返し言い聞かされていた言葉を思い出す。

「祭りの場所で作られた食べものっていうのは腐《くさ》りやすいし、売られてる生きものは、すぐ死ぬ。そもそもが、生きてるもののための場所ではないんだよ。そういう場所にいる生きものは持ち帰っちまうとすぐ悪くなるから、長く生かすために特別な訓練と研究みたいなもんが必要なんだ」

お姉さんは結局自分が何ものなのかを明らかにしないまま、私のそばから離れていって、また別の人に声をかけ話し始めた。その間にもいろんな人からしょっちゅうお姉さん、お姉さんと声をかけられている。まるで、このお姉さんはおまつりの日だけ出会える人で、だからこのあたりに暮らす人たちもなるべくたくさん話しておかなくてはとでもいうふうにふるまっていた。

そういえば私は、おまつりのとき以外にこの神社に入ったことはなかった。だから、神社の外観はたいてい露店のタープや提灯、あるいはステージで隠されているから、見ることができなかった。この神社自体のことを私は、ほとんどなにも覚えていなかった。どんな名前なのか、いつからあるのか、どんな縁起《えんぎ》や由来を持っているのか、狛犬《こまいぬ》がどんな形をしているのか、神社の建物自体はどんなふうなのか。ただ、私は食べもののにおいも、その一部のおいしさもぼんやりとは覚えているし、かわいらしい鳥やウサギ、ヒヨコのようすも忘れてはいない。

私はもう見て回るものもなくなって、祖母の家に帰ってきた。なぜだか、なにもしていないのにすっかり疲れてしまっていた。お姉さんの言っていたように、おまつりや神社というものがあまり良くない場所だなんて思わないけれど、現在、私をとりまく日常とは違った明るさや人の動きや方向感覚を狂わせる露店の連なりが、体力を奪っているのかもしれないと思えた。くたびれた神経に、祖母の家の静かな清潔さがありがたかった。仏壇のない仏間の中で体を横たえ、畳の上で目を閉じる。布団もなにも必要のない、そういう季節であることも良かった。遠くからはうっすらとまだ、おまつりの音が聞こえていた。

この家にある水槽に、かつて居たのはいったいどんな生きものだったんだろう。ただの水草のようなものだった可能性はある。綺麗好きな祖母のことを考えると、水中花といった造りものを飾っていたのかもしれない。ただそれにしたって、あの水の感じだと一年どころではないくらい放置されている状態だろう。あんなにも薄汚れて濁った水を放っておくなんて、祖母の性格からは考えられなかった。

たとえば祖母の飼っていた生きものを守るために、祖母がこの場所にほかの生きものを持ち込ませないようにしていたのだとしたら？　という思いつきが、ふと私の中に浮かんだ。家族やペットなどなにか守るものがあって、そのためにこんな虫一匹いない部屋があったのだとしたら。

そうか、祖母の家はもともと神社の土地だったんだ、ということに気がついたのは、お姉さんの言葉と祖母のたたずまい、この家のようすが私の頭の中ですべてうまく結びついたためだった。

目が覚めると、外からはすでに白っぽい朝の光が差しこんでいた。寝転がったまま、頭上に放置していたスマートフォンを見る。朝と呼ぶにはちょっと早すぎるとはいえ、すでに電車もバスも走っている時間になっていた。体を起こして、ゆっくり伸びをする。さすがに畳になにも敷かないで横になったから、体の節々が痛んだ。

キッチンの流しで顔を洗おうか迷って、持ってきている化粧品もあまりなかったし、家に帰ってからにしようと考え直してやめた。昨日買ってきたペットボトルの水で口をゆすぐだけにする。

とうとつに思い立ち、ペットボトルの水の中身を捨てて、窓辺に置かれた水槽の水の中に注意深く沈めた。水中で横に倒したペットボトルから空気の泡がこぽんこぽんと上がって、引き換えに水槽の水がすべり込んでいく。ゆっくり引き上げると、水槽に入った状態で見ていたときよりは若干澄んだ、でも、よく見るといくらかの浮遊物が見て取れる水が、ボトルの七割ほど入っている。フタをしてシンクの水道でボトルの周りをすすいでから、キッチン台に置いた。ラベルには、聞いたことはあるけどやっぱり日本のどこかはよくわからない湧水地の地名が、山の景色とともに印刷されている。

バスや地下鉄に乗るのがめんどうになってしまい、幹線道路に出てからJRの駅までタクシーをつかまえて乗った。タクシーは神社の前を通った。おまつりの会場だった境内はすっかり片付いていて、解体された単管パイプが積み上げられている一帯に数人の男性がたたずんで、缶コーヒーを飲んでいる姿が見えた。お姉さんがいるかもしれないと車窓に顔を近づけたけれど、ほんの数秒のことだったので見つけることはできなかった。実家に立ち寄ってカギを返し、そのことをメッセージで送った。電車に乗っていると、母と父から奥入瀬《おい》のものだろう、天気のいい山道の画像が何枚か送られてきているのに気がついた。湧き水が美味しそうな場所だね、と短い返信をする。

アパートに帰ってすぐ、浴室の給湯スイッチを入れた。カバンを姿見の脇に置いて、部屋着に着替える。ベッドに腰を掛け、時間をかけてゆっくり左右に体を捻《ひね》った。やっぱりまだ、あちこちがぎしぎししていた。しばらく食事をしていなかったことに気がついて立ち上がり、冷凍庫に見つけたグラタンの包装を剝がしてレンジに放り込んだ。再びベッドに腰掛け、カバンの中からスマートフォンを取り出し枕元にのびる充電コードにつなぐと、持ち主の私と同じでエネルギー切れ寸前だと今気づいたみたいにしてそれは、ほんのり明かりを明滅させながら充電を始めた。レンジから音がしたので、取り出してフォークと一緒に部屋の真ん中にある座卓に置く。グラタンの容器は直《じか》に触れることができないくらい熱かったから、冷たい飲みものが必要そうだなと思った私はペットボトルを出そうとしてカバンの中を探り、

「あ」

と気がつき、カバンから出した手を伸ばしてペン立てからボールペンを取ると、ふたたびカバンを探って祖母の手帳を取り出した。グラタンをテーブルの真ん中からどかして、そこに手帳を開き、読み、気になるところに印をつけていった。途中でボールペンをフォークに持ち替え、グラタンを口に運びながら片手で手帳をめくり続けた。

食べ終えると、立ち上がってカーテンの手前、窓際にあるサイドボードの上に置かれた広口ビンを両手にとってキッチンに運んだ。緑色のビンのフタを開けてから慎重に中の水を上澄みの三割くらいシンクに流して捨て、今日持って帰ってきたペットボトルのフタを開けると、その水を細く、ゆっくり注《そそ》いだ。それからビンのフタをしっかりしめて、また窓際のサイドボードの棚、針金を曲げて作った細工品や鳥の形の笛、金属のボールでバランスを取って揺れる動物の置物、知恵の輪なんかをいくつも並べている横に戻した。それから私はまだちょっとぎし

つく腰を曲げ、視線を落として、ビンのようすを横から眺める。朝日をきらきら反射させていたビンの水は、祖母の家のキッチンにあった水槽の水とほとんど同じ色をしている。相変わらず『南洋の妖精』はゆらゆらと曖昧な姿で、でも、なんだかうれしそうにも見えた。いや、見ている私がうれしかっただけかもしれないけれども。姿のあまりはっきりしないこの生きものが、もっともっと長く生きたらいいな、とも考えていた。

眺めている私の耳に、もう毎日の暮らしでなんど聞いたかわからないほど馴染んだメロディがひびいた後、お風呂が沸きました。という電子音声のメッセージが流れてきた。バスルームに入って、湯気で曇る鏡を見る。白っぽく霞《かす》んだ私の顔は、祖母とも、あのお姉さんとも、そうしておまつりで生きものを売ってくれたあのときの露店の女の人とも、まったく似ていなかった。

六年目の弔い

町田そのこ

町田そのこ（まちだ・そのこ）

1980年福岡県生まれ。2016年「カメルーンの青い魚」で第15回「女による女のためのR-18文学賞」大賞を受賞。翌年、同作を収録した作品集『夜空に泳ぐチョコレートグラミー』でデビュー。21年『52ヘルツのクジラたち』で本屋大賞を受賞。主な著書に『うつくしが丘の不幸の家』『宙《そら》ごはん』『夜明けのはざま』がある。

夫の亮介《りょうすけ》の七回忌法要の支度をしていると、彼の娘がやって来た。

豪雨の続いた梅雨《つゆ》が明けた、久しぶりの快晴の日。家じゅうの窓を開け放って空気を入れ替え、固く絞《しぼ》った雑巾で床を拭いて回った。普段滅多に来客なんてないから、食器棚の奥で静かに眠ったままだったガラス製の茶器を綺麗に洗っていたときのことだった。玄関の方で「こんにちはぁ」と声がした。できたばかりの鈴の音のような、よく響く声だった。

「お久しぶりです！」

夏の光が乱暴に差し込む玄関先で、夫の娘——珠美《たまみ》はぴょこんと頭を下げた。顔を上げると、丸い額《ひたい》がつるりと光る。意志の強そうな黒い瞳がわたしをまっすぐに見た。わたしは眩《まぶ》しくてぎゅっと目を細める。

「一年ぶりですけど、お元気でしたか？」

「まあまあ、かしら。あなたも、元気そうね」

瞬《また》きを何度か繰り返して、顔を見る。わたしは上がり框《かまち》に立っているのに、ずいぶんと彼女を見上げなくてはいけない。夫は一八〇センチメートルを超えていたから、夫に似たのかもしれない。でもその面差しは、ちっとも似ていない。夫は丸顔に小さなパーツが遠慮がちに散ったような顔つきだったけれど、彼女は彫刻家が研ぎ澄まされた刃で余分なものを丁寧に削り落としていったかのような、うつくしい面差しをしている。

珠美は、わたしの娘ではない。彼女は、夫と別の女性との間に生まれた子どもだ。

「あ。これ、祖母からです」

珠美が紙袋をふたつ差し出してくる。ひとつは、珠美の住んでいる隣町の煎餅屋《せんべいや》の紙袋だ。中身はいつも、珠美が子どものころ好物だったという堅焼き醬油《しょうゆ》煎餅。もうひとつは、白檀《びゃくだん》の線香だ。

「代わり映えしなくて申し訳ないんですけど、仏壇に供《そな》えてほしいとのことです」

「ありがとう。せっかくだから、あなたがお供えしてあげて」

さあどうぞ、と中を示す。珠美は「お邪魔します」と言ってから靴を脱いだ。屈んで、艶《つや》のない黒パンプスをそっと揃える。少女の名残が微《かす》かにある、薄く丸みのある背中をわたしは見下ろした。

夫と珠美の母親——倫子《のりこ》は、保育園のころからの幼馴染だ。お互い初恋で、交際に発展したのは高校二年生のころだったらしい。

時代錯誤すぎて信じられなかったけれど、先祖代々医者の家系の娘だった倫子と、質素に暮らす父子家庭育ちの夫では釣り合いが取れないと、倫子の両親が反対してその仲を裂いたのだそうだ。しかし倫子はそれを受け入れず、高校卒業後に夫と駆け落ち。親たちがふたりを見つけ出したときには、倫子の腹には命が宿っており、それに激怒した倫子の両親は、力任せに倫子と夫を引き離した。

「今日は晴れてよかった。昨日まで、仏間がなんとなくかび臭くて」

六畳の和室に入ると、夏の青葉の香りと百合《ゆり》の甘い匂いが混ざり合っていた。百合は、わたしが今朝市場まで行って買い求め、生けたものだ。藺草《いぐさ》が毛羽立った畳の上を、するすると珠美が歩いて仏壇の前に座る。骨壺の入った包みをしばし眺め、線香を手向《たむ》けてから両手を合わせる珠美を見守ってから、台所に向かった。綺麗にしたばかりの茶器に、冷蔵庫で冷やしておいた水出し緑茶を注ぐ。ぶぶぶと音がして目を向けると、網戸に蜂《はち》がいた。網戸はところどころ穴が開いていて、その穴のひとつにどういうわけか嵌《は》まってしまったらしい。

平屋建て、2LDKの我が家はこぢんまりとした古い昭和の住宅だ。結婚して新居を探していたときに、日当たりの良い広い庭を夫が気に入って、購入を決めた。葉っぱ柄の昭和型板ガラスがはまった小窓や飴色《あめいろ》になった廊下は味があると言えないこともないけれど、どこもかしこもガタついていた（お陰で格安でもあったが）。やけに重たい障子があるし、お風呂場は隙間風が入ってくる。砂壁はいまやほろほろと風化し始めているし、屋根瓦もいい加減替え時のようだ。リフォーム業者がしょっちゅうやって来る。

「お待たせ」

盆に冷茶とメロンのお皿を載せて仏間に戻ると、珠美は縁側に腰掛けていた。夫が丁寧に世話をしていた花壇――いまは夏咲きのグラジオラスが咲きはじめている――を眺めている。

「そこは暑いでしょう。エアコンをつけるから、こちらへどうぞ」

「大丈夫です。風が気持ちいいです」

くるりと振り返って微笑む。それに微笑み返して、「日焼けに気を付けてね」と言う。

「おばあさまたちは、お元気？」

彼女の横に盆を置き、座る。ジーワ、と蟬《せみ》が大きくひと声上げると、それが呼び水のようにいくつも声が重なり始めた。

「祖父は相変わらず、介護施設にいます。認知症が少し進んでしまったかな。祖母は、通院が増えましたけど、元気です。あたしが結婚してひ孫を産むまでは、絶対に死なないんですって」

「そう」

「少し気弱になってきたかもしれない。どんなひとでも反対しないからって言いだしました」

「そう」

倫子は、珠美を産み落としたときに亡くなった。羊水塞栓症《ようすいそくせんしょう》を発症したのだという。亮介と倫子を引き裂いた張本人たち――珠美の祖父母は『こんなことになるのなら、もっと早くからどんな手を使っても引き離していればよかった』と悔やんだ。それから夫に、倫子の死と『赤ん坊はわたしたちが責任もってきちんと育てる』と伝えたという。夫は、倫子の命と引き換えに生まれた赤ん坊を抱くこともできず、それどころか倫子の葬儀にも参列させてもらえなかったそうだ。

わたしがそういう経緯を知ったのは、六年前のこと。夫の通夜《つや》の晩だった。

夫は事故で死んだ。赤信号だというのに突然道路に飛び出し、法定速度よりもスピードを出していたボックスワゴン車に撥《は》ね飛ばされた。その場にいたひとたちの話では、ひどく疲弊した様子だったらしく、信号が赤だと気付いていなかったのではないかということだった。それもそのはず、夫はこの日、十連勤の最終日を終えたところだった。ブラック、と言っても差し支えないかもしれない、万年人手不足で空調設備も整っていない工場の作業工だったから、疲れ切っていても当然だった。病院に搬送された夫は、二十八日間も意識不明のまま生死の境を彷徨《さまよ》って、諦めたように静かに逝《い》った。

わたしにも、夫にも——夫の父は結婚前に亡くなっていた——親しい親類はいない。自宅近くの斎場で小さな家族葬にして、夫の同僚やわたしたちの多くない友人たちが、さわさわと訪ねてきた。みんな口々に、どうか気を落とさないでと言う。まだ若いのにと泣いているひともいた。わたしは、呆然自失だった。己《おのれ》を取り巻く現実をうまく受け止めきれずにいたのだ。

そんな中、険《けわ》しい顔をした喪服姿の中年女性と、地元では有名な私立女子中学校の、まっさらな夏の制服を着た少女が現れた。初対面のふたりに戸惑っていると、少女は遺影を見つめて『このひとが、お父さん……?』と呟《つぶや》き、女性は『どうか親子の最後の対面をお許しください』と泣き崩れた。そして、そうすることこそが自分の役目とでも言わんばかりに、夫の過去を語り始めた。

そのときまで、わたしは夫に子どもがいたなんて知らなかった。駆け落ちまでするような情熱的なひとだなんて、知らなかった。

わたしの知っている夫は、優しすぎる気弱なひとだ。誰かを傷つけることは決してしない。その深い優しさをわたしは愛したのだけれど、しかし弱さに歯噛みすることもあった。もっとこのひとが強くて欲の深いひとであればと思ったことは、一度や二度ではない。わたしたちの結婚だって、わたしからのプロポーズがきっかけだった。あのときわたしがプロポーズしてなかったらどうしてたの？　と訊いたわたしに、彼は困った顔をして頭を掻くだけだった。

『愛したひとを奪い、忘れ形見の娘まで奪ったんですから、わたしたち夫婦は鬼です。でも、言い訳ですけれど、わたしたちもようやく見つけ出した娘を喪《うしな》って、娘に面差しがそっくりな孫だけ残って、心持ちがおかしくなっていたんです。そんな事情ですから、憎まれていても仕方ないんです。でも彼は頑《かたく》なに養育費を送ってくださって……』

珠美の祖母は、母と名乗っても通りそうなくらい若々しいひとだった。女優のように、ぽろぽろと綺麗な涙を流した。養育費。それは、月にどれくらい？　わたしたち夫婦は共働きだけれど裕福なわけではなかった。彼はどこからそのお金を捻出していたのだろう。ああいや、いまはそんなことを考えているときじゃない。

『夫がそちらに行くことは……この子と会うことはあったのでしょうか？』

何を言っていいのか分からなくて、とりあえず訊く。わたしと亮介が結婚して三年。その間、子どもの気配など一度も感じなかった。彼女は首を緩《ゆる》く横に振った。

『わたしたちが、彼にお会いしたくなかったのです。だってどうしても、娘を思い出してしまう。娘を奪った男だと、憎しみを思い出してしまう。それに、この子は生まれたときから母親に生き写しで、きっと彼も心安く会うことはできなかったでしょう。ですので、ずっとお断りしておりました。今回も、ここに連れてきてよいのかどうか、ほんとうに迷ったのですけれど、これ以上は、鬼になれなくて……。人道に、背《そむ》いてしまいそうで……』

珠美の薄い肩に手を乗せて、声を震わせる。わたしはそれを見ながら、このやけに身勝手なことをぺらぺら喋っているひとは、夫が当然のようにわたしに過去のあらましを語って聞かせたと思っているのだなと考えていた。こういう話は、伝えて当然のことなのだろうか。当然のことのような気もするな。でも言わなかった夫の気持ちも、分かる。

わたしは、稽留流産《けいりゆうりゆうざん》を含め四回流産したことが原因で離婚した過去がある。前夫から『子どもが欲しいから別れて欲しい』と懇願されてのことだった。前夫はわたしと離婚後すぐに再婚し、二児の父になったと人伝《ひとづ》てに聞いている。

前夫との相性が悪かっただけかもしれないが、夫との間では妊娠すらしなかったから、わたしの子宮には何か問題があるのかもしれない。病院に、と考えもしたけれど、逃れようのない事実を突きつけられたらと思うと足が竦《すく》んだ。そんなわたしに、夫は『焦《あせ》らなくっていいよ』と言った。『ぼくは、君とふたりの生活でも全然構わないんだよ』とも。わたしはそれに愛情を感じたし、感謝の念を抱いた。彼との、過不足のない生活に満たされて、自然に授からないのならそれで仕方ないと考えるようになって、四十の誕生日を迎えた日に、子どもはすっぱり諦めるねと夫に言った。夫は普段通りの穏やかな顔で頷いたけれど、あのとき彼は何を考えていたのだろう。

今年で中学一年生になったばかりだという珠美は、過去と自身の罪を告白し続ける祖母の横で、どこか他人事《ひとごと》のようにぼうっとしていた。

『あの、ええと、夫に会いますか？』

こういうときはちゃんと対面させるべきなのだろう。話の展開についていけないまま、どこか麻痺《まひ》した頭で訊くと『まさか！』と祖母の方が腰を浮かせて悲鳴を上げる。

『事故の後でしょう？　無理無理。無理です。この子は以前に交通事故を目撃してから、そういうものが酷《ひど》く怖いんですから！』

捲《まく》し立てるように言われて『はあ』と間抜けに返す。夫は顔に酷い傷を負っていたし、ずいぶん痩《や》せこけてしまったから綺麗とは言い難い状態で、生前の面影もない。この子は夫と会ったこともないようだし、無理に顔を見せる必要もないか。珠美は祖母の指図するままに、柩《ひつぎ》に近づくことなくさらりと手を合わせて帰って行った。わたしはそれをぼうっと見送った。

一方的に聞かされた事実がわたしに殴りかかってきたのは、初七日《しょなのか》を越したころのことだった。何て酷い話！　どんな事情があったとしても、教えてくれるべきことじゃないか。わたしはあなたのことを心から大切にしてきた。自分の人生のさまざまなことを詳《つまび》らかにしてきた。夫婦として生きてきたのだから、どこかで教えてくれたってよかったはずだ。

少なくともこんな形で知らされていいはずがない。

哀しみと絶望が入り混じって、いっそ死んでしまおうと思った。彼のいるこの世ではないところまで行って、どうしてこんな残酷な沈黙を選んだの、と縋《すが》るしかない。

そうだ。彼を追って、逝こう。

「今年も、グラジオラスがたくさん咲きそうですね。志乃《しの》さん」

珠美の言葉に、はっとする。「え、ええ。花ってすごいわよね。彼が植えた球根がいまも咲くんだもの」と慌てて返す。花の世話は夫の趣味で、だからわたしは季節ごとに咲き乱れる花々を眺めるだけの係だった。

「と言っても、おととしくらいから数がなんとなく減っている気がしてて、球根を足してはいるのよ。でも、わたしは花のことはてんでだから、彼がいたときほどは咲かせられないのよねえ」

「そんなこと。とっても綺麗ですよ」

やわらかな目で庭をぐるりと眺め、何も咲いていない内塀際の一角に視線を止めた珠美だったが、「これすごく甘いですね」とメロンを食べはじめる。品よく口に運ぶ様子を見ながら、珠美が初めてひとりでこの家を訪ねてきた日のことを思い出した。

あれは、四十九日忌の日だった。誰を招くわけでもなく、夫の祖父の代からお世話になっている寺の住職に自宅でお経をあげてもらうだけの法要だった。住職が帰ったあと、縁側に腰掛けて何もせず時間を過ごしていると『こんにちは』と女の子の声がした。

『お父さんのお参りにきました』

珠美が、玄関先に立っていた。

『あ……おばあさまは？』

背後を窺いながら尋ねる。通夜の晩以来、彼女たちと会ったことは一度もなかった。ましてや家に来るだなんて。

『おじいちゃんは認知症を患《わずら》ってて、ずっと介護施設にいます。おばあちゃんには黙って来ました。あたしがお父さんのお参りをしたくて、自分だけ来たんです』

『どうして』

話によれば、生まれてから一度も会ったことのない父だ。通夜の晩だって自分には関係がないような顔をしていたくせに、わざわざやって来る意味が分からない。

珠美は不思議そうに首を傾げて『お父さんだから、ですけど』と言った。その顔はあまりにもうつくしくて、わたしの夫に似ていない。

『帰って』

反射的に、吐き捨てた。

『わたしは、あなたのことを彼の娘だと受け入れたくないの』

受け入れられる状態じゃない。もしかしたら、彼は娘がここまでやって来たことを喜ぶのかもしれない。やっとの再会に涙を流すのかもしれない。でも、それを想像するだけでわたしの心が千切れそうになる。

『裏切られた気分なのよ、こっちは！　こんな状態で、ようこそいらっしゃいと出迎えられるわけないじゃないっ』

感情的に叫んでいる自分が情けないという自覚はあった。しかしどうしても納得できない。

打ち明けるタイミングはいくらだってあったはずだ。そりゃ、ショックを受けただろうけど、でもわたしと出会う前に何もかも終わっていたことだ。彼の口から伝えられたらちゃんと受け止めた。しばらくは引きずるかもしれないけど、いつかきっと、乗り越えられたのに。

『あたしにも、事情があるんです』

わたしをまっすぐに見て、珠美が言った。

『あたしを産んだから、お母さんが死んじゃった。お父さんはそう思っていて、だからあたしを恨んでると聞かされてきました。なのに、おばあちゃんからあの通夜の夜になって、ほんとうは会いたいと言っていたのを断っていたって、聞かされて……』

かたちの良い二重《ふたえ》の目。その目のふちがだんだんと赤く染まっていく。

珠美の祖父母は、父と会うことで珠美が父と暮らしたいと言い出すんじゃないかと考えて嘘を吐《つ》き続けていたと珠美に告白したという。それなら嘘を吐き通せばよかったものを、亮介が亡くなったことを知り、罪悪感に駆られてしまったのだそうだ。通夜の晩にもそんな言い訳めいた話を聞いたけれど、なんて弱くて身勝手なひとたちだろう。

『あたしは好きで生まれたんじゃない。好きでお母さんを殺したわけじゃない。好きで、あんたなんかの娘になったわけじゃない。いつも、心の中でお父さんを軽蔑《けいべつ》してました。でも、そうじゃなかった。あたしは、勘違いさせられていた』

彼女は激しく、怒っていた。誰かの勝手で父を奪われ続けたこと、取り戻す手段がなくなってから、何もかもを知らされたことに。

『あたしは、あたしの意思でお父さんを拒絶したんじゃないって言わせてください』

通夜の晩、わたしたちはぼうっとしていた。わたしは珠美を『親の死を前に平然としている女の子』としか認識していなかったけれど、違ったのだ。あのときわたしたちは突然明かされた事実を受け止めるだけで精一杯だった。わたしたちは立場こそ違え、同じような状態であの場にいた。

『こんな風に知らされたなんて、許せない！』

可視できそうなくらい怒気を放つ彼女を前に、感心する自分がいた。そうか。怒ればよかったのか。怒って、よかったのか。

『会わせてください』

『中へ、どうぞ』

盆が過ぎ、テレビでは暑さはいくぶん和《やわ》らいだと言っていたけれど、それでもまだまだ日差しは強かった。開け放した窓から、熱せられた風と蟬の声が無遠慮に入り込んでくる。

わたしは珠美を仏間へ案内した。仏間には後飾り祭壇が設けられ、遺影と骨壺の入った白い包みが並んでいる。わたしが昨日から支度していた仏花の花瓶と、朝一番に、葬儀社の担当者が『気持ちばかりですが』と届けてくれた仏花が、鮮やかに室内を彩っていた。

窓を閉めて、代わりにエアコンを入れる。勢いよく熱風が吐き出されたが、すぐに室温を下げていくはずだ。

『少し、ふたりきりにしてくれませんか』

珠美に頼まれ、同じ部屋にいても気づまりだったわたしは頷いて仏間を出た。かといってどこでどう時間をつぶしていいかも分からず、台所のシンクに体を預け、ふたり分の食器が収まった食器棚をなんとなしに眺めて時間を過ごした。三十分ほどで『すみません』と声がしたから、お茶の支度《したく》をして仏間に戻る。彼女は後飾り祭壇前の座布団にきちんと正座し、体だけわたしに向けて『ありがとうございました』と頭を下げた。

『いえいえ。少しは、気持ちは落ち着いた？』

『お父さんから、あたしのことをどういう風に聞いていたか、訊いてもいいですか』

怒りと怯《おび》えを滲《にじ》ませた目で見据《みす》えられて、ああ、なるほどと思う。我が子から拒絶され続けた父が、自分のことをどう語っていたのか、知りたいけれど、怖いのだ。

『わたしは、あなたと一緒なのよ』

応接テーブルに冷茶の入ったグラスをふたつ置いてから答えた。

『夫に、過去に駆け落ちした女性がいたことも、一度も会ったことのない娘がいたことも、あの晩あなたのおばあさまから聞いて初めて知った』

珠美が『うそ』とわたしを睨《にら》む。

『そんなの、うそでしょ。ほんとうのこと言ってください。お父さんが怒っていたとか、あたしのことをすっかり諦めていたとかでもいい。聞かせてほしいんです』

『嘘だったら、よかったんだけど。おかげで、後追い自殺を考えているところだもの』

亡くなったひとの魂は、四十九日をかけてあの世へ旅立っていくのだという。今日がその四十九日にあたるわけで、夫は極楽か地獄かのいずれかへ振り分けられているころだろう。さっき帰った住職は、今日の法要で供養が一区切りついたと語った。夕方には、葬儀社が後飾り祭壇の後片付けにやって来る。それを終えたら彼の遺骨を抱えて死んでしまおう、そんな風に考えていた。

さっきの珠美を見て『怒ればよかったのか』と感心もしたけれど、それも『死んで夫に再会してから』の選択肢がひとつ増えただけのことだ。どうして言ってくれなかったの！　と彼に対して怒鳴る自分を想像しただけ。

『後追い自殺？　なんでですか！』

珠美が少女らしい甲高い声をあげる。

『どうしてそんな大事なことを教えてくれなかったの？　って理由を聞きに、かしら。だってそうでしょう？　他の女《ひと》との恋愛話も、隠し子がいたことも、教えてくれなかったなんて許せるものじゃない。彼が死んだあとになって聞かされたわたしの気持ちを、想像してちょうだいな』

たかだか十三歳の女の子に何を告白してるのだろう。隠し子と呼んだのも、あんまりにも乱暴な物言いすぎる。でも、こっちだって感情が乱れてなりふり構っていられないのだ。

『あなたが怒ってることは、理解できる。だからここに通したけど、わたしはあなたに対する加害者ではない。決して、あなたに対して何かを償うためにそうしたわけじゃないの。わたしはあなたとは立場の違う被害者に過ぎない』

エアコンが吐き出す清涼な空気が肌を包む。その中に、線香と花の匂いが混じっている。窓の向こうから夏の音がそろそろと忍び込んでくる部屋で、わたしたちはしばし見つめ合った。いや、睨み合うに近かったかもしれない。

先に目を逸らしたのは珠美だった。畳をじっと見下ろし、『ごめんなさい』と言う。目に、見る間に涙が盛り上がった。

『ほんとうに、知らなかったんですね』

『そうよ』

『じゃあ、お父さんがどんな風にあたしのことを話していたかとか、お父さんがどれだけあたしに会いたがっていたかとか、知ってるひとは、いないってことなんですね』

ほろ、と涙が溢《あふ》れた。ゆっくりと頬を伝った涙は、顎先《あごさき》にたまる。それを珠美はぐいっと手のひらで拭《ぬぐ》った。

『に、日記とか残ってない、ですか』

『探したけれど、メモ一枚見当たらなかった』

そんなもの、まっさきに探した。昔から収集していた少年漫画の本や、趣味の書籍。どこかに何か挟んでないかと全部ひっくり返してみたし、スマホだって見た。でも、倫子や珠美に関するものは、走り書きひとつ、見つからなかった。

『アルバムもなかった。昔から写真が苦手だったらしいから、遺影も困ったくらい。見つけ出せたのは唯一……ちょっと待ってね』

寝室に行き、タンスの中から茶封筒を取って仏間に戻る。

『はいこれ』

珠美に渡した封筒の中身は、夫が会社のロッカーに隠していた通帳だ。会社の上司がロッカーの中身を全部箱に詰めて持って来てくれて、その中にあった。見覚えのない通帳を訝《いぶか》しんで見てみれば、それは珠美への送金用のものだった。『ムベタマミ』という名義宛てに、毎月必ず送金している。計算したら、珠美が十八になるまで送り続けられるだけの残高があった。

『残ってたのは、これだけよ』

わたしには、何も残されていなかった。日常を積み重ねていくと思っていたからこそそのことだ、まだ残すことなど考える年じゃなかったからこそなのだ、と言い訳をいくつも並べてみたけれど、それでもわたしのために残されたものはないという事実だけがつきつけられる。唯一わたしだけの仕事である彼の後始末ですら、今日で区切りがつく。

そんなわたしの心を知ったわけではないだろうに、珠美は『かたちで残されたって仕方がない』と言った。

『かたちって、言い訳じゃないですか？　ほらね、こんなにたくさん用意したんだから、って言い訳。大切に思っていた気持ちは嘘じゃなかったでしょ？　っていう、疑われたときのための証拠』

『言い訳……証拠って、そんな』

『あたしはお金が欲しいんじゃない。こんなのを用意してたんだから、ちゃんと好きだったたんだよって言われても全然嬉しくない!』

『は? 金持ちのお孫さんだからお金の価値が分からないのかもしれないけど、これだけ貯めておくっていうのは、普通の会社員には簡単じゃないことなのよ。この額を用意するのに彼がどれだけ頑張ったか』

『お金より、家に押しかけてきてくれる方がよかった!』

嚙みつくように、珠美が叫んだ。

『おれの娘に会わせろって来てほしかった。ファストフードでいいから一緒にご飯食べて、あたしの話を聴いてくれて自分の話を聞かせてくれて、そっちの方が大事じゃないですか!』

捲し立てる彼女に、返す言葉がなかった。

『あたしの話を誰にもしてない。誰も聞いてない。あたしはそこに! その話の中に! あたしの知りたいお父さんがいると思うのに!』

珠美が身を絞《しぼ》るようにして泣く。手負いの獣のような頼りない泣き声をあげる子どもに、無意識に伸ばそうとしていた手をわたしはゆっくりとひっこめた。

わたしの怒りと彼女の怒りは似ている。わたしの哀しみと彼女の哀しみは、似ているようで違う。失ったもののかたちも、残されたものも、全然違う。

『お父さんの話、聞かせてください』

永遠に泣き続けるのではないかと思われたころ、ぽつんと珠美が呟いた。

『お父さん……西川亮介《にしかわ》がどんなひとだったか教えてください。あたし、その話の中からお父さんを見つけ出すしかない』

『見つけ出すって』

『見つけ出して、こういうひとならおばあちゃんちに突入して来られなかっただろうな、って納得したい。だから、お願いします』

ぱっと上げた珠美の顔は、雨に打たれたひまわりみたいだった。夕立を受けても凛と顔を上げているひまわりのように、鮮やかだった。その強さに思わず息を呑む。

『ま、待って。わたしは、そんな風にすぐに気持ちを切り替えられない』

いまにも身を乗り出してきそうな珠美に気圧《けお》されそうで、慌てて片手を突き付けた。

『さっきも言った通り、わたしは死ぬつもりなの。この世に対する未練なんてなくて、彼に会って話したい、それだけなの』

『死んだらそれでお終いです。この世あの世なんてないです』

珠美が嫌なことを言う。

『そんなこと、分からないじゃない』

『あたしは死後の世界なんてないと思ってます。後追い自殺なんて無駄ですよ』

きっぱりと言い、珠美は『そういうの、周りも引きずるし止めましょうよ』と憐れむように続けた。さっきまで泣いていたはずなのに、切り替えが早すぎる。

『文句を言いたいとか、泣きたいっていうのなら代わりにあたしに言ってください。あたしも、ええと、おばさん、じゃなくてええと』

『志乃。西川志乃』

『志乃さんと話したい。話を聴きたい。お父さんの話がしたい』

お願いします、と珠美はわたしの手をぎゅっと摑んだ。涙を拭ったあとだからか、熱く湿った手に包まれてぎょっとする。ひとってこんなに熱い生き物だったのかと驚き、同時に、夫が死んでからこれまで温《ぬく》もりに触れずに過ごしてきたことを思い出した。

『いまは……いまはほんとうに、無理よ。落ち着いて話せない。きっと無理』

聞き分けのない子どものように、わたしは『無理』を繰り返す。夫と過ごした時間を語るには、喪った傷がぱっくりと開きすぎている。血を流し続けている傷口に刃を突き立てるような行為など、できようはずがない。

『思い出すだけで、このあたりが、心臓のところが痛むの。ほんとうに、無理なの』

誰とも、思い出を語り合えそうにない。耳にしても苦しくて、自分の舌になんて決して載せられない。傷は日増しに深くなっていくようで、塞がる日なんて想像もつかない。彼を追いたい。永遠の痛みに苛《さいな》まれるくらいなら、万にひとつの再会の奇跡を信じて死にたい。巡り会えた幻を抱えて眠れるのなら、死後の世界がなくたって構わない。一瞬でも、楽になりたい。

苦しさを声にすると、涙が堰《せき》を切ったように溢れた。火葬場の銀の扉に夫が飲みこまれていくときも、からからのお骨を箸《はし》でひとつひとつ拾い上げたときも、彼のいなくなったひとりの夜を越えたときも零《こぼ》れなかった涙が、いま。

『待ちます』

わたしの手を握ったまま、珠美が言葉を強くした。いつまでも待ちます。あたしも、おばあちゃんとかお母さんの友達とかに聞いてみます。お父さんがどんなひとだったか聞いて、志乃さんに話します。ね、待たせてください。

『どうして』

しゃくりあげて訊くわたしに、珠美は『おんなじだから』と答えた。

『同じときにおんなじような傷を負ったでしょ、あたしたち。だったら、あたしたちふたりしかこの傷を治せない気がする』

必死に言う幼い顔に、不思議と夫の面影を見た。全然、似ても似つかないと思ったのに。ああ、ほんとうに夫の血を引いた子なのだとどこかで認める自分がいて、また涙が零れた。

四十一歳のいい年をした女が、十三歳の女の子——夫に似た娘に慰《なぐさ》められている。生きてと言われている。なんて情けないんだろう。

『来年』

こみあげてくるものをぐっと堪《こら》えて、ふうふう息を吐く合い間に言葉を零す。

『来年、祥月命日《しょうつきめいにち》にまたここに来てくれる?』

あんまり、待たせすぎだろうか。でもそれくらい時間をかけないと、わたしは彼を喪った傷から流れる血を止められない気がする。

『来年? はい! それでいいです』

珠美がほっと微笑む。

『あたしも、じゃあいますぐ聴けって言われたら落ち着いて聴けなかったかもしれない。来年、また来ます』

ありがとうございます、と珠美は頭を下げた。

翌年の祥月命日、一周忌の法要が終わったころ、背が少し伸びた珠美は祖母を連れて、ほんとうにやって来た。珠美ひとりで来るものだと思っていたわたしは少し警戒したのだけれど、それを察したのか珠美が『おばあちゃんはここで帰ります』と大きな声で言った。

『ご挨拶だけしなきゃって、うるさくて』

珠美にうながされ、不機嫌そうな顔をした珠美の祖母は『これ、お供えください』と紙袋をふたつ差し出してきて『中身は煎餅とお線香ですの』と付け足した。

『それで、今日は亮介さんの思い出話をするっていうことを聞きました。思い出話、ですよね？』

『はあ、まあ』

『それはわたしどもにはできないことですし、そういうことなら、仕方ないかもしれません。でもね、お願いがあるんです。この子はほんとうに臆病で怖がりだから、事故に関する話はやめてくださいましね』

『は？　しません』

思わず声を荒らげて睨みつけた。できるはずがない。まだ、そんな状態じゃない。それに、来て早々、玄関先でする話？　あんまりにも無礼すぎやしないか。

『おばあちゃん、もういいでしょう！　帰って！』

珠美が、わたしと祖母の間に乱暴に入ってくる。

『ここに来る前にも、何回も言った！　あたしは怖い話を聴きに来たんじゃない！』

『だって珠美！　……でも、まあ、そうね』

孫娘に対して声を大きくしかけた祖母が、わたしの視線を感じたのか愛想笑いを浮かべる。

『約束してください。この子を怯《おび》えさせないでください。どうぞ、よろしくお願いしますね』

言うべきことは言わなくちゃ。そんな様子で、珠美の祖母はわたしを疑わしそうな目で見た。

わたしが、夫の死にざまをぺらぺら子どもに語って怯えさせるような酷い精神状態だと思っているのなら、最初から孫を連れてこなければいいのに。

『帰って、おばあちゃん！』

『分かりましたよ。でも、六時までにはお家に帰って来てね』

では、とおざなりに頭を下げて、祖母は帰って行った。門扉の向こうに消えるのを確認してから、珠美がこちらを振り返る。その顔は泣き出しそうに見えた。

『おばあちゃんが失礼なことを言って、ごめんなさい』

『いいえ。わたしのことが信用できないんでしょう』

思わず声が尖《とが》るが、これは珠美のせいじゃない。どうにか眉間の皺《しわ》をほぐす。

『大丈夫よ。気にしてないから』

『それにしたって、ごめんなさい。それで、あの、志乃さんは、傷の具合はどうですか。その、心の方』

『まだ痛いわね』

訊かれて、素直に答える。

『でも、どこがどう痛いのか分からなくなっちゃったの。ふいに、予想だにしないところが痛むのよ』

傷口だと思う部分はどうにか塞がった。でもきっといろんなところが引き攣《つ》れてしまっているのだと思う。ふいに激しく痛んだり、皮膚の薄い部分がぷつんと切れて血が流れたりするような瞬間がある。

『珠美さんは、どう？』

『やっぱり、痛いです。さっきみたいなときは別ですけど、家ではおばあちゃんと最低限の会話しかしてないです』

きっぱりと言って、彼女は胸を軽く反《そ》らしてみせた。

『どう考えても、おばあちゃんたちが元凶ですから。ほんとうはおじいちゃんにも同じことをしたいんですけど、病気だから分かってくれないと思うので、施設にお見舞いに行くのを止めています。寂しがればいいんだ』

どこか無邪気さを感じさせる言葉に、思わず口角が持ち上がってしまう。

『そう。でも、元気そうにみえる。よかった』

『あ、今日は志乃さんに会えるから、元気になったんだと思います』

『そういう意味だったら、わたしも普段より元気かな』

思い返せば、奇妙な一年だった。支えと呼ぶほどしっかりしていないし凭《もた》れかかるものでもなかったけれど、頽《くずお》れそうになるときにはふっと珠美の顔を思い出した。彼女は今どうしているだろう。十代半ばの子どもは父のことやわたしのことなどすっかり忘れて、己《おのれ》の人生を楽しんでいるだろうか。それならそれで、構わない。彼女がまたここを訪れるか否かを楽しみに一年暮らしてみればいい。

『と言っても、珠美さんが今年も来てくれるとは思ってなかったの』

『ひどい。……でもあたしも、もしかしたら志乃さんが死んじゃってるかもしれないって思ったことありました。正直言って』

『それは、あんまりにも正直すぎやしないかしら』

この日は、特に夫の思い出話をすることはなかった。骨壺を前にお茶を飲みお菓子を食べ、一時間ほどして珠美が『また、来年来ます』と立ち上がるまで何を深く語ることもなかった。わたしも、『また来年』と頷いた。

翌年には、夫との出会いを語った。

三日続けて、同じスーパーで同じお値引き品を手にしたという、ちょっと間の抜けた出来事がきっかけだった。ここ、いつもギリギリまで値引きしませんよね。でも、そのお陰でライバルが少なくて助かります。気恥ずかしさを覚えながら、そんな話をした。会うたびにひとつずつ相手のことを知って——わりあい近くに住んでいること、わたしが事務員として働いている運送会社が出入りしている工場に勤めていること——少しずつ距離を縮めていった。

『ひとが良いもんだから、しょっちゅう誰かの代わりに早出したり、残業したりしてた。無理しない方がいいんじゃない？　って言ったら、その分のお給料は貰えるし、って』

ぽつぽつ話していて、はっとする。あのとき愚痴《ぐち》ひとつ零さず働き続けていたのは、娘の養育費を稼ぐためだったのではないか。一所懸命働き、倹《つま》しく暮らしていたのに、結婚したときの彼の貯金は少なかった。

『ああそうか。わたしからプロポーズしたとき、彼は半年ほど返事を先延ばしにしたのよ。こんなに優柔不断ならいっそ別れたほうがいいのかもしれないと思ったけど、あれはあなたの養育費をきちんと貯めてからと考えていたんだわ、きっと』

気付いてみれば、すとんと腹に落ちるものがあった。二年もかけて気付くなんて、わたしはあんまりにも、思考を止めていたのかもしれない。

『お父さん、あたしのためにしあわせになるのを遠回りしたってことですね』

『そう考えるよりも、あなたのために生きていると実感する時間がほしかった、の方が正しい気がする』

夫は、たったひとりの自身の家族——父親をとても大切にしていた。義父は、わたしと結婚する前に亡くなっていたから、その人となりは夫伝てにしか知らないけれど、子どもを一番に考えて生きていたひとだったという。夫の母親は夫が物心つく前に亡くなっていて、ひとりで何もかもこなさないといけなかったから、一緒に過ごせる時間が少ないことをとても気にしていた、と聞いた。ぼくは、一緒に生きてくれているだけで嬉しかったよ。すれ違いの生活でも、父の気配があるだけでほっとできたもんさ。どれだけ苦労を掛けてくれてもよかったから、長生きしてほしかったんだけどね……。そんな風に語ってくれた。

『愛情深いひとだったのよ』

わたしは彼の愛の深さを知っていた。だからこそ、彼の血を引く娘の話をしてほしかったのに。

それを聞いた珠美は『じゃあ、なおさら、会いに来てほしかった』と眉を下げた。

『お父さんはお前のことが大好きだよって、ちゃんと言ってほしかった』

『……そう、よね』

ひとつ気付いて、じゃあそれなら、と傷が新たに痛む。こんな作業に、意味はあるのだろうか。結局わたしたちは想像するしかなくて、話し合うしかなくて、でもそれがほんとうのことかなんて分からない。わたしたちは、亮介自身の口から聞かないと、納得できないに違いないのに。

そんな風にして、二年目も終わった。

三年目は、新婚生活の話をした。

お金のないふたりだったから式は挙げず、その代わりに徳島県に新婚旅行に行った。わたしの趣味は絵画を眺めることで、鳴門《なると》市にある大塚《おおつか》国際美術館にいつか行きたいと思っていたのだ。

『陶板化された、名画のレプリカがたくさんあるの。レプリカだからってバカにしちゃダメなのよ。実際に手に触れて絵の感触を想像することもできるんだもの。亮介さんは実物大のゲルニカの前で長い間立ち尽くしていたし、わたしはアンリ・ルソーの絵の前から離れられなかった。一日中、溢れんばかりの絵画を眺めて、美術館を出た後は目がちかちかしてた。どういうわけだか目に映るもの全部が絵画に見えない？　って亮介さんと笑いあって』

山場もミスリードもオチもない、ただの思い出話を珠美はどこか楽しそうに聴いてくれた。大きな美術館なんですか？　陶板ってどうやって作るんだろう。お父さんは徳島県は初めてだったんですか？　そんなふうにときどき声を挟んでくれて、わたしの言葉も自然と増える。写真は撮ってなかったくせに、美術館で購入したポストカードだけは残っていて、それを見せると珠美は『一枚だけ貰ってもいいですか？』と訊いてきた。『手帳に入れておきたくて』と言う珠美に、夫が一番気に入っていた、クリムトの『接吻《せっぷん》』のカードを渡した。

『お父さん、案外ロマンチストだったのかな』

『うーん、どうだろう。これ教科書で見た！　って嬉しそうに言ってたかな』

『やだ。小学生男子みたいな反応』

笑いながら、珠美はカードをじっと眺めた。寄り添いあうふたりを見ながら、『お父さん、志乃さんと結婚してきっとしあわせだったんですね』と独り言《ご》ちる。

『どう、かな。そう思いたいけれど』

『志乃さんは、どうですか』

『……しわくちゃになって、お互い髪の毛が真っ白になるまで一緒にいたかった、と思うくらいには』

口にして、ああやっと言えるまで落ち着いたのだなあと、心がほぐれる気がした。夫を喪って、ようやく思いを振り返れるようになったのだ。

目元が潤《うる》んだわたしを気遣ったのだろう、珠美が『お父さんには趣味はあったんですか？』と急《せ》くように訊いてくる。

『え？　ああ、あったわ。草花散策、って言い方でいいのかな？　ちょっと待っててね』

夫の本棚から『草の辞典』という書籍を持ってくる。付箋紙がぎっしり貼られたそれを珠美に差し出した。

『こういう本を持っていろんなところに出かけては、そこで見つけた草花にチェック代わりの付箋紙を貼っていくのが好きだったの。その中で気に入った花は家の庭先にも植えて。だから、趣味は草花散策、それとも園芸？　まあそんなところよ』

『へえ』

ぱらぱらとページを捲《めく》り、『付箋紙、たくさんありますね』と呟く。

『これ全部覚えてたのかなあ』

『もちろん。でも、名前だけじゃないのよ。花言葉や誕生花なんかにも詳しかったの』

『花言葉！　すごいですね。あたし、そういうの全然知らない』

珠美と、夫のことを穏やかに話せる自分がいる。

まだ、すべてを過去にして眺められはしない。柩に横たわる夫を見下ろしている夢を見て飛び起きることがあるし、夫の事故現場に近付くと動悸が酷くなる。季節が変わるたびに一緒に過ごした他愛ない日々を思い返し、生活の少しの不便を覚えるたびに、あのひとがいたときは、と考えてしまう。

でも、一年ごとにちゃんと前に進めている。突然夫を喪った絶望から、少しずつ距離を置くことができている。

それは、珠美のお陰に他ならない。

「もう、七回忌ですね」

珠美が、仏壇を振り返った。

「あれから六年も経つなんて嘘みたい」

「ほんとうにね。あのとき中学生だったあなたが、もう大学生だもの」

大人の女のひとになった、と呟くと珠美が白い歯を見せてはにかむ。

「まだまだ子どもじみてるって祖母に言われますけどね」

「わたしは、年に一度しか会わないから特に成長を感じるのかもしれないわね」

わたしと珠美は一年に一度、夫の祥月命日にしか会っていない。メールのやり取りすらしていない。

二度ほど、街中で見かけたことがある。一度目は隣町のショッピングモールにあるアクセサリーショップ。友達らしき、同年代の女の子たちと楽しそうに物色していて、年相応の無邪気な笑顔を見せていた。わたしと仏間で向き合っているときはどこか大人びたような様子で、寂しい表情を浮かべていることの多い彼女が、ティーンの集団の中で当たり前にはしゃぎ、生き生きしていることに勝手に安堵《あんど》した。二度目は、夫が亡くなった駅前のロータリーだ。足早に去ろうとしていたら、動物愛護の啓発活動をしている女の子たちの中で『よろしくお願いしまーす！』と珠美がビラを配っているのに気付いて足を止めた。中学に入学してからボランティア部に所属していろいろな活動をしている、という話は聞いていたから、その一環だろう。遊びではなく本気でやっている姿勢が見て取れた。

わたしから、声をかけることはしなかった。何となく、としか言いようがないのだけれど、夫のことを考え話し合う一日以外は、彼女と関わるべきではないと思った。夫を挟んで初めてわたしたちの関係は成り立っていて、だから夫に関係のない日に距離を縮めるのはどうにも違う気がしたのだ。

珠美も、そういう考えだったのではないだろうか。このとき目があって彼女から駆け寄って来たけれど、『ここ、部活でよく立ってるんですけど、事故が多い場所なんです。気を付けてくださいね！』と言ってすぐに仲間の元に戻って行った。あっけらかんとしていたから、父親が事故に遭った場所だと分かっての言葉ではなく、ただの心配であろう。生き生きと声を張って活動している姿を少しだけ目で追って、帰った。

「大学生になったのよね？　ご実家はお医者様ばかりだという話だったし、医学部かしら」

「まさか！　あたし昔から痛いのが苦手で、トラウマもあってとにかく血がダメなんです。絶対に無理無理。大学では、福祉を学んでます」

聞けば、中学時代からの熱心なボランティア活動が高く評価されて、大学への推薦にも繋がったという。

「まだまだ先ですけど、卒業後はひとり親家庭や貧困家庭を支援するＮＰＯ団体で働きたいんです。これまで以上に、困っているひとを助ける活動をしていきたいと思っています」

どこか照れたように話す珠美に、ただただ感心してしまう。なんて心根のうつくしい子だろう。

いや、そんな話を聞かなくたって、珠美が優しい子であることは分かっていた。我が家へ訪れたときの仕草のひとつひとつが丁寧なのは、どれだけ反発していたとしても祖父母の教育をまっすぐ吸収したからだろうし、言葉をじっくり選びながら話をするのはわたしを気遣ってのことだ。そして、そんなところは、夫に似ていると思う。夫の美点をこの子はちゃんと受け継いでいる。

「あなたのこと、尊敬するわ」

「やだ、そんなにすごいことじゃありません。自分の感情だけではひとりよがりになってしまうこともありますし、何より、ボランティア活動っていうのは継続なんです。何度かやればそれで解決じゃない。だからこそ、あたしも中途半端に終わらせずに正しい距離感を持ってきちんと向き合っていかなければいけないな、って」

「そう、そうね」

賢いところは、実母の倫子似なのだろう。夫の気配を感じてほっとするときもあれば、その中に別のひとの気配を感じて寂しくもなる。わたしが子を持つ母になっていれば、こんなことに一喜一憂しないですんだのだろうか。

わたしの中に小さな陰りが生まれたと同時に、珠美の顔も陰った。

「なんて偉そうなことを言いましたけど、母親の命を奪って生まれてきたんだ、ってことが長い間、あたしの人生最大の罪……悩みだったんですよ」

そんな、と言いかけて口を噤《つぐ》む。この子はずっと、そう思って生きてきたのだった。

「子どものころからずっと、母親を殺してしまった罪深いあたしが生きていくには、どうしたらいいんだろう? って考えてました。その答えとして、誰かの助けにならないといけないんじゃないか、って思って、それでボランティア活動をするように。きっかけなんてそんなものです」

「でも、お母さんの命を奪ったわけじゃ」

「ええ。もちろんいまは、ちゃんと納得できています」

珠美が口角を持ち上げてみせた。

四年目のこと。珠美が一通の封筒を持ってやって来た。珠美の祖母が、我が家へ向かおうとする珠美に渡したのだという。

『施設のおじいちゃんが、これを珠美にって……』

認知症の祖父はときどきふっと昔の状態に戻るらしい。そのときに、祖母に『あれを渡して、志乃さんにも見てもらえ』と指示したようだ。珠美はわたしと一緒に読むつもりで、まだ封筒の中身を見ていないと言った。

『おじいさま、わたしのことご存じなの？』

『祖母が話したんだとは思うんですけど、どこまで分かっているのかは……』

認知症のひとから、渡されるものとは？　首を傾げたわたしたちは、中身を『せーの』で取り出した。

それは、夫から珠美の祖父母に向けた手紙だった。まさかこんなものがいまごろ出てくるとは思わなくて、わたしと珠美は顔を見合わせた。

『え、いま？』

『ずっと、隠してたのかしら』

真意が分からないまま、ふたりでこわごわと手紙を読んだ。

『どれだけ周囲を哀しませても彼女さえ笑っていてくれればいいと思い、駆け落ちを選びました。結果、倫子さんの命を奪うかたちとなったこと、どのような言葉を以てしてもお詫《わ》びしきれません。ぼくに信用などないのは承知しています。だから珠美と会わせられないというお気持ちはよく分かります。でもぼくは珠美に伝えたいのです。倫子さんがどれだけ生まれてくる命を楽しみにしていたか。酷い悪阻《つわり》で何度吐いても、貧血で寝込んでも、子どもの話になればとても幸せそうに笑っていました。こう書くと不愉快にさせてしまうかもしれませんが、事実なので記します。倫子さんは「出産っていうのは命がけなんだよ。あたしは自分の命をかけてもこの子を産むんだ！」と言っていました。大切な宝物に触れるようにお腹を撫でて「あんたも命がけで生まれて来なよ」と話しかけていました。もちろんぼくも、同じ気持ちでした。子どもが無事に生まれ、倫子さんもちゃんと元気に生きてくれるというのなら、ぼくの命を引き換えにしてもよかった』

懐かしい、間違えようのない夫の字だった。丁寧に書こうとすればするだけ筆圧が強くなってしまう、少し不格好な字。夫は珠美の祖父母に、どうか一度でいいから会わせてくれ、それが叶わないのなら、せめてこの手紙を渡してほしい、と書き連ねていた。

『ぼくは、成績が優秀で前途洋々だった倫子さんを誑《たぶら》かして、人生を歪《ゆが》めてしまいました。牟《む》部《べ》家のみなさまはもとより、珠美もそう考えたとしても仕方ないと思います。ぼくはそれくらいのことをしてしまいました。でも、父として、父の口から、母が誰よりもあなたの誕生を心待ちにしていたことだけは伝えたいのです。それが、倫子さんに対する贖罪《しょくざい》でもあると思っています』

優しさの中に熱を秘めたひとだったのだなあと思った。わたしは彼の温かさを知っていたけれど、その奥にはこんなにも熱い感情を持っていたことは知らなかった。それを、わたしにも見せてほしかった。でも、見ずにいるままのしあわせもあるのかもしれないとも、思う。深いところを剝き出しにせずとも、ありのままで寄り添いあう。そんなかたちもきっと、正しいはずだ。

ず、と洟《はな》を啜《すす》る音がする。珠美が涙を零していた。

『会いに来ればよかったのに』

赤く染まった鼻先を手の甲で乱暴に拭う。会いに来て直接言ってくれればよかったのに。どうしてこんな、気を遣ってばかりの手紙なんだろう。どうしてこんな、優しいひとだったんだろう。

わたしは近くにあった箱ティッシュを箱ごと珠美に手渡した。珠美がそれを受け取ろうとして、ふと手が重なった。確かな温もりを感じる。

その瞬間、誰に対してなのか分からないけれど、感謝した。哀しみを共有してくれるひとがいる、必要だと思えば、互いに手を差し出し、触れ合うことができる。そのことが、ただ、ありがたかった。

『それにしたって、いまごろ渡すなんて遅すぎると思いませんか』

茫然としていると、ティッシュで顔を拭った珠美がぷうと頬を膨らませてみせる。

『きっと、おじいさまも、おばあさまも、隠し続けるのは止めようと思ったのね』

『酷いひとたち。でも、今度から少し、態度を変えてあげてもいいかな』

へへ、と顔つきを柔らかくした珠美と視線を合わせて、笑いあった。

「母も父もあたしが生まれるのを待ってくれていて、あたしがいましっかり生きてることを絶対喜んでくれている。それで十分です。誰かの助けになりたいっていう気持ちは、最初こそ

『贖罪』だったけど、いまはただ、あたしが勝手に目指してるだけになりました」

珠美がふふふと目を細めて笑い、わたしは「よかった」と頷いた。ほんとうに、よかった。

「亮介さんも喜んでると思う。やりたい仕事に就くのが一番だし」

「そう思うことにします。と言ってもまだ入学したばかりだし、まずは頑張って勉強して、ちゃんと卒業しなくちゃ」

「こんにちは、瑞水寺《じゅすい》でございます」

玄関で、住職の声がした。

エアコンを入れた仏間に、住職の張りのある声が満ちていく。

わたしと珠美は並んで正座をして、その声に身を任せていた。

珠美は遺影と並んで置かれた骨壺の包みをじっと見つめていて、わたしは住職の背中を眺めていたのだけれど、ふっと目を閉じた。

五年目の祥月命日までまだ間がある、冬が過ぎて麗《うら》らかな日が巡ってきたある日。庭の隅に見知らぬ花がいくつも咲いているのに気付いた。

内塀と木の陰になっている、いつもどこか湿ったところで、これまでは雑草のようなものがときどき生えているだけだった。風か何かで種が飛んできたとか？　でも、日当たりのいい位置にある夫の花壇からは少し離れた場所だし、そもそもこんな花が咲いているのを見たことがない。それに、花壇の方に同じ花はない。

『なに、これ。雑草、じゃないよね？』

あまりに可愛らしく群生している。すっと伸びた茎《くき》の先に、淡い赤紫色の花がひとつ。花びらのかたちから見るに、ユリの一種ではないだろうか。可憐な顔を、どこか恥ずかしそうに下に向けている。

こういうときに夫がいれば名前が分かるのにと思うも、夫はいない。仕方ないので夫の書架から草の辞典を持ってきて、一ページずつ捲って確認していくことにした。

『あ』

案外早く、花の名を知った。

『カタクリ』

そこには、ちゃんと付箋紙がついていた。地下の球根にはデンプン質が多く、かつて片栗粉が作られていた、なんてことが書かれてある。

『はあ、へえ、片栗粉の花ってこと』

独り言ちながら、なんでまたそんなものを、と不思議に思う。手元の本によれば、カタクリの花は近年数を減らしている、とある。となればこれはひとの手――夫の手によってわざわざ植えられたものに違いないだろう。しかし、夫は鮮やかな色合いの大ぶりな花が好きで、清楚で小さなカタクリの花をあえて植えた意図が分からない。もしかして、片栗粉を自作しようと思ったとか？　まさか。でも、絶対にないとも言い切れないか。

『それに、どうしていまになって咲くの？』

わたしは庭仕事に無精なところがあるから、草むしりをさぼることはしょっちゅうだけど、花を愛でる係を辞めたわけじゃない。グラジオラスをはじめとした、夫の遺した花たちは毎年自分なりに世話をして、目と心を慰めてきた。でもこの花を見たのは初めてだ。どうして突然、こんな花が？

スマートフォンで『カタクリ』と調べてみたわたしは、その生態について草の辞典より詳しい説明を読み進めて息を呑んだ。足の力がふっと抜ける。

『種子が地中に入ってから開花までに八年から九年ほどかかります』

この家に住んでから、八年目。ああ、そんなに早くから彼はここに植えていたっていうの？

続きを読んだわたしは今度こそ、カタクリの花の前にしゃがみ込んだ。喉の奥から小さな悲鳴が上がる。

『カタクリの花は三月二十四日の誕生花です』

それは、わたしの誕生日に他ならなかった。

あと三日で、その日が来る。彼はいつも小さな花束をくれて、それを食卓に飾って数日愛でるのがしあわせだった。だけど、彼がいなくなって、何でもない寂しい日に変わった。ささいな、でも何よりも穏やかでしあわせな一日はもう永遠に来ないと思っていた。なのに、いま、花が届いた。

もし、彼が生きていたら。いまここにいたら。きっとどこか誇らしそうに胸を張ってみせたのだろう。なかなか粋《いき》なプレゼントでしょう、と目を細めて笑っただろう。わたしは、そういうことができるタイプではないけれど、でも思いきって、その首にかじりついてキスしただろう。こんなに手間のかかった花束は初めてよ、ありがとう、と。

誰もいない、狭い庭の小さな一角で、ひとり泣いた。彼がいなくても、彼の気持ちが芽吹いた。それはとても、幸福な景色だった。この景色を見られただけでも、生き続けてよかったと思えた。

夫がどうしてわたしに過去のことを教えてくれなかったのか、その真意は分からない。わたしのことを彼なりに思ってくれたのかもしれない。これからも、正解を知ることはないだろう。でも、彼がこれから先の人生をわたしと豊かに歩むつもりでいたことだけは、間違いないことだ。

それだけで、十分じゃないか。

祥月命日になっていつも通りやって来た珠美に、わたしは十日ほどで盛りをおえたカタクリの花々の写真を見せた。

『お父さん、ほんとうにロマンチストだったんだ』

写真を見て、珠美はほう、とため息を吐いた。

『よかった、という言葉が正しいのかどうかは分からないけど、やっぱりよかった、って言いたい。よかったですね、志乃さん。これから、楽しみじゃないですか』

『ええ。楽しみが増えちゃった』

誕生日の時期に、夫がわたしのために植えた花が咲く。それを思うだけで、胸の奥にぽっかり開いていた穴が小さくなる気がする。

『それでね、珠美さん。来年、七回忌法要を機に、納骨しようと思うの』

カタクリの花を見た後からずっと考えていたことだった。

突然の死や、隠されていたことへのショック、ただひたすらの哀しみが、彼のお骨をお墓に入れることを拒否させていた。物言わぬ存在になってしまっても、寂しくて寂しくてたまらない夜は抱いて語り掛けた。

『この五年、あなたと祥月命日を過ごしてきて、自分なりの整理がついたの。もし、あなたが賛成してくれるのなら、来年、夫の両親やご先祖が眠るお墓に納骨しようと思う』

珠美は微かに目を見開いたものの、『いいと思います』と言った。かたちに縋らなくても、じゅうぶんなものを受け取れましたから。

わたしが彼女に言いたいと思っていた言葉を聞けて、わたしは黙って頷いた。

「では、来週の木曜に納骨式ということでよろしいですか?」

お経が終わってから住職に納骨の相談をすると、彼は手帳を出してすぐに確認してくれた。予定を決め、その際に必要なものを教えてもらってから、帰る住職を珠美とふたりで玄関先で見送った。

「では来週、よろしくお願いいたします」

深々と頭を下げるわたしの横で珠美も頭を下げる。八十を目前にした住職は日傘をぱちりと開いて歩き出したものの、ふっと振り返った。傘の作る影の中から並ぶわたしたちを眺めて

「亮介くんは長く闘った。辛い闘いに折れて逝ってしまったことは無念だったけど、あなたたちふたりも、それぞれ必死に闘ってきましたね。これまで、よう、頑張られたと思いますよ」と微笑む。住職は亮介の祖父の葬儀からのご縁で、夫のことを可愛がってくれていた。夫亡きあとは祥月命日だけではなく月命日にもやって来てお経をあげてくれ、わたしと他愛ない話をしてくれた。まだ納骨する気になれないと言うわたしに『いいんだよ、気持ちの整理がついてからで』と鷹揚《おうよう》に頷いてくれた。

「ありがとうございます」

意識したわけではないけれど、わたしの声と珠美の声が重なった。

それから、今度は帰り支度をした珠美を見送ることになった。

「あたし、来年からはお墓にお参りに行きます」

墓所の住所を書いた紙を手渡すと、珠美はそれに視線を落としたまま言った。

「ここへは、父に対する未消化の気持ちを整理したくて来ていました」

数年前は『お父さん』と言っていた子が、大きくなった。薄く化粧をしている綺麗な顔を眺める。

「毎年、志乃さんと一日だけ過ごして、話して、ひとつずつ納得して受け入れることができました。志乃さんも、もう大丈夫ですよね?」

ふっと顔を上げて、わたしに問いかけてくる。きらきらした瞳をわたしはちゃんと受け止めて「大丈夫」と答えた。

「もし……もし何かこれから亮介さんのことで思い悩むことがあったらあなたのお父さんのことで思い悩むことがあったら……ここに来て。わたしはいつでも、あなたの話を聴きます」

言いながら、でももう彼女がここに来ることはないのだろうなと考えている自分がいた。わたしたちはただ慣れ合うためにこの六年を重ねたのではない。彼のことを考える命日を共に過ごすことで、自分の人生を進まなければと足掻《あが》いていたのだ。彼の死を乗り越えて歩みだそうとしたいま、もう会うことはないだろう。わたしたちの人生は、重ならない。

「住職の言う通り、あたしたち、頑張りましたよね。六年かぁ、あっという間だったな」

にっこり笑われて、「そうね」と返す。振り返ってみれば、確かに六年は短かった気がする。

頷いた珠美が、ふと「でも、父は何と長く闘ってたんですか」と訊いてきた。

「え？　ああ、事故の話は、しなかったものね」

二度目に我が家を訪れたとき、ついて来た祖母に事故の話はしないと約束したし、珠美が怖がるのならと避けていたのだった。

「少し話しても、平気？」

「前よりは平気になったので。ええと、横断歩道で車に撥ねられたってことは、祖母から聞いてます」

「そう。二十八日も生死の境を彷徨った末に亡くなったの。住職はその二十八日間のことを仰ったんだわ」

いま思い出してもぞっとする。あの日々は抜け出せない悪夢そのものだった。無数の管に繫がれた夫は到底生きているとは思えなくて、無機質な音とパネルの数字だけが心臓が動いているあかしだった。明日になったらもしかしてと希望を抱き、次の瞬間に、明日になったらもう、と絶望する。普段は面倒な親戚関係がないことを気楽に思っていたくせに、頼れるひとがいないことが怖くてたまらず、世界にひとり置き去りにされた気持ちがして泣き咽《むせ》んだ。

特に、二十日を越したころからの記憶なんて、ほとんどない。わたしが死ねば彼が生き残るという取り引きを悪魔がしてくれたら、いますぐここから飛び降りよう、とICUの近くの家族室にあったはめ殺し窓の向こうに広がる景色をぼうっと眺めていたことだけは覚えている。

「事故に遭ったときは梅雨の始まりで、でも雨は降っていなかった。亡くなったときは梅雨は明けていたけど、しとしとと名残の雨が降ってたわねえ」

胸が痛む。夫を喪ったあの日々だけは、いまだわたしを苦しめるのだなあと思う。いずれ、乗り越えていけるのだろうか。

突然、珠美が自分のバッグの中を猛然と探り、スマホを引っ張り出した。恐ろしい顔をして、操作し始める。

「珠美さん？　どうかした？」

「……んです」

「なに？」

「祖母は、父は即死だったたって言ったんです」

意味が分からなかった。夫が即死。そんな嘘をわざわざ吐く必要があるだろうか？　のろのろと考えて「ああ」と小さく声を出す。もうおぼろげにしか覚えていないが、通夜のときに彼女は『今回も、ここに連れてきてよいのかどうか、ほんとうに迷ったのですけれど、これ以上は、鬼になれなくて……』と泣いていた。そうだ、夫が運びこまれた救命救急センターには牟部家の関係者がいたという話を以前珠美から聞いた。あのひとは夫が生死の境を彷徨っている時から、知っていたに違いない。でも、珠美と会わせるのを躊躇《ためら》った。夫は一度も意識を取り戻すことはなかったけれど、生きている間に面会することもできたのだ。あのひとが心を決めていれば。

珠美の祖母は三度目からは黙って送り出してくれていたし、何かあったときのために、と珠美伝てに連絡先も交換していたけれど、一度も関わりがなく、この六年の間で好きになれずじまいだった。

「おばあちゃん、最低。最後の最後で、信じられない……!」

「当時の夫の怪我は酷くて、見るとあなたがショックを受けたかもしれない。だからじゃないかしら」

「それにしたって、ですよ」

全身でため息を吐いてみせて、珠美は「最後にお騒がせして申し訳ありませんでした。これはあたしと祖母との問題なので、お気になさらず」と無理やり微笑んでみせた。

「親離れならぬ祖母離れする、いい機会なのかも。では、志乃さん。お元気で」

「お元気で。あなたのこれからを、心から応援してる」

最後は少し問題が起きてしまったけれど、笑顔で手を振りあって別れることができた。しかし門扉を出て行く背中が光の反射で白く溶けて見えた瞬間、無意識に追いかけて行きそうになった。待って、という言葉が喉元まで一気にこみ上げてきて、慌てて両手で口を押える。もう終わりだと、わたしたちの人生は交わらないのだと分かっているはずなのに、どうして。

それは、夫の娘である珠美を通じて『我が子』とはこんな風なのかと感じたからかもしれない。珠美に、夫の気配を感じて束の間の幸福を得ていたのかもしれない。

くるりと、珠美が振り返った。

「来年か、いつか分からないですけど、話すことがなくても、この日にまた会いに来るかもしれません。いいですか？」

にこりと笑いかけられて、「もちろん！」と反射的に返す。

「来ても来なくても、全然いいわよ！」

「ありがとうございます！　では！」

ぺこりと頭を下げて去る背中を見つめて、思わず笑う。自分にこんな感傷があったなんて。来年、再来年。来てくれると嬉しいと思いながら、待とう。そんな思いで、長い間見つめていた。

仏間に戻り、茶器を片付けようとしているとエプロンのポケットの中でスマホが震えた。取り出して画面を見てみると、これまで一度もやり取りのなかった珠美の祖母からの着信だった。さっき余計なことを伝えてしまったことに対する苦情だろうか。躊躇いながら出ると案の定

『言ったんですか！』と叫び声がした。

『い、言ったんですか！　あなた！　事故のときの話はしないって約束したじゃないですか！』

「即死ではなかった、ということだけですし、何より、本人が知りたいと言ったんですよ」

嘘を吐いていたことなど知らなかったのだから、責められても困る。前置きもなく叫ばれたことに少しだけ苛立っていると、『違う！』と言い返された。

『場所です！』

「は？　場所？」

『事故現場です！』

「言ってませんけど」

さっきの会話を思い出しながら言うと、電話の向こうで大きなため息が聞こえた。

『ああ、その、すみません。ちょっと、動揺して。ごめんなさい、でもできればその、事故についての話は二度と……』

「もう、しませんよ。それに、彼女はもうここに来ないと思います。お元気で、と挨拶をして別れましたので」

意識せずとも、声が尖る。彼女はそれに気付いたのか、『ああ、そう。そうですか。そう、よかった。いままで、お世話になりました』とどこか気もそぞろに言って、ぷつんと電話を切った。

「何なの、もう」

よかったって、どういうこと。なんて失礼なひとだろう。とはいえ、わたしも毎年彼女が珠美に言付けていた煎餅と線香のお礼を直接伝えたことはないから、お互いさまだろうか。

盆に茶器を載せて、台所へ行く。盥《たらい》に茶器を沈め、蛇口をひねる。生ぬるい水が茶器の上に流れ落ちるのを眺めていて、ふと手が止まった。

事故現場を珠美に伝えていたら、どうだっていうの？

疑問を抱いた途端、ありえない想像が、一気に巡った。

幼いころから、亡き母に生き写しだと言われていた珠美。

中学に入学してから駅前でボランティア活動を始めた珠美。

交通事故を目撃して、トラウマになっている珠美。

そして、信号を無視して車道に飛び出た夫。

そんな偶然、起きる？　そんな最悪の出会いが、ある？　でも、いままでの記憶が、いろんな言葉が奇妙に重なり合ってひとつの光景を描く。

足先から熱が逃げ、震えが起きる。立っていられず、シンクに両手をついた。何度も深く息を吸って、吐く。

「最後まで嘘を吐き通しなさいよ……！」

いまさらながら、珠美の祖父母に腹が立つ。最後まで鬼でいればよいものを、人道に背き続けていればよかったものを、どうして……！

熱い涙が溢れる。何の涙か分からない。夫が最後に見た光景を、無意識に描いたのかもしれない。どうしていいのかも分からない。いや、分かってる。わたしは沈黙するしかない。

でも。

耐えられるだろうか。

来年か、いつかの祥月命日。もし彼女が来たら、わたしは話してしまわないだろうか。

ぶぶぶと音がする。見ればまだ網戸の穴に蜂がいた。日が暮れて、蜂の羽音が弱り、聞こえなくなるまで、わたしは身じろぎもできずにいた。

本書は〈紙魚の手帖〉vol.08の読切特集〈冠婚葬祭〉の書籍化です。
書籍化に際して、新たに町田そのこ「六年目の弔い」を書き下ろしで収録しました。

検 印
廃 止

私たちの特別な一日
冠婚葬祭アンソロジー

2023年11月17日 初版

著 者 飛鳥井千砂《あすかいちさ》・寺地《てらち》はるな・
雪舟《ゆきふね》えま・嶋津《しまづ》 輝《てる》・
高山羽根子《たかやまはねこ》・町田《まちだ》そのこ

発行所 (株) 東京創元社
代表者 渋谷健太郎

162-0814/東京都新宿区新小川町1-5
電 話 03・3268・8231-営業部
03・3268・8204-編集部
URL http://www.tsogen.co.jp
DTP キャップス
暁印刷・本間製本

ISBN978-4-488-80310-0 C0193